路地裏のほたる食堂

3つの嘘

大沼紀子

JN179830

講談社
タイガ

目次

イラスト――山中ヒコ
デザイン――坂野公一（welle design）

路地裏のほたる食堂

3つの嘘

一品目　ビーフストロガノフ

神宗吾《じんそうご》は夢を見ない。

いつか叶《かな》えたいと思っている願望や希望や展望がない、という意味合いではない。否、そちらの夢もないにはないが、ここで言うところの夢というのは、寝ている間に見るほうのそれを指す。神宗吾は、夢を見たことがないのである。

人は睡眠中、起きている間に見聞きした情報を、脳内で整理しているのだという。自《みずか》らの記憶の棚のなかから、それらを引っ張り出したりまとめたり、こつこつジャンル分けを行っているらしい。そうして、その作業過程で夢を見るのだ。引っ張り出した過去の記憶は、作業中に脳内でまま再生されてしまう。どうもそれが、夢なるものの正体であるようだ。

だから俺は、夢を見ないんだろうな。

それが神の見解だった。神宗吾には過去がない。三年ほど前のとある日、目覚めたらアパートの一室で横たわっていた。それが記憶のはじまりで、それ以降の記憶はあるものの、それ以前の記憶はないままだ。自分がいったいどこで生まれ、どこで育ち、誰に育てられたかもわからない。

その時の持ち物から、自らを神宗吾と定義はしたが、しかしそれだって事実かどうかは怪しいところだ。もしかしたら本名は、伊達真樹男《だてまきお》、などという名前の可能性だってある。そもそも神の実感として、神宗吾という名前だって、そこそこインチキくさい名前なのだ。

そんな神は先だって、どういうわけか初めて夢を見た。

ひどく長くて、生々しい夢だった。目覚めてしばらくは、それが夢だったのか現実だったのか、にわかには判然としなかったほどだ。

夢のはじまりは、無、だった。そこに光が差し、闇《やみ》が生まれ、昼と夜とが出来上がった。やがて空と大地、海が出現した。空には太陽や星々が生まれ、大地には植物が繁茂《はんも》していった。水中で魚が泳ぎだすと、空にも鳥が飛《と》び交《か》いはじめた。同時に、動物たちも次々誕生していった。ゾウ。キリン。サル。シマウマ。カバ。ライオン。アルマジロ。ヤマネコ。バッファロー、等々。

動物たちを作っていたのは、顔の見えない男だった。光も闇も、空も大地も海も星々も、すべてその男が作ったことは、漠然とではあるが自明の理のように理解出来た。

男はあらゆるものを作り出した。雨、雪、虹《にじ》、朝焼け、夕焼け、雷、オーロラ、竜巻《たつまき》、流れ星。そうしてふと思い立ち、自分を模《も》した生きものも作りはじめたのだ。こねた土を、自分とまったく同じ形にして、その中心に命を吹き込んだ。

誕生したその生きものは、とにかく男によく似ていた。男の真似《まね》も上手《うま》かった。男が笑えばソレも笑い、男がむっつり黙り込めば、ソレもむっつりと黙り込む。

ソレはとにかく、男の真似をするのだった。男が川で泳げば、ソレも一緒に川で泳ぎはじめ、男が森で働けば、ソレも一緒に森で働く。男が鉄を叩《たた》いて鎗《やり》を作れば、ソレも見よう見真似《みまね》で鎗を作った。若干いびつな鎗ではあったが、初めて作ったにしては上出来な鎗だった。だから男はソレを誉《ほ》めた。するとソレは嬉《うれ》しそうに、飛び跳ね手を叩きぐるぐる男の周りを回ってみせた。

男はソレをかわいく思った。だから色々教えてもやった。家の作り方、畑の耕し方、水の引き方、船の作り方。ソレは乾いたスポンジのように、みるみる男の教えを吸収していった。

そうしてソレは、ある日突然、鎗を使ってヤギを殺した。殺して、嬉しそうに男に見せてきた。

もちろん、男はソレを咎《とが》めた。何せ動物たちだって、男が作ったものだったのだ。つまりはソレの兄弟も同然。だからいけないと教えたのに、ソレは殺しをやめなかった。ヤギの次はシマウマ。その次はカバ。次はキリン。次はゾウ。次は、次は——。

とにかくソレは殺し続けた。意味があるようには見えなかった。あるとすれば、鎗を作ったことそれ自体だろう。

口で言ってわからないのならと、男はソレを縛り叩いた。それでもだめで、ついには洞に閉じ込めたが、ソレはわずかな隙間《すきま》を見つけ、するりとそこから抜け出してしまった。そうしてまた嬉々《きき》として、当たり前のように殺しをはじめてしまう。

途方に暮れた男は、ソレから逃げることにした。最初は川の向こう岸。次は海の真んなかの小島。深い渓谷や、灼熱《しゃくねつ》の砂漠。途方もないような樹海のなかや、暗い洞のなかに潜《ひそ》んでみたこともあった。

それでもソレは、男を追ってきた。どこに行っても、しばらくすると現れる。鎗を手に、黒々とした木のうろのような顔で、それでも真っ赤な口だけは、笑っているとよくわかる奇妙な笑顔。そんな顔で、ソレはどこまでも追ってくる。

目が覚めた瞬間、神の心臓は早鐘を打っていた。ひどく寝汗もかいていて、そのせいか猛烈な悪寒に襲われた。

ひどく、生々しい夢だった。

自分が追われている男なのか、それとも、追っているほうのソレなのか、そのことすら判然としないほどに。

＊　＊　＊

予言をもたらしたのは、占い師のミルキーだった。

「神ちゃんはぁ、嵐《あらし》の鳥のカードだわぁ」

尻《しり》が消えてなくなったかと思うほど、ひどく底冷えのする三月初頭のこと。移動屋台、ほたる食堂に現れた彼女は、実に機嫌よく食べてのんで大いに騒いで、店に居合わせた全員に、サービスでタロット占いをしてみせた。

「嵐の鳥が、人と大地に風を吹き込む。その風なしでは、人も動物も息をすることが出来ない。そういう意味のぉ、カードォ」

とはいえ神は、もともと占いを信じる性質《たち》ではない。あんなものは、弱った人間に藁《わら》を差し出すあこぎな商売だ、とすら思っている。なのにミルキーのお告げに耳を傾けてしまったのは、例の奇妙な夢を見た直後だったのと、彼女の占いがよく当たることを、身をもって知っていたからだろう。それで、聞き流すどころか、いちいち意味を問いただしてしまった。

「そういうって言われても、イマイチどういうことかわかんねぇんだけどよ」

首をひねる神に、ミルキーはケタケタ笑って楽しげに答えた。

「つまりぃ、嵐がやって来るのよぉ」

「要するに、災難が降りかかってくるってことか？」

「うーん。でも、必要な嵐なのね？　風が吹かなきゃ息は出来ないからぁ」

んなもん、受け入れがたい不幸をのみ込むための方便じゃねぇか、と神は思ったが、ミルキーは笑顔で言葉を続けた。

「凪《なぎ》だけの大地は、いずれ滅びる。神ちゃんなら、それくらいわかるでしょう？」

ミルキーの背後からは、夜中だというのにカラスの鳴き声が聞こえてきていた。カー、カー、カー。

凶兆だ、と神は思った。

嵐、もとい、災難はすぐにやって来た。その日の夜、店じまい後の帰り道、神はわずかに降雪した地面に足をとられたのだ。そうして屋台もろとも坂道を激走、縁石ブロックを乗り越え壁面に激突し、屋台は大破、自身は左足の腓骨《ひこつ》骨折を負うこととなった。カラカラと音を立て回る屋台の車輪を横目に、神はしみじみ思ったほどだ。スゲェな、ミルキー。早速災難到来じゃんか――。

しかも、それで終わりではなかった。むしろ始まりだったと言ってもいい。翌々日には、アパートの台所が水漏れを起こし、下階の住人に慰謝料を請求された。そしてさらにその翌日には、屋台の修繕にかかった費用が三十万だと修理屋に告げられた。その総額、実に五十万弱。神にとっては、毛という毛が抜け落ちるかと思うほどの出費だった。

屋台が直ってからも災難は続いた。食い逃げに遭うこと二度、あとは傷《いた》んだ野菜を大量購入してしまったり、鍋《なべ》をこがしたり、包丁の刃が次々こぼれてダメになったりと、まさに散々な日々が続いた。

「宗吾、お祓《はら》いでも行ってきたら？」

そう進言してきたのは鈴井遥太《すずいはるた》だ。ミルキーの予言の翌々日、神のアパートを訪ねてきた彼は、足にギプスをした神と水浸しになった部屋を前に、ひとりじゃ大変だろうから、しばらく俺がいてやるよ、とそのままアパートに居座ったのだ。

半年前、ひょんなことをきっかけに出会った彼は、四月から東京の大学に通うことになったらしく、下宿先を探していたところだったんだとか。曰《いわ》く、じいちゃんの埋蔵金《まいぞうきん》が見つかって、それで大学行けることにはなったんだけど、計算してみたら入学金と授業料でもうギリでさ、とのことで、それで、住むとことか生活費とかどうしたもんかなーって思った瞬間、宗吾の顔が頭に浮かんだんだよね。で、なんとなくここに来てみたら、このザマ……いや、この状態だったってわけ。だから俺、しばらくここにいてやるよ、とごく端整な笑顔で告げてきた。まあ、気にすんなって。こういう時は持ちつ持たれつだ。仲良くやろうぜ、相棒よ！

無論《むろん》、神としては、コイツ……、人の不幸につけ込みやがって……、と若干苛立《いらだ》ちもしたが、しかし当面松葉杖《まつばづえ》生活を余儀《よぎ》なくされる神にとって、確かに遥太の来訪は渡りに船ではあったのだった。だから納戸をあてがって、代わりに家事と屋台の手伝いを命じたのである。

結果、災難の後半部分は、主に遥太によってもたらされたわけだが、それでもいないよりはマシだった。正直なところ遥太なしでは、ほたる食堂の運搬、並びに設置も危《あや》うい。水漏れの慰謝料、屋台の修繕費、骨折の治療費、等々、とにかく物入りなこの状況で、店の休業はありえない。だから到底、彼を邪険には出来なかった。

そんなこんなで、神が遥太と暮らすようになり、すでに半月ほどが経過している。遥太がいつまで居《い》候《そうろう》を決め込む気なのか、神にはよくわからない。二、三日後に出て行っても不思議ではないし、しばらく留《とど》まる腹づもりのような気もする。

神としても、左足が治るまでは、いてもらって構わないという思いが強い。あるいはそれ以降も、なるべくなら目の届く範囲に、置いておきたいという気持ちがないでもなかった。何せ遥太は無茶をする。だったら、自分の傍《そば》に留めておくほうが、賢明であるような気がしてしまうのだ。

神と遥太には、奇妙な力がある。彼らは他人が作った料理を口にすると、その作り手の思念や過去、等々、様々なものが見えて聞こえてしまうという、少々厄介な体質の持ち主なのである。

だから神は、他人が作った料理を口にしないよう努《つと》めている。たとえ見えてくるものが、ごく簡素な思いであったとしても、人の思いを口に含むという行為は、こちらの気持ちをひどく消耗させるし、情念たっぷりの料理を口にした場合には、気分が悪くなったり体調不良を起こしたり、散々な目に遭ってしまうことがままあるからだ。だから自ら食事を作り、ついでに人の分の食事も作って、屋台でそれを出し生計を立てている。合理的といえば合理的な暮らしと言えよう。

対して鈴井遥太のほうは、ほいほい他人が作った料理を口にする。普段は自作の料理を口にしているようだが、ひとたび事が起こってしまえば話は別だ。例えば猫の虐待事件、あるいは行方不明となった女優捜し、等々——。そんな事件に遭遇するたび、遥太は事件解決の糸口《いとぐち》を捜すため、聞き込み調査をする探偵よろしく、他人の料理を食べて回りはじめてしまうのだ。

神からすればその行動は、無謀《むぼう》無鉄砲《むてっぽう》無知無策、といった印象だ。こんな力は使わないに越したことはないのに、遥太はそんな神の矜持《きょうじ》など、ものともせずに飛び越えていく。人が置いた安全柵《さく》を、シレッと踏みつけていく野良《のら》猫のように。

だから傍に置いておきたいのだ。遥太が無茶なことをして、自分にまで火の粉が及ばないよう、彼を監視し制御し凪《な》いだ日々を守りたい。とはいえ、野良猫は何をするにも自由気ままで、それが野良たる所以《ゆえん》でもあるわけだが――。

今日も今日とて鈴井遥太は、ほたる食堂にてその手伝いの片手間に、おにぎり占いなどという妙ちきりんな副業を行っている。

「いらっしゃいませー。あ、うちラーメン屋じゃないっすよ。ただの屋台です。これが本日のメニューで……。大丈夫なら、カウンター席でもテーブル席でも、お好きなほうにお座りください。え？　占い？　うん、やってますよー。食事とは別料金になりますけど。相談ひとつで千円でーす」

遥太の言っている占いとは、相談者におにぎりを握らせ食べるというものだ。そうしてくだんの能力を使い、相談者の本音や現状をのぞき見て、それっぽいアドバイスをして金をとっているのである。

「じゃあ、占いを希望される方は、あちらのテーブル席へどうぞー。そうそう、あの炊飯器が置いてあるテーブル。手を拭《ふ》いたら、おにぎり握ってくださいねー。あ、ああっ！　そんなデカくなくていいよ！　ひと口サイズで！　そうそう、上手。握りながら、相談内容をよーくよく思い浮かべてくださーい」

暗闇のなか、ひっそりと仄《ほの》かな灯《あか》りをともす移動屋台、ほたる食堂。そんな店の趣《おもむ》きは、遥太が手伝いをするようになってから、そこはかとなく失われつつある。占いを所望する客の多くは女性客で、彼女らはあちこちで囀《さえず》る小鳥よろしく、この店について口コミやらSNSで触れ回っているらしく、屋台には遠方から店を探してやって来たという客まで、散見するようになってきた。

つまり店はすっかり繁盛。暗闇のなか賑々《にぎにぎ》しい笑い声がこだまして、ほたる食堂というよりは、リンリンうるさいスズムシ食堂といった様相だ。売り上げも伸びていて、賑やかな客の声が、さらに客を呼ぶという循環も出来上がりつつあった。

ただしその盛況ぶりも、本来ならあまり歓迎できない事態と言えた。何せ神は、過剰な利益を得るために、屋台を出しているわけではないのだ。記憶がない神にとって、確かなことは料理の腕と、人に飯を食わさねばという使命感、あとは、なるべくなら公的機関に関《かか》わりたくないという警戒心くらいで、だからほたる食堂のような移動屋台は、彼にとってうってつけの仕事だった。つまり神は、ひそかにほどほど、稼《かせ》げていればよかったのだ。客が増えて多くの人の目に晒《さら》されることなど、むしろ望んでいなかった。

――つーか、そもそも営業許可取ってねぇしな。お巡《まわ》りに見つかったら、店仕舞いするなり移動するなりして、事なきを得てるような営業形態なんだし……。

「宗吾！　テーブル席は小盛りふたつでよろしく！」

しかし、遺憾《いかん》ながら今は話が別だった。骨折した左足、並びに、慰謝料、修繕費、治療費、等々。その負担を考えれば、野良猫も小鳥たちも、それなりに役に立ってくれてはいる。

「……はいよ」

だから神は、不本意ながらも素直に遥太からの注文に返事をし、作業台の端《はし》に生《い》けてあるイタリアンパセリに手を伸ばした。

カー！　と大きなカラスの鳴き声が聞こえてきたのはその瞬間だ。おかげで神はハッとして、思わず屋台の脇《わき》から顔を出し空を見上げてしまう。

「…………」

空はずいぶんと薄明るかった。新宿《しんじゅく》駅にほど近い、このビル街の谷間にあっては夜もたいてい明るいままだ。飛んでいるのは夜ガラスなのか、あるいは扇情的《せんじょうてき》に明るい夜空を、昼間のそれと勘違いして飛んでいる、ただのハシブトガラスあたりなのか——。彼らはビルの狭間《はざま》の夜空を、黒々とした流星のように横切っていく。カー、カー、カー。三羽、四羽、五羽、六羽……。

おかげで神は、思わず表情を曇らせてしまう。凶兆だ。そう思わずにはいられなかった。不吉だ、不穏だ。もしかしたら、今日もまた、ロクでもないことが起こっちまうんじゃや……？

そうして屋台のなかに顔を戻すと、視界の端に遥太が映った。彼はテーブル席のほうで、若いふたりの女性客相手におにぎり占いを続行中だ。いっぽう眼前のカウンター席では、常連客であるえーちゃんが、一見客《いちげんきゃく》の妙齢《みょうれい》女性と会話に興《きょう》じている。「へぇ、おたく、寿《ことぶき》って苗字《みょうじ》なんだ。めずらしいな」「そうでもないですよ？　うちの地元にはけっこういますし」「そうなの？　じゃあ、そのなかに司《つかさ》って名前のヤツいない？」「いないですけど」「じゃあ、寿さんが、司って名前の男を婿養子《むこようし》に迎える予定は？」「ないですけど」「じゃあ、息子が出来たら司って名前を付ける気は――」

すでに食事を終え、のみに入っているえーちゃんは、だいぶ酔いが回っているのか、少々お堅《かた》い雰囲気の寿さん相手に絶好調だ。「そしたら、寿司《すし》になるじゃん？　どうどう？　よくない？　寿司くん」「あるいは、女の子だったら命《めい》ちゃんとか？」「それそれ！　よくない？　寿命《じゅみょう》ちゃん！　せっかく寿なんて苗字なんだから……」「ていうかこの会話の流れ、今まで千回以上は経験したことがあるんですけど」「ダハハ！　じゃあ、もういい加減にセンカイって感じ？」

いっぽうその隣では、やはり常連客の安野真白《あんのましろ》が、妙齢女性の連れである紳士に口説《くど》かれている。紳士もすでに酔っぱらっているようで、女優相手に絶好調。「いやいやいやー、こんな屋台で君みたいな美しい人の隣に座れるなんて。今日は最高の夜だなぁ」などと、ワイングラスをぐるぐるやりながらのたまっている。「だから今度、オジサンとふたりでご飯食べに行かない？」「いや私、ダイエット中で……」「こう見えてオジサン、見た目通りお金だけは持ってるからさ」「いや、だからダイエット……」「君のためなら、リムジンでもクルーザーでもヘリでも出すよ！　でも、誓って手は出さないから──」

白髪交じりの髪の毛を、オールバックで頭に撫《な》でつけたひげ面《づら》の彼は、上等そうな生地《きじ》のスーツをまとっており、確かに羽振りがよさそうな見た目をしている。年の頃は五十絡《がら》みだろうが、肌艶《はだつや》もよくいかにもダンディー。「──って、あれ……？　なんか君、誰かに似てるな。どこかで見たことあるような……」「え？　そ、そうですか？」「ああ、わかった！　君、女優の安野真白に似てるんだ！　言われたことない？」「え、ええー？　ないですねぇ。全然ない」「そう？　かなり似てる気がするんだけど……」

しらばっくれる真白に対し、ひげ面紳士は猛追《もうつい》。「いや、むしろ……、似てるっていうより、本人なんじゃ……？」しかしそこに、寿さんが助け舟を出した。「社長、しつこいのは嫌われますよ」

カッチリとしたスーツ姿の寿さんは、銀縁眼鏡《めがね》のブリッジを指で持ち上げながら、滔々《とうとう》とひげ面紳士をたしなめはじめる。「しかも芸能人の誰々に似てるー、とか、口説き文句としては、キャバクラ嬢の愛想《あいそ》並みに薄っぺらです。かつては銀座のホステスハンター、ザギンのリカオンと呼ばれたお方が、まったくもって嘆《なげ》かわしい」「え？　リカオン？」「はい、リカオン」「あのさ、寿くん」「はい？　なんでしょう？」「リカオンって、ハンターっていうより、むしろ犬に近い動物なんだけど……」「……え？」「ん？」「あー……」

「ええっ？　もしかして俺、ザギンの犬って呼ばれてたのっ？」

寿さんとひげ面紳士は、秘書と社長という間柄《あいだがら》であるそうだ。ちなみにテーブル席の女性客もふたりの連れで、ひげ面紳士の会社の社員であるとのこと。聞けば彼らは会社の送別会帰りで、大通りに向かう道すがら、このほたる食堂に出くわしたらしい。

ちなみに、本日のほたる食堂のメニューはビーフストロガノフ。三月も中旬を迎えたが、まだまだ夜はかなり冷え込む。そんな時期にはおあつらえ向きだろうと、大量の牛肉を仕入れてじっくり煮込んだ。ちなみに、刻んでいるイタリアンパセリはバターライス用だ。

会話に興じる客たちを前に、気にし過ぎかな、と神はひそかに肩をすくめる。別におかしな客はいない。特に不穏な影もない。どの道いくら気をつけたって、最悪な事態なんてものは起きる時には起こってしまう。だから神は気を取り直して、鉄板の上へとバターをひょいと投げたのだった。

黒光りする鉄板の上に落ちた乳白色のバターは、その瞬間ジュジュジュジュジューと小さな音を立て、泡立《あわだ》ちながら溶けはじめる。薄くのぼった煙からは、濃いバターの香りが広がる。神はそこに刻みニンニクを放り入れ、ゆっくりと丁寧に炒《いた》めていく。

バターの香りにニンニクの香りが加わり、カウンター席の会話がにわかに止まる。一同が鉄板に視線を送ってきたためだ。バターとニンニクが混ざり合う香りには、そういった強制力があるのだろう。

ひげ面紳士は鼻をフンフン鳴らし、「もしや、こちらのビーフストロガノフは、バターライスでいただけるのかな?」などと、舞台俳優のような低音ボイスで問うてくる。神は炒めたニンニクに、みじん切りにした玉ねぎも投入し、「そうだよ」と素《そ》っ気《け》なく答える。ひげ面紳士はその様を目を細くしながら見詰め、「ブラボー」と手を叩き大仰《おおぎょう》にのたまう。「やっぱりビーフストロガノフには、バターライスだよねぇ。素晴らしい！」酔っぱらっているからなのか、それともこれが素《す》の姿なのか、とにかく芝居《しばい》がかった喋《しゃべ》りかたをする男だ。

炒め続けたニンニクと玉ねぎは、次第に半透明になりしんなりとしてくる。神はそこに冷《ひ》や飯《めし》を加え、へらで丁寧に混ぜ炒めていく。米に、ニンニクとバター、そして玉ねぎのうまみを、存分に吸い込ませるのだ。カシャーン、カシャーン。カウンター席の会話は止まったままだ。すでに食事を終えたはずのえーちゃんと真白も、鉄板の上を凝視している。カシャーン、カシャーン、カシャーン。

神はＵＦＯキャッチャーのように、ご飯をへらで持ち上げて、胸の高さ辺《あた》りで鉄板の上へと落とす。それを何度も繰り返せば、ご飯はパラパラになっていく。カシャーン。カシャーン。そうしてニンニクと玉ねぎを包括したような、かぐわしいバターの香りが辺り一面に広がりだす。

ご飯がパラパラになった頃合いで、さらにバターをたっぷりと投入する。そこに先ほどのイタリアンパセリをまぶせば、バターライスの出来上がり。艶《つや》やかに輝くバターライスの乳白色に、鮮やかなパセリの緑が眩《まぶ》しく映《は》える。

神はそれを器に盛って、コンロの上の鍋の蓋《ふた》を開ける。瞬間、もわっと白い湯気が立ちのぼり、ビーフストロガノフのよくよく肉を煮込んだ芳醇《ほうじゅん》な香りが一面に広がる。

唾《つば》をのんだのはひげ面紳士で、彼は喉《のど》の音を誤魔化すように、手にしていたワイングラスを口へと運ぶ。それでも視線は神の手元に送ったままだ。神はレードルで、鍋のなかの琥珀色《こはくいろ》をぐるりとかき混ぜ、そのまたっぷりひと掬《すく》いしてみせる。それと同時に寿さんが、しかつめらしく眼鏡のブリッジを押さえる。冷静そうだが、喉ぼとけのあたりが上下にうねったのを、神は横目でしかと見届けた。

「うまいよー。神ちゃんのビーフストロガノフ」

えーちゃんが茶々を入れるも、紳士も寿さんも無言だった。神はバターライスをよそった器に、ビーフストロガノフをとろりと流し込んでいく。

「――はい、お待ち」

言いながら神は、ひげ面紳士と寿さんの前に器を置く。続いて向こうの遥太にも声をかける。「ほれ、そっちの分も」

かくして行き渡ったビーフストロガノフに、紳士らは表情を明るくする。「ほう、これは……」「ええ、これは……」「なんと、俺好みな――」そんな様子を、真白はどこか恨めし気に見詰める。水を飲んでも太る体質なのだと豪語する彼女は、所属事務所の社長命令で、絶賛ダイエット中の身空《みそら》なのだ。

それなのに、わざわざ彼女がこの店に通う理由は、おそらく遥太にあると神は睨《にら》んでいるが、しかし当の遥太のほうは、おそらくそのあたりにまるで気付いていない。それはもう、少々気の毒なほどに。

テーブル席からは「ヤバーい」「おいしー」などという、キャピキャピとした声があがりはじめる。「スルッといけちゃうー」「ライスものめちゃーう」いっぽう、目の前の寿さんは、眼鏡を白く曇らせたまま、黙々とビーフストロガノフを頬張《ほおば》っている。言葉はないものの、スプーンを口に運ぶスピードからして、味には満足しているものと思われる。

だから神は、誰にも気付かれない程度に息をついたのだった。その光景が、普段通りの、ごく当たりさわりのないもののように感じられたからだ。

つまり先ほどの凶兆は、単なる杞憂だったのだろう。時間はもう午前一時を回ろうとしている。今いる客たちが帰ったら、それで店は閉店だ。だとしたら今日は、さしたる大過《たいか》はなかった日となる。神はそう納得しつつ、作業台を台拭きで拭きはじめる。

「――！」

強い殺気《さっき》を感じたのはその瞬間だった。だから神はハッと顔をあげ、暗い夜道に視線を走らせた。

「……？」

神の様子に気付いたえーちゃんも、「何？　どしたの？」と不思議そうに訊《き》いてくる。それで神は取り繕《とつくろ》うように、「あ、ちょっと……」と応《こた》えたのだった。「大したことじゃねぇんだけど、なんか、違和感が……」

しかし目を凝《こ》らしても、向こうの暗闇に異変のようなものは見えてこなかった。だから神は小さく肩をすくめ、再び作業台を拭きにかかったのだ。「いや、でも多分勘違い……」

その時、カー！と、またひと際大きなカラスの鳴き声が響いた。

来た、凶兆。神は咄嗟《とっさ》にそう思い、再び夜道に視線を向けた。しかしその視界を突如白髪交じりの頭が遮《さえぎ》った。

「ん……？」

つまり神の目前で、ひげ面紳士が立ち上がったのだ。

「……へ？」

そうして神は、ようやく悟《さと》ったのだった。先ほどの強い殺気は、このひげ面紳士が、放っていたらしいということを――。

「あの……？」

紳士は口にビーフストロガノフを入れたまま、もぐもぐ咀嚼《そしゃく》しながら苦悶《くもん》の表情を浮かべている。その異様な気配に、えーちゃんも真白も気付いたらしく、両者共にポカンと紳士を見上げる。ただし連れの寿さんは、我関《われかん》せずで黙々とビーフストロガノフを食べ続けていたのだが――。

「――どういうことだ？」

頬張っていたビーフストロガノフを、やっとのみ込んだらしいひげ面紳士が口を開く。

「……誰が作った？　このビーフストロガノフ」

地獄の底から響いてきたかのような声だった。その異様な気配に、真白はわずかに首を傾《かし》げ、えーちゃんは怪訝《けげん》そうに眉根《まゆね》を寄せる。

ただし神は、ごく冷静に紳士を観察し続けた。んだよコイツ？　いちゃもんつけて食い逃げパターンか？　そうして台拭きを台に投げ置き、紳士に言って返した。

「作ったのは俺だけど？」

するとひげ面紳士の目に、なんらかの炎が着火した。

「それが何か……」

点《とも》されたのが、怒りの炎であることはすぐにわかった。彼は神の言葉を遮って、目をむき怒鳴《どな》りはじめたからだ。

「はーあ？　なんでお前が作れんだよっ？」

つい先ほどまでは、ダンディーなちょい悪オヤジといった風情《ふぜい》だったのに、凄《すご》みはじめると俄然《がぜん》ヤクザまがいのフレーバーが強くなるから、社長と呼ばれる輩《やから》は性質が悪い。

とはいえ、力で劣《おと》る気はしなかったので、神は強気なる平常心で返してみせた。

「なんでも何も。屋台の店主なんだから、このくらい作れて当然だろ」

しかし紳士の怒りは収まらなかった。彼は額《ひたい》に血管をいくつも浮かび上がらせ、猛然《もうぜん》と叫び続けたのである。

「だから！　どうやって作ったのかって訊いてんだよっ！　誰と作った？　誰に教わった？　おかしいだろっ！　お前がこのビーフストロガノフを作れるなんてっ！　これはっ……！　この味は……っ！」

寿さんが口を開いたのはそのタイミングだった。

「――これ、三葉《みつは》さんが作るビーフストロガノフと同じ味ですね」

もちろん神は、ミツハ？　と首を傾げようとした。しかしそれよりわずかに速く、ひげ面紳士がカウンターに乗り上げて、荒々しく神に摑《つか》みかかってきた。

「そうだよっ！　これは三葉の味だっ！　お前っ！　三葉をどこにやったっ⁉　三葉はどこにいるっ⁉」

紳士に胸倉を摑まれて、ガクガク頭を揺らされながら、神はやはり首をひねる。いや、だから、ミツハって誰だよ？　しかし紳士はお構いなしで、激しく神を揺さぶり続けたのだった。

「吐《は》けっ！　三葉はどこだっ⁉　吐くんだっ！　このスケコマシクソ野郎――っ！」

夜空からは、カラスの鳴き声が聞こえていた。カー、カー、カー。だから神としては改めて思うよりなかった。やっぱ、これは凶兆だったか……。カー、カー、カー。

「…………」

しかも暖簾の隙間からは、目を爛々《らんらん》と輝かせこちらをのぞく、遥太の姿が見えていた。カー、カー、カー。これもこれで、やっぱ凶兆だよな……、と神は重ねて思ってしまった。カー、カー、カー。

「申し訳ない。どうやら私の勘違いだったようだ」

紳士はそう言って、深々と頭を下げてきた。その隣で寿さんも、同じく頭を下げてみせた。

「私からもお詫《わ》びします。失言、並びに無礼の数々、本当に申し訳ありませんでした」

渡された名刺によると、紳士は久藤雅人《くどうまさと》といい、飲食店やスポーツクラブを手広く経営している実業家であるとのことだった。「普段はそこそこ仕事の出来る、真っ当な経営者なんです」と寿さんは久藤氏について付け足した。「ただこのところ、娘さんのことで情緒《じょうちょ》が不安定な状態でいらして……。それで、先ほどのような暴挙に出てしまわれたと言いますか……」

久藤氏が神に掴みかかったのは、どうやらその娘さん絡みであったらしい。聞けば神の作ったビーフストロガノフが、娘さんの作るそれと、まったく同じ味であったとのこと。「でも、本当に似てたんだ……！」と久藤氏は切実に訴え、それには寿さんも概《おおむ》ね同意してみせた。「確かに、私も最初は、三葉さんがお作りになったビーフストロガノフかと思いました」

つまり、彼らが言っていた三葉というのは、久藤氏の娘だったというわけだ。「実は三葉は、少し前に家を出てしまって……」苦い薬を噛《か》みしだいているかのように、久藤氏は顔をひしゃげてそう説明した。「どうも、それが……。駆け落ちらしくてね……」そのため久藤氏は、あろうことか眼前の神を、娘の駆け落ち相手と勘違いしてしまったようだ。

「いや、もちろん、多少違和感はあったんだよ？　三葉、こんなイカツイ男がタイプだったのかなー？　とか。並んだ感じ、全然しっくりこないよなー、とか……」

久藤氏の誤解を正したのは遥太だった。彼は、神に掴みかかったまま、お前が三葉をかどわかしたんだろっ⁉　なんで駆け落ちなんてっ⁉　許さんぞっ⁉　俺は絶対に認めんからなっ‼　などと叫びまくっていた久藤氏を、まあまあまあ、オジサン、どうどうどう、といなしながら、さらりと事実を告げたのである。

それ、オジサンの勘違いだよ。この人のところに、女の人なんていないもん。ていうか、女の影も形も微塵《みじん》もない暮らしぶりだし。若干貶《おとし》められているような気がしないでもなかったが、遥太は猛《たけ》る久藤氏に対し、懇切《こんせつ》丁寧にそんな説明をしていった。

俺、ここ十日ばかり、この人の家に居候してっから、この人の生活については完全に把《は》握《あく》してるんだけど。まあ冴《さ》えない暮らしっぷりだから。スマホは鳴らないわ来客はないわホンット孤独。行くとこだってスーパーと八百屋《やおや》だけで、あとは部屋で料理こさえて、こうやって屋台出してるだけで、趣味も娯楽も何もない、ひたすら地味で平坦《へいたん》な生活送ってるんだから。

そうして遥太は、ビーフストロガノフの製造過程についても、よくよく言い含めたのだ。今日のビーフストロガノフだって、普通にひとりで作ってたよ？　アホみてぇな量の肉買ってきて、それを牛刀《ぎゅうとう》で淡々と切っていって、やっぱ大量の野菜を、黙々とすり下ろして――。

えーちゃんと真白の援護射撃も、割りに効いてくれたようだった。あのさ、オッサン。

確かに神ちゃんのビーフストロガノフはうまかったけど。かといって俺的には、そんな特別、特徴のある味には思えなかったぜ？　あ！　私もそれ思った！　他のお店で食べるのと、そこまで違わないっていうか？　だよな？　本格派のビーフストロガノフって、大体あんな感じの味だよな？　うん。違いとかまでは、私にはよくわかんなかった。

ダメ押しは寿さんだった。彼女はふたりの発言を受け、あー、言われてみれば、確かにそうかもしれませんね、とあっさり意見を翻《ひるがえ》してみせたのだ。うん。確かにおいしいビーフストロガノフって、大体あんな味な気がしてきました。うんうんうん。

そんな流れに、久藤氏は自らの勘違いを認め、それまでの態度を一転、平身低頭《へいしんていとう》で詫びてきたというわけだ。

「三葉が家を出て行って、もう二週間近く経《た》っていて。方々手を尽くして捜しているんだが、まったく行方《ゆくえ》が掴めないままでね。それでちょっとナーバスになってたんだ。――なんて、言い訳にもならないが……。本当に、どうもすみませんでした」

それで騒動は終わるはずだった。久藤氏の連れの女の子たちは、もう完全に帰りたそうにしていたし、えーちゃんも真白も納得の表情を浮かべていた。寿さんだって、久藤氏とともに再度頭を下げたあと、「じゃあ社長、そろそろ……」と氏を促《うなが》そうとしていた。「支払いは経費で？」「いい、いい。俺が出すから」「あら、そうですか？　それはごちそうさまです」「いや、情けない。最後の最後で、こんなかっこ悪いとこ……」

しかしそこで遥太が動いた。彼は支払いをしようと久藤氏が財布を出すやいなや、野良猫のようにサッと神の隣にやって来て、コソッと耳打ちしてきたのである。

「……俺らで捜してやんない？　この人の娘ちゃん」

無論、神は即座に返した。

「――やらん」

だが遥太は引かなかった。まるで腹を空かせた野良猫のように、神を見上げ切々と言い募《つの》りはじめた。

「でもさ、宗吾。ぶっちゃけ、お金欲しくない？　ていうか必要じゃない？　宗吾、月々の返済額いくらよ？　大家さんも家賃のこと心配してたよ？　ちゃんと滞納《たいのう》せずに払えるのかって……」

非常に痛いところをつかれた感があった。それが顔に出たのだろう。遥太は神の作務衣《さむえ》の裾《すそ》をグイグイ引っ張りながら言い継いだ。

「出来れば俺も、春休みのうちにちょっと稼いでおきたいんだよ。じいちゃんの埋蔵金だけじゃ、苦学生になるの目に見えてるしさ。学校はじまったら、バイト出来る時間も減っちゃうから。大丈夫。宗吾には迷惑かけない。俺メインで捜すし、俺メインで食うから――。宗吾は、なんていうか、その……。にっちもさっちもいかなくなった時の、切り札的な……？　ラスボスみたいな感じでいてくれればいいからさ」

要するにそれ、大変な状況になったら、そん時は俺に尻拭《しりぬぐ》えってことじゃねぇか、と神は思ったが、しかし現実問題として、確かに彼にもまとまった金が要《い》りようではあったのだった。

それで一瞬返答に詰まると、遥太はそれを了承と見なしたのか、お札を出そうとしていた久藤氏に、笑顔で颯爽《さっそう》と切り出した。

「――なあ、オジサン。よかったら、俺らが娘さんを捜してやろうか？」

その光景を前に、神は坂道を激走した雪の日のことを思い出す。あの時も、こんな感じだったような……。特段気を緩《ゆる》めていたわけでもないのに、足がわずかな雪に取られ、そのままバランスを崩すやいなや、下り坂を駆けだすことになってしまった。

運命って、そういうもんなのか……？　軽い無力感を覚えながら、神は遥太と久藤氏を見詰める。あるいは、運命だから、なす術《すべ》がないのか――。

唐突《とうとつ》な遥太の物言いに、久藤氏は怪訝な顔を浮かべていたが、しかし遥太は動じることなく、軽妙に言葉を継いでいった。「俺たち、屋台や占いの他に、人捜しの仕事も請《う》け負《お》ってんの。成功率は、今んとこ百パー。しかも料金は出来高払いだから、頼んで損はないと思うんだよね。特に、娘ちゃんが残していった手料理なんかがあったりしたら、見つかる可能性は格段にあがっちゃう」

とはいえ久藤氏も、簡単には誘いに乗らなかった。多分に軽薄そうな男ではあるが、長年社会人をやっている経営者だということだろう。彼はいかにもビジネス用といった笑顔でもって、「いやいや、そんな……。君に人捜しの仕事なんて……」と遥太をやんわり制してみせたのだ。「君、まだ未成年だろ？　それで、そんな仕事してるって言われてもなぁ」

しかし遥太も笑顔のまま食い下がった。「俺、今年で十九歳だからほぼ成人だよ。それに人捜しなんて、年や見た目でするもんじゃない。何より俺には秘儀があっから。あんがいあっさり見つかっちゃうかもよ？」

そんな遥太に、またもや援軍が現れた。「――いいんじゃないですか？　頼んでみたら」真白だ。おそらく遥太の力になりたかったのだろう。彼女は麗《うるわ》しい笑顔をたたえ、久藤氏の傍《かたわ》らに立ちそっと言い添えたのである。「私も前に、依頼したことがあるんですけど、ホントちゃんと見つけてくれましたよ。こう見えてこの人、すっごく仕事が出来る人なんです」

そんな真白の助言を受けて、久藤氏はわずかばかり警戒心を解いたような表情を浮かべる。「え？　ホントに……？」すると久藤氏の背後に陣取っていた女子社員たちも、口々にアシストをはじめてしまった。「そうですよ、社長。お願いするだけしてみたら」「うん。この人の霊感って、けっこうホンモノっぽかったですもん」「ね？　さっきの恋愛占いでも、色々言い当ててきたし」「私のも！　すごい当たってたよねぇ？」

久藤氏がハッとした様子で、宙を仰いだのはその段だ。

「――あっ！」

彼は何かを思い出したかのように、しばし視線を空で泳がせたのち、ひどく神妙な面持《おもも》ちで遥太に顔を向けてきた。そして絞り出すように言ったのだ。

「……ある。三葉が残していった手料理」

するとと遥太がパチンと指を鳴らした。

「そういうことなら話が早い」

「……本当にそれで、三葉の行方がわかるのか？」

「もち！　九割五分いけちゃうって感じだね」

ふたりが握手を交《か》わしたのは、そのすぐ後のことだ。久藤氏は数秒ではあるが、熟考の表情を浮かべたのち、上司のような口ぶりで切り出した。

「明日の十時、うちに来てもらうことは出来るか？」「うん。都内なら行けると思う」「三葉の手料理は、冷凍保存してあるビーフストロガノフだが、それで問題はない？」「うん。その場で俺が解凍するから、余計なことはしないでいてくれれば大丈夫」「……なるほど。じゃあ、お願いしてみようか」「おっ！　さすが社長！　ナイス決断！」「本当に、出来高払いでいいんだな？」「いいよ、ドンと来い！」「見つからなかったらタダ働きだぞ？」「上等だよ。手料理があるんならこっちのもんだし！」

遠くでまた、カラスが鳴きはじめる。その声を耳にしながら、神としては思わずにいられなかった。とどのつまり、これが運命ってことなのか――。

薄明るい闇のなかで、カラスたちは何かを煽り立てるように鳴き続けていた。

遥太は自信満々だった。

「冷凍の作り置きがあるってのは、嬉しい誤算だったな。この案件、楽勝だわ。ちゃちゃっと食ってちゃちゃっと見つけて、ちゃちゃっとお金もらっちゃおうぜ」

彼がそう言うのも無理はなかった。久藤氏の話によると、くだんのビーフストロガノフというのは、三葉が家出直前に、作り置いていったものだというのだ。どうやら三葉、自らの駆け落ち後、ひとりになってしまう父親を案じて、彼の好物をたっぷり残していったらしい。書き置きにそう記されていたと、久藤氏は目頭を押さえつつ言っていた。

「そんなふうに作られたもんなら、駆け落ちすることへの迷いなり、葛藤《かっとう》なり……、もしかしたらこれからの生活に、ウキウキワクワクだったかもしんないけど。とりあえずその手の思いは、たっぷり含まれてるだろうし。誰とどこに駆け落ちするかくらいは、そこ見えてくるっしょ」

そんな遥太の見立てには、神も概ね同意だった。それでも、敢《あ》えて水を差した。

「……駆け落ちした先の居場所は、相手の男しか知らん可能性だってあるぞ?」

しかし遥太は、強気な態度を崩さず言い返してきた。

「大丈夫だよ。相手の男がわかりゃ、そこから足取りは摑めるって。逃げ場所を用意したのが、男のほうだったらなおさらな」

そうして不満げに付け足したのだ。

「そりゃあ俺は、アンタより力が劣ってるよ? 人の作った飯食って、イタコ状態になったことなんか一度もねぇし。見えるもんだって聞こえるもんだって、宗吾のよりぼんやりしてるんだろうさ。けど！　でも！　俺にだってそれなりに見えっから！　聞こえっから！　心配はご無用ですぅ」

神を見上げるようにして、精一杯凄んでくる遥太の顔には、なめんなよ、と書いてあるようだった。だから神としては、「あっそ」と素っ気なく応えるよりなかった。

「……なら、まあ、せいぜい頑張れや」

無論、内心は逡巡《しゅんじゅん》していた。いいのか？　遥太に久藤三葉のビーフストロガノフを食わせちまって……。そんな迷いがないでもなかった。彼女の思念を、過去を、遥太に見せて、本当に、大丈夫なのか――？

しかし神の思いとは裏腹に、遥太はやる気満々だった。翌日、遥太は久藤氏に指定された時間の、三時間ほど前に家を出ようとしたのである。そんな時間に出発しても、早く着き過ぎるだけだろうと神が言っても、遥太は三和土《たたき》のスニーカーに足を入れつつ、ごく当然のように説明してきた。

「ついでに、ご近所さんの聞き込みもしようと思っててさ」

どうもそういうことらしい。たいていの女の子たちを、ポーッとさせる程度に整った顔立ちをしている遥太は、見ず知らずの人間からも、普通に立ち入った話を聞き出せると思っている節《ふし》がある。

「家出前の三葉ちゃんの暮らしぶりとか、もしかしたら、家出する時の目撃情報なんかも聞けるかもしんないし。情報は多いに越したことないから、色々当たってみようと思ってんだよ」

いやに使命感を帯びた様子で遥太は言って、いつもよりも丁寧にスニーカーのひもを結んでいた。ただしその使命感は、金のためだけというわけではなかったようだ。何しろ彼は部屋のドアを開けた直後、いよいよ家を出る段になってサラッと言い足したのだ。

「――あ、あと。ちゃんと確かめてくるからよ」

まるで今思い付いたとでもいった様子で、しかしおそらくはずっと心に留めていたのであろうことを、最後の最後に口にしてみせた。

「は？　確かめるって……？」

「だから、三葉ちゃんのビーフストロガノフだよ。本当に宗吾のと同じ味なのか、ちゃんと確かめてくるから」

「はあ……？」

「宗吾、気にしてんだろ？　久藤三葉が、昔の自分に関わってたかどうか。そこんとこも、なるべく気を付けて食うようにするからさ。ま、そこそこ期待して待っててよ」

だから神としては、「あ、へぇ、そう……」とやや間の抜けた声で返すよりなかった。

「じゃあ、まあ……、お願いします……」

そうして閉められたドアを前に、息をつきつつ思ってしまった。なんだ。アイツも、気付いてたのか……。

そうしてまとまらない心持ちのまま、部屋の窓を開けそこに座り、一服して冷静になろうと試みた。否、別に動揺しているつもりはなかったのだが、ほとんど無意識のうちにそうしてしまった。どうも昨夜から、自分の感情とは別のところで、心の奥の底のほうが、妙にざわついて仕方がない。

「んー……」

ポケットから取り出した煙草《タバコ》の箱を、神は指でコツンと叩く。そうして一本飛び出た煙草を、いつものように口にくわえる。考え事をしていても、自然と体が動くのは、体に染《し》みついた動きだからだ。窓からは冷たい風が入ってきて、少し熱を帯びた耳たぶあたりを、さりげなく冷やしてくれているようでもあった。

「………」

神の料理のレパートリーは多岐に渡る。屋台では披露したこともないが、北京《ペキン》ダックやローストビーフ、パエリア、レバーペースト、パン全般、果てはマカロンやアップルパイ、チェリータルトまで、すらすら作ることが出来てしまう。そのことに気付いたのはつい最近だ。もしやと思い試してみたら、どれも難なく作れてしまった。

元々神は、自らの料理の腕について、きっと記憶を失う前から得意だったんだろう、と解釈していた。あんな力があったせいで、他人の料理を避けて生きていた結果、自ら料理の腕を上げてしまったのだろう。そう考えるのが、自然で妥当な気がしていた。

しかし、どうやらそれだけではなかったようだ、と気付いたのは先の年始のこと。人の思念を見るのを嫌い、他人が作った料理を口にしないよう努めていた自分が、行きがかり上、とある男が作った料理を食べた結果、否応《いやおう》なしに自覚してしまった。

神は遥太が言う通り、彼よりはるかに高い能力を有していた。料理の作り手である男の思いが、ひどく強く、切羽詰《せっぱつ》まったものだったせいもあるが、しかしそれだけでは説明がつかないほど、神はその料理から、あらゆるものを見てしまった。

あたかもその男が、自分に乗り移ったかのようだった。感覚も感情も、男のそれに完全に支配されていたし、そんななか、彼の人生の一部分を、まるで走馬灯《そうまとう》を見ているかのように、駆け足で追体験してしまった。

その時の神の様子について、まるでイタコのようだった、と遥太も評していたから、おそらく傍《はた》から見ても、相当な乗り移られっぷりだったのだろう。自分でも、ぼんやりと覚えてはいる。あれは完全に、他人と同化したような、なんとも奇妙な時間だった。

そして、思いを込めて料理を作りあげた追体験をした結果、神はその料理を自動的に体得してしまったのである。

だから、わかったのだ。俺は、人の料理を食わないために、料理を覚えたんじゃない。むしろ、誰かが作った料理を食ったから、その料理の作り方を、体が勝手に覚えてしまったんだ。

そうして同時に気付きもした。つまり記憶がない頃の俺は、おそらく遥太を上回る勢いで、人の料理を口にしていたんだろう。だから料理のレパートリーが、バカみたいに広いんだ。まるで何十人、いや、もっとたくさんの人間が、自分のなかにいるみたいに――。

そんなあたりのことまでを、遥太が勘づいているかどうかはわからない。しかし少なくとも、他人の料理を食べたことで、神が料理のレパートリーを体得していることは気付いているはずだ。だから出掛け際に、あんなことを言い置いていったのだろう。三葉ちゃんのビーフストロガノフ、本当に宗吾のと同じ味なのか確かめてくるから――。

仮に同じ味だったとしたら、神が久藤三葉の料理を食べて、そのレシピを体得した可能性が生じてくる。遥太はそのことを、おそらくちゃんと理解している。

「…………」

神も同様だった。自分の作ったビーフストロガノフが、三葉のそれと同じ味だったと指摘された時、神は心の奥底が、ざわっと波打ったような感覚を覚えた。それまで沈黙していた羽虫《はむし》たちが、いっせいに翅《はね》を震わせたかのような、ややもすると不快なほどの感覚だった。

俺は、久藤三葉の料理を食ったことがあるのか――？ 昨夜、久藤氏らの前ではおくびにも出さなかったが、そんな疑問がすぐに生じた。会ったことがあるのか……？ 俺は、この男の、娘と……？

もちろん、会った記憶などなかった。久藤氏のスマホの待ち受けが、娘、三葉の写真だったことから、話のついでといったていで彼女の顔を見せてはもらったが、そこに写っていたのはまるで見覚えのない女の顔だった。

つまり、仮に俺が彼女に会ったことがあるんだとしたら、それは三年以上前――。記憶を失う前のことだったんだろう。

久藤氏から得た情報によると、久藤三葉は二十六歳のバレエ講師で、自分の娘とは思えないほど品行方正《ひんこうほうせい》、つい半年ほど前までは、浮いた話ひとつ聞いたこともない、純粋無垢《むく》な娘だったという。

写真を見たえーちゃんが、この見た目で浮いた話がないとか嘘《うそ》でしょ？　親には隠してるだけだって、と意見したが、久藤氏はそれを言下《げんか》に否定した。嘘じゃない！　あの子は本当に奥手《おくて》でシャイで、男と喋るのも苦手そうにしてたくらいなんだ！　駆け落ち相手と付き合う前までは、十時の門限ずっと守る子だったし……。

そして彼は、グチグチと恨みがましそうに続けたのだった。それが、駆け落ち相手と付き合うようになってから、門限破るようになって……。しかも途中から、しょっちゅう朝帰りするようになって……。嫁入り前の娘が、さすがにそれはどうかと思って注意したら、パパはなんにもわかってない！　とか逆ギレされて……。どうしてあんなふうに変わっちゃったんだか……。こないだのバレンタインだって、三葉のヤツ、わざわざ男のために手作りチョコなんか用意しちゃってさ！　俺には作ってくれたことないのに！　ひどくない？　妻が亡くなって十年、父娘《おやこ》ふたりで、ずっと力を合わせてやってきたんだよっ！　それなのに、ポッと出の男のほうが、俺より優遇されるなんて……。

まあまあ、社長。チョコごときで騒ぐなんて、リカオンの名がすたりますよ？　と寿さんがたしなめていたが、久藤氏の憤《いきどお》りは止まらず、朝食だってそうだよ！　俺、朝はごはん党なのに、交際相手がパン派だからとかって、急に洋食になっちゃってさ！　などとわめき続けた。そいつがうちにいるわけじゃなし、別に和食のままでよくない？　って俺が言ったら、だって将来のために練習がしたいんだもーん、なーんて、嬉しそうに言っちゃってさー！　俺、練習台にされちゃってたんだよ？　もう、男親ってなんなんだろうねっ？　報《むく》われないにも程があるよっ！

そんな女が、果たして自分に料理を食わせたことがあるのか？　神としても、自らの仮説に疑問は感じた。しかも三葉は三年前、イギリスで暮らしていたらしいのだ。幼《おさな》い頃からバレリーナを目指していた彼女は、高校を卒業してすぐバレエ留学のため渡英、そのまま向こうのバレエ団に入団し、長らくそちらでプロのバレエダンサーとして暮らしていた。日本に帰国したのは一年半ほど前で、そこからは演者ではなく、教える側に回ったとのこと。

久藤氏が語った三葉の過去を前に、神の疑念は深くなる一方だった。やっぱり、会ったことなんてなさそうだよな？　俺、英語なんて大して喋れねぇし。イギリスになんて、いたはずが——。

しかし、ないとも言い切れないのだった。何せ彼には、過去の記憶がまるでないままなのだ。

自らの過去について、神はそれなりに当たりはつけていた。多分、ロクなもんじゃねぇんだろうな。それが彼の実感で、あながち間違ってはいないような気がしている。

そもそも記憶を失った状態で、引っ越したばかりらしいアパートの一室で目が覚めるという状況からして胡散臭《うさんくさ》いし、記憶を失っていると自覚しながら、交番なり警察なりに駆け込もうと思えなかったあたりも不穏当この上ない。

とどのつまり後ろ暗い事情があって、声をあげようと思えなかったのではないか、という印象が、彼自身どうもぬぐえないのである。

ただしこの三年間で、明らかになったこともある。たとえば喧嘩《けんか》がバカ強いこと、あるいは南京錠《ナンキンじょう》程度であれば、針金で手早く開錠してしまえること、等々。それらはおそらく、記憶を失う以前に体得したもので、それらの内容を鑑《かんが》みても、かつての自分が清廉潔白な人間だったとはやはり考えづらい。下手したら、犯罪者の可能性もあるっつーか……。

過去を知りたくないのか、と問われれば、答えは否だ。過去の記憶がないということは、自分の一切を信じ切れないことに等しく、普段はそこまで感じないが、時おり漠然《ばくぜん》とした焦燥感や、ひどい虚無感《きょむかん》に襲われることもある。

それらをやり過ごすのは得意なほうだが、それでも記憶を取り戻せたら、感じないですむ感覚だという思いも強い。だから自分の過去について、教えてもらえるというのなら、それを拒《こば》むつもりは元々さらさらないのである。いや、ないつもりだった、と言ったほうが正確か――。

たとえば遥太と初めて出会い、彼の能力を知った時だって、神はたまらず訊いてしまった。俺には記憶がないんだ。だからあんたみたいな人に会ったら、訊いてみたいとずっと思ってたんだ。俺の作った料理を食べて、いったい何が見えてくるのか――。

受けて遥太は、まったくなーんにも！　などと無邪気に答えただけだったが、それでも神が訊いてしまったことは、歴然とした事実だった。たとえ後ろ暗いものであっても、自分の過去が欲しかった。

しかし、遥太の答えを前に、少なからず安堵《あんど》してしまったことも、また、事実ではあったのだった。そうか……。コイツにさえ、見えねぇのか……。俺と同じ力を持ってるはずのコイツにすら、俺の、過去は――。

そこで、やっと実感したと言ってもいい。ああ……、俺……。テメェの過去がわからなくて、ホッとしてんな……。わからなくてよかったって、腹の底で思ってやがる……。

「…………」

だいたいこの三年間、誰も訪《たず》ねて来ねぇわ、誰からも連絡入らねぇわっつーのも、やっぱ妙な話だしなぁ……。窓から見える青空を見上げながら、神はぼんやりそんなことを考える。要するに、三年間も行方不明のまま、身を隠せちまう人間だったってことだもんなぁ。真っ当な家族がいたとしたら、そんな芸当は出来ねぇだろうし……。

だからこそ久藤三葉のビーフストロガノフに、自分の心の奥底が、ざわついたのだろうと思っていた。

もし、彼女のビーフストロガノフが、自分のそれと全く同じ味だったら。もし、彼女が、過去の自分を知っている人間だったら。

自分がいったいどういう人間だったか、白日《はくじつ》のもとに晒されてしまうから――。

「――うっ、つっっ！」

煙草の火が膝《ひざ》に落ち、神は慌《あわ》てて立ち上がろうとする。しかし左足のギプスに阻《はば》まれ、不覚にも体勢を崩してしまう。「あっ！　っとっと……！」おかげで盛大に尻もちをつきながら、くわえていた煙草を畳の上に落としてしまった。「うあおっっっ……！」大急ぎ畳の上に落ちた煙草は、そこにわずかな焦げ跡《あと》を残す。神は煙草を手に取って、大急ぎで灰皿に放り投げる。そして焦げ跡をバンバン叩く。

「ヤベヤベヤベヤベ……ッ！」水漏れのあとにボヤを起こしては、それこそもう洒落《しゃれ》にならない。バンバンバン！

畳に残った小さな黒い焦《こ》げ跡を前に、神はミルキーの言葉を思い出す。――凪だけの大地は、いずれ滅びる。神ちゃんなら、それくらいわかるでしょう？

わかるような気はしていた。自らの凪いだ今の暮らしが、砂上の楼閣《ろうかく》に近しいものだと、わかってはいるからなおさらに――。

忘れていても、過去は消えない。焦げ跡を指でなぞりながら、神は苦く笑ってしまう。生きてしまった爪痕《つめあと》は、多分どっかに残ってるんだ。

遥太がアパートに帰ってきたのは、部屋の窓の端が藍色《あいいろ》に染まりはじめた夕刻頃のことだった。

「……ただいま」

浮かない声でドアをくぐってきた彼は、なぜか大きめの段ボール箱を抱えていた。だが神は、どうした？　とは訊かなかった。屋台の開店時間が迫っていたからだ。特に明確な営業時間を決めているわけではないが、それでも夕方頃には、腹を空かせた子どもたちが、屋台を置いた場所周辺をうろつきはじめる。

だから神は下準備した料理（本日のメニューは餃子《ギョーザ》だった。とにかく無心《むしん》で何かしらを刻みたかったのだ）をワゴンに運ぶよう遥太に命じ、急ぎアパートを出発した。

屋台自体は雑居ビル街の自販機脇に、あたかもそれの親戚《しんせき》のように忍ばせてあった。今日の営業場所は、そこから徒歩五分ほどのビル街の窪地《くぼち》だ。昨日休憩がてら周囲を散策し、なんとなく目星をつけておいた。あのあたりは、駅に向かう仕事帰りの勤め人たちが多くいるし、夜の店で働く女たちや、その子どもと思《おぼ》しき小中学生らも割りに多い。食堂の明かりを灯すには、まずまずの場所と言える。

ほたる食堂では、金の無い子どもに無料で食事を提供している。代金の代わりは秘密ひとつ。それを話して聞かせてくれれば、子どもに限って金はとらない。とはいえ時には、十五歳を騙《かた》るホームレスや、七歳だと言い張る老女等に、食事を出してしまう時もあるのだが。

子どもの秘密は色々だ。実は○○ちゃんが好き、だとか、宿題は答えを見ながらやってる、などという比較的他愛《たわい》もないものもあれば、ママがキッチンでこっそりお酒のんでるの、だとか、パパが知らない女の人とお部屋で遊んでた、等々、なかなかに不穏当なものもある。今日の子どもの告白も、相当にパンチの効いたものだった。

「最近ね。ママが、時々……おばけになるんだ。うーうーって言うばっかりで、喋れなくなっちゃって、暴《あば》れて色んなもの壊しちゃうの。ママに戻ると泣いて謝ってくる。またおばけになっちゃった。ごめんねー、大好きよー、って……。その時は優しくて、かわいそうで、ママが好きになる。でも……、おばけの時は……、ちょっと怖い」

その子の手の甲には青い痣《あざ》があって、神は彼の言う怖いの意味を、おおよそ察せるような気がしていた。年のころは小学校の低学年といったところか。男の子なのにおかっぱ頭がよく似合う、ずいぶんと可愛《かわい》らしい少年だった。

「……助けてやるわけじゃねぇんだな」

餃子二人前と交換に秘密を聞き出し、そのままその子を帰した神に、遥太はややぶっきらぼうに言ってきた。片方だけやや上がった彼の眉《まゆ》あたりにも、薄い不満のようなものが見て取れた。

ただし神とて、その感覚に異議はなかったので、「だな」とさらり答えるよりなかった。「まあ、助けては、やれねぇなぁ」受けて遥太は肩をすくめたが、神だってそもそも自分の行為が、相当に無為であることは重々承知していた。タダ飯を食わせるだけでは、あの子の助けにはさしてならない。

けど、だからって腹を空かせた子どもたちに、飯を食わせちゃいけない道理にもならねぇだろ？　そんな理屈で、神は子どもたちに料理を振舞っている。そんな自分の考えが、単なる屁理屈《へりくつ》であることは、神にだってよくよくわかってはいた。

　遥太から、久藤氏宅での出来事を聞けたのはそののちのことだ。子どもたちが姿を消し、仕事帰りの大人客へと入れ替わる狭間の時間。ちょうど客足がパタンと途切れ、遥太はこれ幸いといった様子でカウンター席に座り、まかないを要求してきた。そうして語り出したのだ。

「——例の件、空振りだった」

　浮かない表情からあらかた予想はしていたが、それにしてもかなり大胆な空振りだったようだ。

「三葉ちゃんの冷凍ビーフストロガノフ、全部なくなっちゃってたんだよ」

　そこまで言って遥太は、納得いかない表情で腕組みをしてみせた。

「あれがあれば、間違いなく駆け落ち相手の正体くらいはわかったのによ。どうも久藤のオッサン、酔っぱらって全部食っちまったみたいでさ」

　それはまさに、久藤氏痛恨のミスといったところだった。

　遥太が久藤氏宅に到着すると、氏は慌てふためいたように彼を出迎え、ないんだっ！　ないんだよっ！　遥太くんっ！　などとわめきながら、遥太を家のなかへといざなったらしい。

そうしてキッチンの冷蔵庫前まで案内し、その冷凍室のドアを開け放ってみせた。ただし、見るとそこには市販の冷凍食品が並んでいるだけで、作り置きしたらしい容器等は皆無《かいむ》。それで遥太が、ないですね、と見たままを告げると、久藤氏は、どうしてだと思うっ? と問うてきたそうだ。なんでないんだろうっ!? 確かに三葉、作り置いていってくれたはずなのに! なんで……!?

「いや、そんなん俺が知るかよ、と思ったんだけどさ。オッサン、もうパニック状態で……。最初はハウスキーパーの人に電話入れて、あっさり知らんって言われて、次に寿さんに電話して、そこで、酔っぱらって食ったんじゃないかって言われちまって――」

なんでも久藤氏は、泥酔《でいすい》すると記憶を失うタイプらしく、寿さんはその点を久藤氏に指摘したようだ。

「三葉ちゃんが家出してから数日間、久藤のオッサン酒浸りだったみたいでな。そのこと自体は、オッサンにも自覚あったらしくて……」

ただし久藤氏は、でも食べた覚えはない! そこまで俺もバカじゃない! などとしばらく電話口で食い下がっていたようだ。大体俺、酔っぱらうとあんまり食わなくなるタイプじゃーん! それなのに、あんなにあったビーフストロガノフ、全部食べちゃうっておかしくない?

しかし寿さんにこんこんと諭《さと》されて、最終的にはしょんぼり肩を落とし頷きだしたのだという。え? ああ……。ああ、うん……。あー、はい……。ですよね……。そうして額に手をやり納得した。まあ、寿くんが言うなら、そうなのかも……。

しかし久藤氏は、そこで簡単に諦《あきら》めなかった。彼は遥太を三葉の部屋に案内し、娘の私物を次々と遥太に差し出してきたのである。これでどう？　全部三葉が使ってたヤツ！　触っていいし、なんだったらにおいを嗅《か》いでもらってもいい！　それでどう？　それで、何かわかんない？

「いや、俺、犬じゃねぇんだけど、って思ったんだけどさ……。なんかあのオッサン、俺の力を霊感的なものと勘違いしてるっぽくて、もう必死で……」

それで遥太も久藤氏に付き合い、三葉のクローゼットの衣類に触れてみたり、お気に入りの毛布にくるまってみたりと、霊感があるかのように振舞ってきたらしい。「もちろん、なんもわかんなかったけどな？」

そうして遥太は、屋台脇に置いていた段ボール箱を持ち上げて、ドカッと自らの傍らに置き直したのである。

「で、これが、三葉ちゃんのビーフストロガノフ代わりってわけ」

それは遥太が、久藤氏宅から持ち帰ってきた段ボール箱だった。「中身は？」と神が訊くと、遥太はため息をつきつつ段ボール箱の蓋を開けてみせた。瞬間、甘いカカオの香りが鼻腔《びこう》をくすぐり、おかげで中身はチョコレートだと、神にはすぐに理解出来た。段ボール箱のなかには、大量の小箱が無造作に放り込まれている。

小箱は、煙草の箱程度のものから、男性用の弁当箱程度の大きさのものまで大小様々だった。色やデザインも、かわいらしいものから、シックなものまでと実にまちまち。

それで神が、「市販のチョコって感じじゃねぇな」と意見を述べると、遥太は空を仰ぐように返してきた。「正解。ぜーんぶ手作りチョコ」その答えに、神は首をまたひねる。

「これが、三葉嬢のビーフストロガノフ代わり？」すると遥太は、しかつめらしく頷いた。「うん。このなかに、三葉ちゃんが作ったチョコレートが交ざってるんだってさ」

神が久藤氏の言葉を思い出したのはその段だ。「ああ、そういやオッサン、娘が駆け落ち相手に手作りチョコ作ってたとか言ってたっけ……？」神の言葉に、遥太はまた頷く。

「そうそう、それ。そのついでだって、久藤のオッサンも、手作りの義理チョコもらってたらしい」しかし久藤氏には、その、ついで、というのが気に入らなかった。それで彼は娘の手作りチョコを、段ボール箱のなかに打ち捨てたんだとか。

聞けば久藤氏、毎年会社の女子社員や、馴染みの店のホステスさんたちから、大量のバレンタインチョコレートをもらっているらしい。ただし、甘いものが苦手な彼は、それらを食べることが叶わず、例年段ボール箱にまとめ、甘党の知り合いたちに譲っていた。

「添えられたカードやなんやかんやは、ホワイトデーのお返しリスト用に、寿さんが全部抜いちゃってて、どれが誰からのものなのかは、まったく全然わかんねぇんだけど――」

「けど、そのなかに娘の手作りチョコも交ざってるって気が付いて、お前に託してきた？」

「そういうこと。一応手作りだし、バレンタインチョコなだけに、相手の男のこと思って作ったのは確かだろうし？　駆け落ち相手の顔や素性が、少しはわかるんじゃないかと思って、引き取ってきたんだけど……」

遥太のそんな説明に、神は納得しつつも眉根を寄せてしまう。

「……ってことは、これ、全部あのオッサンが、女からもらったもんなのか？」

すると遥太も、神と同じく眉間《みけん》にしわを作ってみせた。

「これだけじゃねぇんだよ。市販のもの省《はぶ》いて、手作りだけでこの量なんだよ」

おかげでしばし、ふたりの間に沈黙が流れた。世にも奇妙な話と言うべきか、あるいは、さすがザギンの犬と理解すべきなのか——。

段ボール箱のなかのチョコレートは、少なく見積もっても七十個から八十個程度はありそうだった。「お前、甘いの得意なの？」「嫌いじゃねぇけど、好きって程でもねぇ」「……食えんの？　全部」「……まあ、うまくいけば、最初の一個目で三葉ちゃんのに当たるかもしんないし？」「下手すりゃ最後の最後になるぞ？」「嫌なこと言わないでよ。こういう時は、前向きに行くしかないっしょ。後ろ向いてたら、後ろにしか進めないんだし」

なんとも遥太らしい主張ではあった。

「あ、そういえばさ……」と遥太が言い出したのは、神が焼いてやった餃子をあらかた食べ終えたのちのことだ。彼は、餃子味のチョコだったらいくらでも食えるんだけどな〜、などとひとしきりボヤいたのち、思い出したように言ってきた。

「——ホッとした？　俺が三葉ちゃんのビーフストロガノフ食ってなくて」

やはり相当にさりげなく、しかしおそらくずっと気にしていたことを、一番最後にしてみせたのだろう。それもそれで、なんとも遥太らしい確認の仕方だった。なんだかんだで、察しのいい男なのだ。それで神は、素っ気なく言って返した。

「別に」

すると遥太も、「あっそ」とどうでも良さそうに眉毛をあげた。「ならいいけど」そうして再び屋台の手伝いに戻り、合間合間でチョコレートを口に運びはじめた。

チョコを口に含みながら、遥太はひとり情緒を千々《ちぢ》に揺らしていた。「甘ぇ……」「重い……」人の手作りを口にするというのは、つまりそういうことなのだ。「うー、キツイ……」

文句も口にしていたが、時おりニヤついたり、嬉しそうに頷いていることもあった。遠くを見詰めることも、頭を抱えることも、涙をこらえ、唇《くちびる》を嚙んでいることもあった。おそらく、少なからぬ人の思いに、うかうか寄り添ってしまっていたのだろう。遥太らしいといえば遥太らしい、実に不用心な食べっぷりとも言えた。

けっきょくその晩、遥太は鼻血が出るまでチョコを貪《むさぼ》り続けた。「ガキかよ」と神が言うと、遥太はキッチンペーパーを赤く染めながら、「仕方ねぇだろ。こっちが何人の頭んなか見たと思ってんだよ」と疲れ果てた様子で言っていた。

翌日、えーちゃんがほたる食堂に現れた時、遥太は屋台脇に置かれたビールケースに腰をおろし、鼻にティッシュを詰め込んだまま、無心でチョコを頬張っていた。

そんな遥太の姿を前に、えーちゃんはカウンター席に座ってなお、メニューを見ないまま怪訝そうに遥太を凝視していたほどだ。

「……何あれ？」

謎《なぞ》の生命体を見るかのようなえーちゃんの問いかけに、神も遠い目で応える。

「んー……、チョコの食い過ぎっつーか……。猪突猛進《ちょとつもうしん》の成れの果て、みたいな？」

遥太が鼻血を出したのは、今しがたというわけではない。朝目覚めてから現在に至るまで、すでに五、六度は出血しているはずだ。

遥太が口にしているのは、もちろん久藤氏から託された手作りチョコレートだった。彼はそのチョコを、ひと箱ひと箱、律儀《りちぎ》に完食しているのである。

もちろん神は、遥太が二度ほど鼻血を出したあたりで、ちゃんと助言してやっていた。そんなもん、ちょろっと食えば、三葉ちゃんのチョコかどうかはわかんだろ。ひと口だけ食って、残りはいいから捨てちまえよ。

しかし遥太は、頑固職人のように首を横に振ったのだった。手作りチョコなんだから、そんなわけにいかねぇ……。じいちゃんも言ってたもん。食い物は絶対に粗末《そまつ》にすんなって——。鼻血を垂らしながら、それでもじいちゃんの言いつけを守ろうとする遥太に、神はほとほと呆《あき》れ、そのまま彼を放置することをいったんは選んだ。つーか、チョコで鼻血出す奴なんて本当にいるんだな……。

だが現状、神としては呆れるより、徐々に不安が募りはじめていた。暗がりでチョコを貪る遥太に目を向けると、彼の顔がひどく青ざめているようにも見える。大丈夫なのか……？　あれ……。そう思わずにいられなかったし、そろそろ本気で止めるべきなのでは？　という思いも何度か頭を過《よ》ぎった。あのままじゃ、さすがに出血多量になっちまう気が……。

ちなみに、先ほど神が段ボール箱をチラッとのぞいた時には、なかにはもう二十箱ほどのチョコレートしか残っていなかった。昨日からの消化量を考えると、遥太の頑張りがよくわかる。それほどまでに遥太は、心血を注ぎチョコレートを口にしていた。

遥太の頑張りには理由があった。娘捜しを引き受けた際、多大なる威力を発揮した金が理由ではない。彼にはまた別に、三葉を捜す理由が出来てしまっていたのである。その兆候は、すでに昨晩のうちに現れていた。屋台の営業を終え、アパートへと向かうワゴンのなかでのことだ。遥太はチョコレートを口にした感想を、ひどく熱がこもった様子で語りだした。人って、第一印象じゃあ、ホントのトコなんてわかんねぇもんなんだなぁ。だって久藤のオッサン、めっちゃいいヤツなんだもん。俺もう、ちょっと泣きそうだったわ。

泣きそう、と言いながら、ちゃんと涙ぐんでいたのだから、ほぼ泣いてしまっていたと言っても過言《かごん》ではないだろう。どうやら遥太、久藤氏にチョコを渡してきた女たちの思念を読み取り、久藤という男の人となりを目の当たりにしてしまったようなのだ。そして、その男の力になりたいと、強く心に誓ってしまったらしい。

久藤氏に手作りチョコを渡した女たちは、なかなかに多種多様だったという。たとえば会社の女子社員、あるいは取引先の女の子、行きつけの歯医者の歯科衛生士さんや、よく行く図書館の司書さんなる女性もいたらしいから、久藤氏の女性人脈には、なかなかに底の知れない部分もあった。

一番多かったのは、銀座や六本木、新宿、池袋《いけぶくろ》のホステス、並びにキャバクラ嬢たちだ。久藤氏を単なる金づると見ている子もいたが、それでもほとんどの女性たちが、久藤雅人という男を非常に好意的に捉《とら》えていた。昔からの付き合いのホステスになると、その傾向は顕著《けんちょ》に出て、男と女という関係を超え、彼女らは久藤雅人のことを、年上の弟のように、あるいは年かさの息子のように、近しく親しく温かく、親愛の情をたたえ深く思いやっているのだった。

久藤のオッサン、とにかくすげぇ愛妻家《あいさいか》でさ。そういうとこもよかったみたい。こんな男もいるんだなぁって、けっこうな人数の女の人たちが感心してたよ。

ちなみに、久藤氏と亡き妻の関係も、久藤氏周辺の女性たちなら、みな知り置いているようだった。だって、ほとんどの人のチョコレートから、久藤のオッサンが奥さんの話してるとこ見えちゃったもん。それが遥太の弁だった。オッサン、マジで今でも奥さん一筋らしくて、しょっちゅう奥さんの話してるみたいでさ……。

遥太の話によれば、妻の話をする久藤氏は、それはそれは幸せそうだったという。そしてそんな久藤氏の話を前に、初対面の女の子などはすっかり勘違いをしてしまって、いいなぁ、久藤さんの奥さん。あんなに旦那《だんな》さんに愛されてて、などと言い出すこともままあったようだ。もう、奥さんが羨ましい〜。

しかしそののちに、彼女らは周囲から聞かされるのだった。でも……、実は久藤さんの奥さんって、もう亡くなってるのよね……。つまり久藤氏は、妻亡き後も、彼女を想い、彼女を語り、暮らしのなかに彼女の面影を常に置き続ける、筋金入りの愛妻家だったというわけだ。

久藤氏の妻、久藤和佳《わか》は、もともとは高級クラブのホステスだった。そのクラブに、久藤氏がボーイとして入店し、ふたりは出会ったのである。当時、和佳はすでに売れっ子ホステスで、学生バイトだった久藤氏にとっては、到底手の届くはずもない高嶺《たかね》の花だった。それでも和佳に一目惚れした彼は、玉砕覚悟の猛アプローチを繰り返した。そうして十年近くにわたるアタックの末、やっと彼女に振り向いてもらえたのだ。

その顛末については、久藤氏もよくのろけつつ語ってみせていたようだ。もう、一生分の運を使い果たした気分だったよ。そこからは、彼女を幸せにしなきゃって一心で、仕事にも精が出た。事業が上手くいったのは、だからほとんど和佳さんのおかげ。俺にとって和佳さんは、ホント幸運の女神だったんだよねぇ。

そうしてふたりは結婚し、愛娘の三葉にも恵まれた。ふたりが紡いでいく日々は、傍から見ても順風満帆で、幸せそのものという様子だったという。

しかし、思わぬ転機が訪れた。和佳が病に倒れたのだ。病気がわかったその時には、すでに手の施しようがない状態で、彼女は短い闘病の末、その人生に幕を下ろすこととなった。当然、残された久藤氏は、やはり相当に落ち込んで、しばらくは自暴自棄に日々を過ごしてもいたようだ。

それでも現状、久藤氏は言っているのだった。俺は全然、不幸じゃないよ？　笑いながら、少しおどけたふうに言ってのける。だって俺、和佳さんに出会えたんだもん。嘆くなんて、ナンセンスでしょ？　和佳さんと生きられた。三葉も授かった。三人で、幸せに生きられた。そんな素晴らしい人生を、嘆いて悲しんで、不遇なものにしてたまるかよって――。今は、そう思っちゃうんだよねぇ……。

言葉は時として人を導く。久藤氏がひたすらにご陽気オジサンなのは、そういった部分に、多少なり引きずられてのことなのかもしれない。

そして、とかく他人に感情移入しがちな甘ちゃん遥太は、そのご陽気者の人生にすっかり心を鷲摑《わしづか》みされてしまった模様。

最初はさ、なんで久藤のオッサンが、あんなに手作りチョコもらえんのかスゲー不思議だったんだけど。でもチョコ食ってみたら、スゲーわかる気がしたんだわ、などと、しみじみ語ってみせたのである。

よく言うじゃん？　愛妻家のほうがモテるって。まさにあんな感じでさぁ。実際、めっちゃいい夫婦っぽかったんだよなぁ。久藤夫妻。子どもの頃の三葉ちゃんも、そりゃあ幸せそうで……。親子っていいもんだなぁって、なーんかジーンときちゃったっていうか……。

甘ちゃん野郎の遥太には親がいない。まだ赤ん坊だった頃、親戚をたらい回しにされた挙句《あげく》、それを見かねた遠縁のじいちゃん夫妻に引き取られた。だから余計、そんなふうに思ったのかもしれない。彼は熱を帯びた調子でもって、それなのに三葉ちゃんが駆け落ちって、なんか変だと思っちゃったんだよね、などと言い出した。

だって三葉ちゃんも、父親思いのいい子なんだよ。会社の女子社員の子たちのチョコに、ちょいちょい三葉ちゃん出てきたんだけど。会社の人集めてやるホームパーティーでも、社員さんたちに手料理振舞ってさ。父のこと、よろしくお願いしますね、なーんて言って、お酌《しゃく》しながらみんなに挨拶するような子でさぁ。

だから彼女が駆け落ちして、その上久藤氏と連絡を絶つなど、どうしても考えづらいのだと遥太は語った。

なんつーか、よっぽど相手に心酔《しんすい》して、ほとんど洗脳状態にあるとか？　そういうんじゃないと、みんなのチョコ食って見えてきた三葉ちゃんと、様子と行動が一致しないんだよなぁ。それか……、実は騙《だま》されて連れ去られて、どっかに閉じ込められてるとか……？　たまにいるじゃん？　付き合ってた女の子に別れ話持ち出されて、逆上して女の子拉致《らち》って、監禁しちゃうような男とか——。

そこまで言って遥太は、自らの発言に危機感を覚えたらしく、……って、え？　あれ？　そういう可能性もある……？　などとにわかに戦々恐々としはじめた。えっ？　あれっ？

もしそうだったらヤバくないっ⁉　宗吾！　これって、けっこうヤバいかもだよ！　ただの駆け落ちじゃない可能性アリだって！

　もちろん神は、落ち着けって。ちゃんと置手紙はあったんだし、と遥太をなだめたが、彼は鼻息を荒くして、そんなもんいくらでも偽造出来るじゃんか！　と神の助言を一蹴《いっしゅう》してみせた。そうだよ！　三葉ちゃん、駆け落ちじゃなくて、誘拐されてんのかも――！　そしてその結果、鼻血を出してなおチョコレートを頬張るという、苦行にも似た地道な捜査を続けているのである。

　青ざめた顔の遥太から目をそらし、えーちゃんはテーブルの上のメニューを手に取り、中身に目を通しはじめる。

「――んん？　今日のメニュー北京ダック？　最近、めずらしい料理多くね？」

　目を丸くするえーちゃんに、神は苦笑いで応える。

「ああ、昨日、天気がよかったから、気分転換にちょっとな」

「は？　天気って？」

「干さなきゃなんねぇんだよ、鳥を丸ごと」

「へーえ、北京ダックってそうなんだ？」

「ああ。ただ、出すのはダックじゃなくて鶏《にわとり》だから、実際はペテンダックだけどな」

「ふうん。ダックってアヒルだっけ？」

「そう。ネズミーランドの大統領」

「あー、確かに、そう思うとなんか食うの躊躇《ためら》われるもんな」

「いや、そういうことじゃなく。単に手に入らんだけな？」

「あ、そうなの？」

「そうなの。それに、皮だけ出すんじゃなく、中身も鶏丼《どんぶり》で出すから。お値段リーズナブルにしてあります」

「へーえ。よくわかんねぇけど、俺、北京ダック初めてだから楽しみぃ」

そうしてえーちゃんは、北京ダックセット大盛りを注文。神が準備に取り掛かると、すかさず前のめりになって言ってきた。

「──時に神ちゃん。一昨日の……、寿さん。あれからまたお店来てる？」

妙に目をキラキラさせたえーちゃんに、神は少々の違和感を覚えながら応える。

「いいや。昨日も今日も来てないけど？」

「そうなの？　でもホラ、帰りしな一緒にいたオッサンが、神ちゃんたちと色々話し込んでたじゃん？　娘さんを捜すとかどうとか……。あれキッカケに、なんか今後も店に来る予定とか……、ない？」

「さあ？　オッサンの秘書だって話だったから、オッサンが来りゃついて来るかもだけど」

「じゃあオッサンが来る予定は？」

食い下がってくるえーちゃんに、神は北京ダックをバーナーで軽く炙《あぶ》りながら問う。

「さあ？　つーか、なんで？　寿さんがどうかしたのかよ？」するとえーちゃんは、めずらしく年相応といった感じの、どこか少年っぽいテレ笑いで応えた。「いやー、それは、まぁ……。なんていうか、ちょっとタイプだったから？」

おかげで神は、思わずバーナーの火をえーちゃんに向け声をあげてしまう。「はあっ⁉　マジかっ⁉」受けてえーちゃんは、「うおっ！」とのけぞり、「あっぶねーな、神ちゃん。そんな驚くことかよ？」と眉を八の字に下げた。だから神はバーナーの火を消し、「悪い。ちょっと、意外が過ぎたっていうか……」と告げたのだが、えーちゃんは不思議そうに、「そう？　かわいくなかった？　寿さん」などと言い出した。「まあ、地味にしてるから、確かにわかりづらかったけど。よく見りゃかなりの美人だったじゃんか。何より俺、なんかああいう、無表情で淡々としてて、何考えてんのかよくわかんねぇ女って、けっこう好みなんだよね」

言われてみれば寿さんは、確かにえーちゃんの言う通りの女性ではあった。ただし、女の趣味としてはなかなかに独特。しかもまだ二十二、三のえーちゃんに対し、寿さんはすでにアラフォーと思しき雰囲気だった。そのあたりは気にならないのか――。えーちゃん、諸々《もろもろ》独特だな……、と神は半ば《なか》感心しつつ、温まった北京ダックを皿に載せていく。

「……久藤のオッサンなら、一応また来るかもしんねぇけど。いつ来るかは読めねぇなあ。遥太次第ってとこもあるし」

「なんで遥ちゃん次第よ？」

「オッサンの娘さんを捜してんのは、主にアイツだからな。手掛かりが摑めたら、オッサンに連絡入れるなりなんなりして、もしかしたら、ここで報告することになるかもしれんけど……」

「そうなったら、俺にも連絡くれない？」

「寿さんが一緒とは限らんぜ？」

「秘書なんでしょ？　可能性は高いじゃん。もし一緒じゃなくても、オッサンに寿さん紹介してもらうって手もあるし。それに――」

語るえーちゃんに神は、すげぇグイグイくるなぁ、と内心ひそかに唸《うな》ってしまう。そんなだけタイプってことか？　あの、いかにもお堅い感じの寿さんが？　タイプ……？　そんなことを思いながら、北京ダックを包むヤーピンを、少し温めるため蒸籠《せいろ》に入れる。温めの時間は短くていい。その間に手早くキュウリと白ネギを細切りにしていく。北京ダックと一緒に、どちらもヤーピンで巻くからだ。

作業スピードを速めた神を前に、えーちゃんはまた楽しそうに語りだした。

「あと俺、博多《はかた》弁がすげー好きでさ。寿さんって、福岡出身じゃないかと思うんだよ」

「は？　なんで？」

「ほら、寿さん言ってたじゃん？　地元には寿って苗字が多いって」

「あ？　ああ……、そういやそんなこと言ってたっけ？」

「俺、昔ちょっとだけ福岡にいたことあってさ。その頃、中洲《なかす》のスナックにちょくちょく顔出してたんだけど。そのスナックが、KOTOBUKIって名前だったこと思い出したの」

「ははあ。そりゃ目出《めで》てぇ名前の店だな。オーナーがゲン担《かつ》ぎするタイプとか?」

「いいや。単に店のママの苗字が、寿だっただけ」

「ん? コトブキ……?」

「そう。ママの苗字も寿だったのさ。俺、そこでもママに、司って男を婿養子に迎えてくれよーって、よく言ってたことも思い出して——。もしかして、寿さんが言ってた地元って、福岡なのかもって思ったんだよね。だから、博多弁でなんか喋ってもらいたいなーって! 絶対かわいいから!」

酒も入っていないのに、若干ニヤけ顔で話すえーちゃんを前に、神は冷静に思う。いやいやいや、寿さんが博多弁喋っても、あんまりかわいくは……。いっぽうえーちゃんは、思い出し笑いをしながら話を続ける。

「しかもそこの寿ママ、もう七十くらいのオバアちゃんだったのに、めっちゃ小洒落た名前でさ。確か、サリイだか、エリイだか、なんかそんな感じの、ハーフタレントかよっ、みたいな……。それも本名だっつーから、けっこう度肝抜かれちゃって——」

遥太が立ち上がったのはその瞬間だ。

「——んぐっ!」

空を仰ぎながら、彼は大きな唸り声をあげ、そのままもぐもぐ咀嚼をはじめる。おかげでえーちゃんはビクッと体を震わせてしまって、「な、何……？」と目を見開き遥太を見詰める。「今日の遥ちゃん……、なんかトリッキー過ぎねぇ……？」

しかし神には、遥太の咆哮《ほうこう》の理由はわかっていた。きっと彼は、久藤三葉のチョコレートにたどりついたのだろう。

それで思わず手を止めて、遥太の様子を見詰めてしまった。

「………」

神だって当然、いずれそのチョコに行き当たることは理解していた。覚悟もしていた。それでも心の奥底の羽虫たちが、ザワッとまたいっせいに翅を揺らしたのがわかった。

それはやはり、ひどく不快な羽音だった。

「……ん、ぐぐ……」

遥太は顔を空に向けたまま、もぐもぐ口を動かし続けている。目はまるで何かを見ているかのように、しかと見開かれたままだ。

しかし、しばらくすると口の動きが一瞬止まり、それと同時に目がパチクリとしばたたいた。眉もギュッと寄せられて、はっきりと訝《いぶか》しそうな表情だ。何が見えているのか、遥太は再び咀嚼をはじめ、首をギューッと傾ける。

「んー……？」

そうして彼は、首のみならず上半身まで横に傾けはじめる。表情は怪訝を通り越し、困惑、あるいは混乱といったところか。目もバチバチしばたたかれており、明らかに想定外の何かしらが、チョコから見えていることを物語っていた。

遥太がチョコレートをすべてのみ込んで、神のほうに顔を向けてきたのはそれから数十秒後のことだ。彼は機械仕掛けの人形のように、ギューッと首から上だけ動かして、神を見据えて眉根を寄せた。

その段階で、神はすでに嫌な予感を抱いていた。そして彼の嫌な予感は、遺憾なことによく当たるのだった。

「見えたわ、宗吾。三葉ちゃんの、駆け落ち相手——」

嵐の鳥が、風を吹き込む。

「……これ、久藤のオッサンに早く知らせねぇとだわ」


黒い流れ星が夜空をよぎる。その姿を目で追いながら、神は深いため息をつく。カー、カー、カー。そう響く声は、やはり凶兆を知らせているように思えてならない。カー、カー、カー。

遥太が久藤氏に電話を入れて、おおよそ三十分ほどが経った。その三十分間で、どんどんカラスが集まってきているのだから、なんとも不気味だ。

遥太から電話を受けた久藤氏は、三葉の駆け落ち相手がわかったという遥太の報告に対し、電話越しでもそうとわかるほどの大声で、だだだだ、誰っ⁉ 誰だったんだっ⁉ とひどく動揺しながら訊いてきた。どこのどいつっ⁉

それで遥太は、どこか覚悟を決めた様子でもって、それは……、と率直に答えようとしたのだが、しかしその名前を告げる一瞬手前で、久藤氏によって止められてしまった。やっ！　ややややっ！　やっぱタイムッ！　言わないでっ！　心の準備があるからっ！　まだ言わないでっ！　まだっ！　まだ……。

そうして彼はしばし沈黙したのち、これからほたる食堂に向かうから、そこで話を聞かせてもらえないかな？　と提案してきたのである。それまでに……、俺も心の準備をするから――。そういうことで、どうだろうか？

かくして遥太は電話を切り、再びビールケースの上に腰をおろすと、再び三葉のチョコレートをかじりはじめた次第。まだ何か見えるかもしんないし、というのが遥太の弁で、全部食って、俺が見えることは、ちゃんと見とくから――、とこっそり神に言い置きもした。おそらく三葉のチョコレートから、神に関する何かしらが見えてこないか、再度確認するという意味合いなのだろう。それから約三十分間、彼はひどく思い詰めた表情で、もくもくと三葉のチョコレートを味わい続けている。

「………」

その間に真白も来店し、カウンター席に腰をおろした。とはいえ彼女の目的は遥太であるため、北京ダックの胸肉だけというダイエッター注文をして、すぐに遥太を注視しはじめたのだが――。

「で、神さん……。遥ちゃんのあの感じ、どうしちゃったんですか？」

おかげで同席していたえーちゃんも、北京ダックをあらかた食べて暇になったのか、「そうだよ！　なんで遥ちゃん、急に例の駆け落ち相手のことわかっちゃったりしたの？」などと疑問を呈《てい》しはじめた。「遥ちゃん、あそこに座ってチョコ食ってただけじゃん。なのになんで？」

するとと真白は、すぐに状況を察したらしく、「あ！　ああ、そっか！　遥ちゃん、霊感で捜査中なんだ！」などと言い出した。「相変わらず冴えてるんだねぇ！　遥ちゃんの霊感！」

何せ真白は遥太の特異体質について、あらかた知り置いているのである。そしてその事実を、遥太も神も秘密にしていることまで承知済みで、だからどうにか誤魔化そうとしてくれたのだろう。「えっ？　霊感って？　あれ、マジ話だったの？」と目をむくえーちゃんに対し、「そうなんですよー。テレビでもよくやってるじゃないですか？　霊能力者が行方不明者捜したりするやつ」などと実にそれらしく語ってみせた。「遥ちゃんって、ちょっとそういう力あるみたいで……？」「マジっ!?　じゃあ遥ちゃんもテレビ出ればいいじゃん！」「いやでも、遥ちゃんって、意外と奥ゆかしいところがあるから。そういう目立つのはやりたくないみたいですよ」「へぇ、そうなの？　もったいねー。つか、だったら徳川《とくがわ》埋蔵金とかを、秘密裏《ひみつり》にこっそりとさ……」

おかげで神は特にふたりに構うことなく、遥太を観察していられた。

「…………」

ちなみに、三葉の駆け落ち相手については、神もすでに知っていた。全部食って、俺が見えることとは、ちゃんと見とくから――。遥太にそう言われた際、サラッと耳打ちされたのだ。あ、あと、三葉ちゃんの相手なんだけど……。

カー、カー、カー。カラスの鳴き声がまた響く。その声に耳を澄ましながら、神はぼんやりと考えを巡らせてしまう。きっとこれは凶兆だ。嵐の前触れに違いない――。

しかし現段階では、それが誰にとっての凶兆なのか、よくわからなくなってもいたのだった。自分に災難が降りかかるのか、それとも、久藤氏に向かって風は吹くのか？　あるいは、もしかすると遥太に――？

そう悶々《もんもん》と考え事をしている神の目の端に、車のヘッドライトの明かりが届く。同時にやや激しめのエンジン音も聞こえてきた。それで音のほうに顔を向けると、通りの向こうのほうから、こちらに向かって走ってくる一台のタクシーが見えた。

「あ……」

神がそれに気付くと、遥太もタクシーを目に留めたのか、スッとビールケースから立ち上がった。

やって来たタクシーは、ほたる食堂の前で急停車した。バタン、という低い音をたてて後部座席のドアから出てきたのは、もちろんと言うべきか久藤氏だった。

「――お待たせ」

しかつめらしく言った久藤氏の髪は、暴風に曝《さら》された直後のようにぐしゃぐしゃだった。きっとここに向かうタクシーのなかで、頭をかきむしっていたに違いない。いまだ苦悶の表情を浮かべているあたりからして、心の準備が出来てるのかどうかは甚《はなは》だ怪しいところだったが、しかしここまで来てしまったのだから、事実を聞くより他はない。彼もそう覚悟はしているのだろう。強張《こわば》った表情をたたえながらも、真っ直《ます》ぐ遥太を見詰めていた。

カー、カー、カー。神も黙ったまま、遥太と久藤氏の様子を見守る。カー、カー、カー。カラスがこうも騒がしいのは、偶然なのか、必然なのか——。

久藤氏は咳《せき》ばらいをしながら、緊張した足取りで遥太のほうへと進んで行く。遥太もそんな久藤氏を前に、わずかに息をのんだような表情を浮かべ、彼のほうへとゆっくり歩み寄って行く。

「わかったんだね？　三葉の相手……」

「ああ。行方はまだわかんねぇけど。とりあえず、相手だけは……」

遥太は久藤氏の前に立つと、チラリと神たちのほうを見た。そうして久藤氏の腕を摑み言ったのだ。「ここだと話が漏れるから」つまりそれは、こっちの話は聞いてくれるな、という真白やえーちゃんに対するお願いだった。「ちょっと、こっち来て……」

言いながら遥太は久藤氏の手を引き、五メートルほどばかり屋台から離れる。そんな遥太たちを前に、えーちゃんは不満顔を浮かべる。「えー？　なんでー？　別に聞いてもよくない？」受けて真白が、「駆け落ちなんてデリケートなことですから」とたしなめたが、えーちゃんは納得いかないようだった。「なんでさ？　こないだなんて、俺らの前で、娘が駆け落ちしたからーー！　とかオッサン大騒ぎしてたじゃんか」だから神は、「あ、そういやえーちゃん、今日は酒いいのかよ？」と急ぎ話をそらしたのだ。「今日の酒は紹興酒《しょうこうしゅ》なんだけど。一杯だけならサービスするぜ？」

紹興酒を出す素振りを見せながら、神は遥太と久藤氏にチラリと目をやる。遥太は頭をかいたり顔をしかめたり、首を傾げたりしながら口をもごもごさせている。おそらく、まだ告げられていないのだろう。どう言えばいいのか、どう伝えればいいのか、遥太としても多少なり悩んでいるものと思われる。

無理ねぇわな、と神は思う。価値観によってとらえ方は異なるだろうが、遥太がこれから告げようとしていることには、それ相応の重みがある。人によっては、嵐の幕開けともなりかねない。まあ、平気な親もいるだろうけど、これぱっかりは、なんともなぁ……。

カーーッ！　とひと際大きなカラスの鳴き声が響いたのは、神が紹興酒をグラスに注ぎつつ、チラチラと遥太らのほうに視線を送っていた最中のことだった。

遥太が頭をガシガシかきながら、顔を歪《ゆが》め何かを告げたその直後、一羽のカラスがまるで時を告げるように大きく鳴いた。カーーーーーーーーッ！　そしてそのカラスの声に、久藤氏の声が割って入る形となった。

「ーーはああああああっ？」

まるでカラスの声を引き継いだかのような、あるいはかき消すかのような、実によく響くいい声だった。

「三葉の駆け落ち相手が、寿くんだってぇぇぇ⁉」

その言葉に、えーちゃんはもちろん真白も、ん？　と小首を傾げ目を見開く。そんなふたりの反応を前に、まあそうなるわな、と神は思いながら久藤氏の様子を見守る。つーか、遥太の気遣い、まるっと無駄になっちまったな……。

久藤氏はわけがわからないといった様子で、自らの頭を叩き頬をつねり、耳の穴に指を突っ込み、ぐりぐり指を回しはじめる。「え？　はあっ？　何？　それ……。夢？　冗談？　ホント、なんなの……？」

夜空の黒いカラスたちも、突如響いた人の声に、不穏なものを感じたのかさらにうるさく鳴きだす。カー、カー、カー、カー、カー。

そんななか、久藤氏は何を思ったのか、おもむろに遥太の胸倉を掴みぐんぐん揺さぶりはじめた。

「なんで三葉が寿くんとっ⁉　なんでっ⁉　君、わかってる？　ふたりとも女だよっ⁉　なのになんで、駆け落ちなんて……っ⁉　女同士で、なんで……」

おそらく、相当に混乱してしまっているのだろう。カー、カー。揺さぶられている遥太の顔色も、さらに青ざめて見える。カー、カー。

カウンター席では、真白が「あ、ああ、遥ちゃん……」と息をのみ、えーちゃんは「こ、寿さん、マジで……？」と絶句していた。カー、カー、カー。

嵐の鳥が、風を吹き込む。

この鳴き声は、誰にとっての凶兆なのか——。神にはまだなお判然とせず、深く息をつくよりなかった。カー、カー、カー。

二品目　醬油ラーメン

鈴井遥太は、かつてメギツネに騙されたことがある。比喩《ひゆ》ではなく、実際メスのキツネに騙された。

まだ彼が幼かった頃のことだ。家の裏山をひとり散策していたところ、草むらのなかに一匹のキツネを見つけた。

普段なら、遥太も野生動物を追い回したりはしなかった。じいちゃんにそう教えられていたからだ。けれど、そのキツネは右の後ろ足を引きずっており、ケガをしているのかもしれないと思った遥太少年は、手当てしなければという使命感にかられ、ついそのキツネを追いかけてしまった。

遥太の記憶が確かなら、十分、十五分は追いかけたような気がする。手負いのキツネは足を引きずりながらも、案外逞《たくま》しく山道を駆けていった。

そうして走り回ったのち、山の麓《ふもと》近くにある小さな沢にたどり着いたのだ。そこでキツネはふと立ち止まり、背後の遥太を振り返った。

その眼差《まなざ》しに怯《おび》えの色はなく、態度もごく堂々としていた。まるで、よくここまでついて来たな、と遥太の労をねぎらっているようですらあった。

だから遥太としても、自分の気持ちが通じたのかもしれないと、ひそかに安堵の息を漏らした。大丈夫。俺は敵じゃない。そのケガを治すだけだから――。そんな気持ちをたたえながら、じっとキツネを見詰め続けた。そうして、もうそろそろいいかな、と思ったあたりで、わずかに上体をかがめたのだ。その次は、そっと手を伸ばす心づもりだった。

しかし瞬間、キツネは引きずっていた後ろ足でもって、勢いよく地面を蹴《け》りあげた。そしてそのまま、沢の急な斜面を猛スピードで駆けあがりはじめたのである。

みるみる小さくなっていくその後ろ姿は、とても手負いとは思えない俊敏さで、取り残された遥太少年は、ポカンとキツネの姿を見送ってしまったほどだ。

じいちゃんにその話をすると、彼は目を丸くして笑った。はははあ、そりゃ賢いキツネやったなぁ。じいちゃんの推理によると、キツネはおそらく幼子《おさなご》を抱えたメスのキツネで、遥太が巣穴近くに寄って来たため、自分がおとりになって巣穴から引き離したのだろうとのことだった。

キツネでそんなことするヤツは珍しいけど、鳥なんかはよくやるんやで？　擬傷っていってな。ヒナを守るために、ケガしたふりしておとりになって逃げるんや。もしかしたらキツネも、鳥に騙されたことがあって、そのやり口を覚えたのかもしれんなぁ。

その話に、遥太少年は食いついた。すげぇ！　鳥賢い！　するとじいちゃんはまた笑って、鳥だけやないで？　と囲炉裏《いろり》の灰をかき混ぜつつ語り続けた。死んだフリをするネズミもおるし、桑田《くわた》さんちのジョンなんか、おやつが欲しいと仮病を使うらしい。弱ったフリすると、甘やかしてもらえるでな。虫もそうや。カマキリは枝や葉っぱのフリして獲物を狙《ねら》うし、ナナフシやって、棒切れそっくりな形をしとるやろ？　あれも自分を守るために、枝のフリして敵を欺いとるんやで。

アザムクって、何？　と遥太が訊くと、じいちゃんは少し考えて、嘘をつくってことかなぁ、と答えた。みんな、生きていかんとならんでな。遥太から逃げたキツネやって、生き抜くために必死やったんかもしれん。

遥太がそんな遠い昔の記憶を蘇《よみがえ》らせたのは、三葉の手作りチョコを食べたからだ。彼女のチョコからは、寿さんとの鮮やかな日々が見えてきて、図らずも遥太は寿さんという人の、笑顔や優しげな言葉や態度を目の当たりにすることとなった。

久藤氏が言っていた通り、三葉は先のバレンタインで、生まれて初めてチョコレートを手作りした。ただし、三葉が今までチョコを作ろうとしなかったのは、単に奥手だったからというわけではない。彼女は、男性に興味を持つことが出来なかった。だからずっと、バレンタインとは距離を置いてきたのである。

女性が男性に想《おも》いを告げる日。緩やかに、しかしどこか脈々とそう定義づけられている日本のバレンタインは、三葉にとって遠い国で行われる、自分とは無縁の行事でしかなかった。いや、それどころか、学生時代などは、はしゃぐクラスメイトたちを横目に、ひそかに自己嫌悪に陥《おちい》っていたほどだ。

彼女は物心ついた頃から、女性を恋愛の対象としていた。そしてそのことに、少なからぬ後ろめたさを感じていた。だから自らの恋については、友達にも親にも話したことがなかったし、そのことが彼女を、恋に奥手な女の子、と周囲に印象づけてもいた。無論、三葉にも好きな人はそれなりにいたが、しかし想いを明かしたことは一度もなかった。彼女にとって、自らの恋心は禁忌《きんき》に等しかったのだ。寿さんと、出会うまでは。

三葉にとって寿さんは、初めて想いを告げることが出来た人で、初めての恋人でもあった。彼女が現れてくれたからこそ、バレンタインにチョコレートを用意することが出来たとも言える。

年が明けて、少し経った頃のことだ。バレンタインの広告が、街中でちらほら打たれるようになり、三葉はなんの気なしに口にした。バレンタインって、私にはずっと無縁の日だったなぁ。寿さんに何を期待したわけではなかったし、ただ単に、長年にわたる事実を口にしただけのつもりだった。

けれど寿さんはそんな三葉に、妙にしかつめらしく言ってくれたのだ。あら、そうなの？ もしかしたら、三葉の過去を、察して言ってくれたのかもしれない。じゃあ、今年は私に用意してちょうだい？ そうしたら私も、ホワイトデーにプレゼントを贈る口実が出来るから――。

ホワイトデーのお返しをする側は、初めてだからワクワクする、とも寿さんは言ってくれた。この歳《とし》でワクワク出来るなんて稀有《けう》なことだわ。ありがとう、三葉ちゃん。そうして生真面目《きまじめ》な笑顔でもって、三葉の肩をトントンと柔らかく叩いてくれた。

三葉のチョコレートからは、その当時の情景がごく鮮やかに映し出された。チョコレートを作りながら、三葉はその時の寿さんの言葉を、やや硬質な笑顔を、何度も何度も思い返していたのである。チョコには香り立つような幸福感が含まれていて、チョコを口に含んだ遥太の胸も、いやに高鳴り妙に浮足立ったような、温かな多幸感《たこうかん》に包まれた。

ありがとうなのは、こっちのほうだよ、寿さん。三葉は心からそう思っていた。ありがとう。私、寿さんに会えて、本当によかった――。

遥太が見た限り、ふたりは仲のいい恋人同士だった。相思相愛のラブラブカップル、というのとは少々様子が違っていたが、しかし交わされる視線はいつも穏《おだ》やかで、付き合いの長い熟年カップル、もしくは、長年連れ添った老夫婦のような、柔らかな親愛の情のようなものがちゃんと含まれてるように感じられた。

だから三葉の交際相手は、寿さんで間違いなかろう、と遥太としては断定出来た。もちろん、チョコレートを口に含んだ直後には、なんで……？　なんで寿さんが、三葉ちゃんと……？　と混乱もしたが、しかしふたりの様子を見ていくにつけ、まあ……、こういう関係も……、あるっちゃあ、あるんだろうなぁ……、と妙に納得してしまった。今時、男と女も関係ないっつーか……。仲良くやれてんなら、それはそれで、全然アリっつーか……？

ただし、同時に疑問も湧《わ》いてきた。何せ三葉の交際相手が寿さんなら、駆け落ち相手も十中八九、寿さんということになってしまうからだ。

しかし現状、寿さんは、久藤氏の会社で働き続けている。さらに、遥太の記憶の限りでは、彼女は三葉の駆け落ちについて、遥太たちにシレッと説明もしてくれたはずだった。まるで自分は、全く無関係であるかのような態度でもって——。

あの時の寿さんは、ごく堂々としていた。口調は穏やかで、誰に向ける眼差しも、真っ直ぐでちゃんと澄んでいた。怯《おび》えの色も、焦りの仕草《しぐさ》も、わずかばかりの躊躇いも皆無。とどのつまり、嘘をついている人には到底見えなかった。

だからこそ遥太は、あのメギツネを思い出したのだ。

時おりバランスを崩しながら、険《けわ》しい山道を進んでいった、小さな背中と太い尾っぽ。後ろ足を引きずっているはずなのに、しかしその足取りは妙に軽やかだった。沢で立ち止まり、振り返った時の眼差しは、ひどく穏やかで澄んでいた。自分は何ひとつ間違っていないと、追ってきた遥太に示しているかのようでもあった。その毅然《きぜん》とした眼差しと佇《たたず》まいは、あの時の寿さんよく似ていた。

彼女が何を考えているのか、遥太には皆目見当がつかなかった。なぜ三葉を、駆け落ちという名目でもって家出させたのか。なぜ自分は、姿を消さないままでいるのか。単に久藤氏を欺《あざむ》いて、ふたりで暮らしてみたかったということなのか。自分たちの関係は、きっと久藤氏には認めてもらえないと推し測って、そんな行動に出てしまったのか——。

まあ、なんにせよ、寿さんをとっ捕まえて、本人に確認するしかないわなぁ。それは三葉のチョコをすべて食べ終えた遥太の実感だった。理由ははっきりしねぇし、方法にも謎は残ってるし——。それでも三葉ちゃんの駆け落ち相手は、まず間違いなく寿さんなんだから……。

それで遥太は久藤氏に、率直に告げたのである。「——で、三葉ちゃんの駆け落ち相手なんだけど。俺が見立てたところ、寿さんみたいなんだよね」

受けて久藤氏は、わけがわからないという様子でもって、「えっ？　夢っ？　冗談っ？」などとしばし混乱した。そしてその揚句、「どういうことだっ!?　なんで三葉が寿くんとっ!?」と遥太の胸倉に摑みかかりはじめたのである。何せ三葉は久藤氏最愛のひとり娘。その彼女が、自分の部下、しかも女性と駆け落ちしたとあっては、氏の混乱も致しかたない。叫んで暴れるくらいのことは、遥太にとっても、そこそこ想定の範囲内の行動ではあった。

ただし、その後に続いた久藤氏の発言は、予想していなかった。

「——マズい……もしかしたら三葉と寿くん、高飛びするつもりなのかもしれない……！」

そんな久藤氏の言葉に、遥太は、「へっ？」と胸倉を摑まれたまま声をあげてしまう。

「何？　高飛びって……？」しかし久藤氏も混乱が止まらないようで、遥太をガクガク揺さぶりながら言葉を続けたのだった。

「だから、高飛びだよっ！　寿くん、一昨日会社を辞めたんだっ！　辞めて、しばらく南の島でのんびりしたいって言ってて……。どうしようっ!?　もしかしたら寿くん、三葉を連れて海外に飛んじゃったかも……！」

おかげで遥太は、また思いだしてしまったのだった。麓の沢まで追い込んだはずの、あのメギツネのことを。

「海、外……？」

それまで引きずっていた後ろ足で、地面を蹴りあげ走り出したその後ろ姿は、なんとも言えず美しかった。素早く斜面を駆けあがっていく様子も、迷いがなく逞しく、清々《すがすが》しいほどだった。

「…………」

生きるために必死というのは、つまりそういうことなのかもしれない。久藤氏にガクガクと揺さぶられながら、遥太はそんなことをぼんやりと思っていた。

寿さんの家に向かおうと決まったのは、久藤氏が高飛び発言をしてすぐのことだった。

「南の島ってどれだろう？　ハワイ？　フィジー？　ニューカレドニア？　……って、何っ？　この新婚旅行みたいなラインナップ……！」

そんなふうに動揺と立腹を行ったり来たりし続ける久藤氏に対し、外野の真白がごく冷静に言いだしたのが、キッカケといえばキッカケだった。

「……とりあえず、寿さんに連絡入れてみたらどうですか？」

それで久藤氏と遥太は、一瞬の沈黙ののち、「……ああ！」「それ！　それな！」と叫び、大急ぎで寿さんのスマホを鳴らしたのである。そうしてすぐに、無情なアナウンスを浴びせられた。「お客様がおかけになった電話番号は現在使われておりません——」

おかげで久藤氏はさらなるショックを受け、「なんでっ⁉」と空を仰ぎまた叫んだ。「嘘でしょっ⁉　昨日はちゃんと繋《つな》がってたじゃん！」そんな氏に、やはり冷静に告げたのは同じく外野のえーちゃんだった。

「スマホがダメなら、直《じか》に家に行ってみたらどうよ?」

受けて遥太と久藤氏は顔を見合わせ、どちらからともなく頷きはじめた。「……そう、する?」「ああ……。この場合……、行くべきだろうな」「住所は?」「わかる！　何度か家まで送ったことあるから……」「じゃあ、行くか！」「ああ！　行こう！」それで揃《そろ》って駆け出すと、背後から神に叫ばれた。「ったく！　バカ兄弟かよ！　そっちは袋小路《ふくろこうじ》だっつーの！　タクシーならこの逆の大通り！」

遥太が寿さんの経歴について聞かされたのは、彼女の家に向かうタクシーの車内でのことだ。

「彼女とは、もうかれこれ十年近い付き合いで……」

そう切り出した久藤氏は、長きにわたる寿さんとの日々を、絞り出すように語りだした。

ふたりの出会いは、久藤氏が人生最悪の時を過ごしている最中のことだった。

「本当に、何もかもうまくいっていない時期でね。正直、会社も倒産寸前で……。それでもどうにか、軌道修正しなくちゃって、必死だった頃だった……」

それで遥太は、久藤氏が妻を亡くした頃だろうと当たりをつけた。十年ほど前といえば、ちょうどその時期と重なる。久藤氏はその頃に、銀座のクラブでホステスをしていた寿さんと出会ったらしい。

「彼女、今でこそあんな感じだけど、昔はそりゃあ美しい夜の蝶《ちょう》でね。バチッと化粧すると、ナタリー・ポートマン似の美人なんだよ。なのに喋ってみると、あんがい気さくで気が利《き》いて、しかも酒にやたら強くて、気が付くとまあ飲まされてるわけなんだ。おかげで名だたる企業の重役たちや、実業家や政治家たちも、いいようにぐるんぐるん転がされててね……。俺もまあ、気持ちよく転がされてたわけなんだけど……」

ただし寿さんは、久藤氏をぐるんぐるんに転がしながらも、何かと彼の力になってくれていたとのこと。たとえば好立地な空き物件の情報をくれたり、節税対策について教えてくれたり、時には政治家や地主、投資家とのパイプ役にもなってくれた。

「本人は言ってなかったけど、多分相当勉強してたんだと思うよ。あるいは、元々そういう会社に勤めてたか……、もしくは大学や院に通ってたとかね。彼女、経営のことにも法律のことにも、かなり明るかったから……」

そうして出会って三年ほどで、久藤氏の会社の経理担当者らが立て続けに寿退社、もとい、出来ちゃった結婚による急な退社をすることとなり、困り果てた久藤氏は寿さんに泣きついた。かくして寿さんは、夜の蝶を卒業し、久藤氏の会社に入社したのである。

以降、彼女は社内に人事トラブルが訪れるたび、その業務内容を拡大していった。たとえば人事部長の急逝《きゅうせい》、その部下のとんずら、補助の派遣さんの転職、等々。あとは、久藤氏の商談や出張に同行するうち、秘書業務のようなことまで気付けば引き受けてくれていた。

「オッサン……。新生児も真っ青の、おんぶに抱っこっぷりだったのな……」そう感想を漏らした遥太に対し、久藤氏も目を細くして同意した。「ああ、その点まったく否《いな》めない……」そうして久藤氏は、寿さんの手の平のうえ、あるいは背中や胸のなかで、経営手腕を振るってきたんだとか。

「危機的状況にあったうちの会社が、どうにかここまで盛り返せたのは、寿くんの助けがあったからと言っても過言《かごん》じゃないんだ。数字関係や人事なんかは、全部彼女に任せちゃえたからね。そのおかげで、俺は外を存分に飛び回っていられたっていうか……」

だからこそ、昨年の夏頃、寿さんに会社を辞めたいと打診された際は、血尿が出るほど頭を抱えたんだとか。「だって、彼女がいなくちゃ会社が回らないのは明白だったからさ！　もう、どうしようかと思っちゃって……」

それで慰留《いりゅう》に慰留を重ね、どうにか退職時期を延ばしてもらい、結果今年の年度末まで、勤め続けてもらうことと相成《あいな》った。

「ほら、こないだ寿くんと屋台に行った時、一緒にいた女の子たちがいるだろう？　彼女たちが新しい経理担当者で……。半年がかりで、何とか寿くんの仕事を引き継いでもらって……」

つまり先日、送別会帰りでほたる食堂に寄ったというのは、寿さんの送別会帰りだったということらしい。そして、遥太たちに三葉捜しを依頼したそのあとには、寿さんの提案もあり、久藤氏の自宅にて明け方までふたりで呑み明かしたんだとか。

「積もる話も、そりゃあたくさんあってね……。彼女は、悪い時もいい時も、ともにした仲間だから……」そこまで言って久藤氏は、指先で頬を撫ではじめた。「寿くん、楽しそうに話してたのになぁ……。時おりだけど、寂《さび》しそうにもしてたはずで……」それで遥太は、まさかオッサン、泣いてんのか？と思わず氏を凝視してしまったのだが、実際そのまさかで彼はわずかに涙を流しており、徐々にしゃくりあげるような声になりながら、さめざめと言葉を続けたのだった。

「三葉のことだって、励ましてくれてたはずなんだけどなぁ……。心配することないですよって……。三葉ちゃんは、社長を見て育ったんですから、男を見る目はあるはずです。だから早晩、どこぞの馬の骨なんかには幻滅して、すぐに社長のところに戻って来ますよ、って……。言ってくれてたはず……、なのにぃぃぃぃぃぃぃ……！」

最後の慟哭《どうこく》には、タクシーの運転手も肩をビクッとさせていた。遥太も氏の感情の高ぶりに、少々驚き上体をわずかにのけぞらせる。しかし氏は、溢《あふ》れ出す思いが止められない様子で、半泣きになりながら言い継いでいった。

「……どうしよう？　寿くんの家に、三葉がいたら——」

遥太としては、家出中の三葉ちゃんがそこで見つかれば万々歳じゃんか、と思わなくもなかったが、しかし久藤氏にはそう単純に割り切れないようで、千々に男親心を揺らしていた。

「寿くんの部屋に着いてさ、ドア開けたら、ふたりが仲良くひとつのコタツに入ってたりしたら……。俺、どうしたらいい？　どんな顔すればいいの……？」

しかも妄想が膨《ふく》らんで、ひとりで考えを処しきれないのか、べらべらと遥太にまくしたててくる始末。

「相手が男だったら、俺だってやりようがあるよ？　殴ってやってもいいし、取っ組み合いになったって、負ける気なんてしないから。けど、寿くんが相手じゃ……。そんなこと、絶対出来ないじゃん？　無理だもん！　俺、女の人殴るなんて——。だとしたら、もう認めるしかないじゃん？　おめでとう、って……。そういうのも、パパ的には全然ウェルカムだよ、って——。って、無理だよ！　無理無理！　俺、三葉とバージンロード歩くのが夢なんだもん！　妻とも約束したんだもん！　俺たちは式が挙げられなかったから、三葉には必ず、ウェディングドレスを着せてやろうって……！」

迫りくる久藤氏に、だから遥太は、「だったらふたりにウェディングドレス着せてやればよくない？」と応えてしまったのだが、しかし久藤氏の心にはまったく響かなかったようで、「俺、孫も抱きたいし！」とまた別の方向の不満を漏らしはじめた。「じいじって呼ばれるの、老後の夢なんだもん！　だから！　だから！　だからぁ……！」

あー……、親心、めんどい——。遥太としてはそんなふうに思わないでもなかったが、口にするには至らなかった。時を同じくして、タクシーが寿さん宅に到着したからだ。

寿さんのアパートは、一軒家の二階部分を賃貸用に改築したらしい建物で、大家さんと思しき人物の表札がかかった玄関脇に、急傾斜の鉄階段が設置されているという、どこか昭和の香りが漂《ただよ》う住まいだった。建物自体も古めかしく、元夜の蝶であるキャリアウーマンの部屋としては、少々似つかわしくないような佇まい。

それで遥太が、若干違和感を覚えたような、面妖《めんよう》な面持ちを浮かべてしまったのだろう。傍らにいた久藤氏が、「寿くん、倹約家でね」と事情を説明してくれた。

「彼女、若くしてご両親を亡くしてるんだ。それだけならまだしも、ご両親名義の借金が、だいぶ残っちゃってたみたいでね。夜の蝶になったのは、それが理由だったらしい。とはいえ寿くん、売れっ子だったから、借金自体は割りに早く返済出来たそうなんだけどね？　でも、その頃の倹約の癖《くせ》が抜けないんですよって、よく言ってたんだ。だから住まいにも、お金をかける気になれないって……」

もちろん雇い主の久藤氏としては、会社の住宅補助を使えばもっといいところに越せるのに、と進言もしたそうだ。しかし寿さんは、補助ならもう使ってます、と涼しい笑顔で言ってのけたとのこと。家なんてどうせ寝るだけですし、広いと光熱費もかかるんで、私にはこのくらいの部屋がちょうどいいんです。

しかし、そのどうせ寝るだけの部屋に、寿さんの姿はなかった。呼び鈴を鳴らしても応答はなく、廊下に面した窓も暗いまま。

「……いないようだな」

「そのようですね……」

それでふたりは、夜遅くにもかかわらず、一階の住居を訪ねたのだ。そうして、大家を名乗る初老男性の口から、半ば覚悟していた答えを聞かされてしまった。

「寿さんなら、いらっしゃいませんよ？」

いや、覚悟をやや上回る回答だったと言うべきか。

「昨日引っ越しされたので……。ご存じじゃなかったですか？」

その答えに、遥太は思わず頭を抱え、久藤氏は鼻の穴を膨らませ目をむいた。ただし、おそらく久藤氏のほうが強い衝撃を受けたのだろう。氏は目をむいたまま、「嘘でしょ……？」とうわ言のように呟いてもいた。「じゃあ……、三葉は……？」

そのまま動きを止めてしまった久藤氏を横目に、遥太は氏の上着のポケットをまさぐり、「スマホ借りるよ」と告げる。そうしてポケットからスマホを取り出すと、大家さんに待ち受け画面を急ぎ見せた。「ちなみに、この女性、見かけたことありませんか？　このオジサンの娘さんなんですけど、家出中で……。もしかしたら、寿さんと一緒にいるかもしれなくって」

遥太の問いかけに、大家は困惑した表情を浮かべたが、しかし遥太が突き出したスマホの画面に目を向けると、すぐに笑顔になって言ってきた。「ああ、確かに一緒でしたよ？　昨日の引っ越しも、手伝われてましたし……」

ただしその段で、遥太が口にした家出中という言葉が、自らが知り置いている彼女らの状況に、符合していると気付いたのだろう。彼は浮かべていた笑顔をサッと消し去り、戸惑《と まど》い気味に言葉を続けた。

「十日……、いや、半月ほど前からかな？　寿さんの部屋で、寝泊りしてる様子でした。聞いたところ、寿さんのお友達だって話で……。ここは単身者用の住居なので、同居が続くようなら、本来私も注意するところなんですけど。寿さん、もう退去することが決まってましたし。まあ、少しくらいならいいかと思って……」

大家の発言を受け、久藤氏は膝から崩れそうになった。そんな氏を、遥太は仕方なく抱えるようにしながら、さらに大家に急ぎ問う。

「つまり彼女は、引っ越した寿さんと一緒にいなくなった、と。そういうことですか？」

「ええ。お世話になりましたって、ふたりで私に挨拶に来てくれましたから……」

「じゃあ、引っ越し先のこととか、何か聞いてませんか？　たとえば、どっかの島に行くとか、そんな感じのこと……」

すると大家は、パッと笑顔を浮かべ大きく頷いた。

「それなら聞いてます。寿さん、ご実家に戻るって話してましたから」

だから遥太は、思わず目をしばたたいてしまった。「へ？　ご実家……？」久藤氏の話によれば、寿さんの両親はすでに他界しているはずなのだ。いっぽう、遥太に支えられていた久藤氏も、明らかに違和感を覚えたらしく顔をあげ呟いた。「寿くんの、実家って……？」

ただし大家は、ふたりの動揺には全く気付かなかった様子で、笑顔のままさらりと教えてくれた。

「北海道です。詳しい住所までは聞いてないですけど……。確か、稚内《わっかない》だったはずですよ。遠くて帰省が大変だって、以前からそんな話は聞いてたんで。ただ、馴染みのある土地じゃないって話でしたけどね？　なんでもご両親が、第二の人生をはじめるってことで越された場所だそうで……。けどそのご両親が、揃って体調を崩されてるとかでね。心配だから、ふたりのところに帰るって、寿さん言ってました」

疑いのない目で語る大家を前に、遥太は隣の久藤氏を一瞥《いちべつ》する。久藤氏は目を見開いたまま、顎《あご》が外れたかのようにポカンと口を開けてしまっている。無理もない。両親はすでに他界しているという寿さんの境遇を、根底から覆《くつがえ》される発言がなされたのだ。

なんつーか寿さん、清々しいほど嘘まみれだな……。そう半ば感心する遥太の前で、大家は得々と話を続ける。

「いくら親御さんのためとはいえ、馴染みのない土地に帰ろうなんて、そんなことを思ってくれる孝行娘、今時そうそういませんんよ。あんないい娘さん持って、ご両親もお幸せでしょうねぇ。それで、その……。家出中の、お嬢さんのことなんですけど……。寿さん、放っておけなかったんじゃないでしょうかねぇ？　彼女、とても優しい人でしたから。困ってる人を、助けてあげただけなんじゃないかなぁ？　お嬢さんも、楽しそうにしてらっしゃいましたよ？　家出中なんて、そんなふうには全く見えないくらいに……」

久藤氏が遥太の腕をツンツンと肘《ひじ》でつつき、小さく耳打ちしてきたのはそのタイミングだった。「ダメだ、遥太くん……。この人、完全に騙されてる……」

受けて遥太は、でしょうね、と思ったのだが、久藤氏の確信には、もうひとつ別の理由もあったようだ。「寿くん、俺には、茨城出身だって言ってたんだよ。高校生になってから越した土地だから、それほど馴染みはないけど……、でも同郷ですねーって、初めて会った時に言ってたはずなんだ……！　俺も、茨城出身だから……」

その久藤氏の発言に、遥太は思わず顔を歪めてしまう。「は？　マジ？」すると久藤氏は、苦悶の表情を浮かべ強く頷いた。「マジもマジだよ！　だって俺たち、それで意気投合したんだもん……！　そこから俺、彼女指名で店に通うようになって……！」

おかげで遥太は、少々混乱してしまった。寿さんの嘘なるものが、どの程度のものなのか判然としなくなったからだ。けっきょく、両親は健在なのか？　それとも本当に他界してるのか？　実家は北海道？　それとも茨城？　あるいは、そのどっちでもないのか……？　つーか寿さん、どこに本当のことがあるんだよ？　久藤のオッサンにも、大家さんにも、嘘ばっかついてたってことなのか……？

それで遥太は、大家に聞いてしまったのだった。他に打つ手も思いつかず、そうするよりなかったというのもある。

「あのー……。時に大家さん。寿さんって、何か大家さんに、餞別《せんべつ》みたいなもの残していきませんでしたか？」

もちろん、そんなものあるわけねぇよな、という思いは強かった。端的に言えばダメ元というヤツで訊いてみただけの話だ。

「たとえば、お別れの手作りクッキーとか、手作り紅白饅頭《まんじゅう》とか、あるいは手作り引っ越し蕎麦《そば》とか……」

しかし、摑んだ藁が屋敷《やしき》に化けるという昔話もある。つまりたかが藁であっても、すがってみるだけの価値はあるということなのだろう。そうして遥太の藁のような問いかけも、思わぬ返答に化けてくれた。

「ああ、ありますよ。クッキーでも饅頭でも蕎麦でもないですけど。手作りの、ビーフシチューみたいなものを――」

その言葉に、遥太は思わず前のめる。

「――マジッ⁉　それっ、ちょっと分けてもらえませんかっ⁉」

キツネの尻尾《しっぽ》を、ギリギリのところで摑んだ気分だった。あるいはその後ろ姿に、わずかに指が触れただけだったのかもしれないが。

「つーわけで、三葉ちゃん手製のビーフストロガノフ、ゲットしました～！」

アパートに帰るなり、遥太は紙袋を掲げ、高らかに神にそう告げた。紙袋の中身はもちろん、冷凍されたビーフストロガノフだ。

「どうやら寿さん、最後にオッサンの家に行った時、三葉ちゃんが作り置いてたコレ、全部くすねてったみたいなんだよね。多分、俺のこと警戒したんじゃないかなぁ。それでオッサンには、酔っぱらって食っちゃったんだろうって嘘ついて、自分の盗みを誤魔化してたってわけ。つーかあの人、あり得ないほどの嘘つきでさ。コトブキっつーより、もうウソブキだよ、ありゃ……」

報告しながら遥太は居間に向かい、ちゃぶ台の前に急ぎ座る。そしてすぐに、紙袋のなかのビーフストロガノフを取り出して、台の上へと並べていった。保存容器に小分けにされたビーフストロガノフは全部で四個。大家が寿さんから渡された、ちょうど四分の一を頂いた。

「けどこれで、寿さんの逃亡先がわかるかもしんない。なんせ三葉ちゃんが、駆け落ち直前に作ったもんなんだから――」

上着を脱ぎつつ嬉々と言う遥太を前に、しかし神は無感情なまま、「へえ……」と応えたのみだった。いや、無表情というより、死んだ魚の目をしている、とでも言ったほうが正確か。彼は並べられたビーフストロガノフを見おろしたまま、葬式会場にでもやって来たかのように沈痛な面持ちを浮かべている。

だから遥太は、んだよ？　ノリ悪《わり》ぃな、と顔をしかめてしまったのだが、しかし少し考えたら、神の反応は至極妥当なものだと気が付いた。

「あ……」

そうだ。宗吾のヤツ、三葉ちゃんのビーフストロガノフのこと、警戒してたんだったわ――。

久藤氏と出会った日のことだ。氏は神のビーフストロガノフを食べ、三葉の味だと断言した。あの時、神はずっと憮然《ぶぜん》とした表情を浮かべていた。そんな彼の様子を前に、当初遥太は、言いがかりをつけられてムカついてんのかな？　と思っていたが、しかしどうやらそういうことではなさそうだと、彼の表情を観察しているうちに気が付いた。ああ、宗吾のヤツ、ムカついてんじゃなく、不安なんだ……。

遥太と同じ特殊能力を有している神は、しかし遥太より格段にその能力が高い。食べて得られる情報量が多いだけでなく、あろうことか彼は他人の手料理を食べると、作り手のレシピまで体得してしまう。だから、久藤氏の発言に、動揺しおそれの気持ちを抱いたのだろう。それが遥太の見立てだった。

もし本当に、宗吾の作ったビーフストロガノフと、三葉ちゃんが作ったビーフストロガノフが同じ味だったら――。宗吾、記憶のない時期に、三葉ちゃんの手料理を、食ってたのかもしれないってことだからなぁ……。

神宗吾には過去がなく、彼はその過去を積極的に知ろうとしていない。つまりそれは、過去を緩やかに拒んでいるのに等しく、だから遥太は神の過去について、あまり詮索《せんさく》しないよう努めてきた。けど……、俺が三葉ちゃんのビーフストロガノフ食ったら――。自動的に、宗吾の過去も、チラ見出来ちゃうかもしんないっつーか……。

そのことを自覚していた遥太は、当初それなりに神を気遣《きづか》い、三葉捜しに臨んでいた。しかしそれから約二日。久藤氏の過去を知り、悲しみを知り、決意を知り、現在の生き方を知った結果、すっかり氏に肩入れしてしまった。そしてそれに反比例して、神に対する気遣いのほうが、すっかりお留守になっていた。

それで遥太は咳ばらいをし、なるべく神妙に見えるよう、背筋を伸ばし告げたのだった。

「えーっと……。三葉ちゃんが宗吾と会ったことがあるかどうかについては、なるべく慎重に見るようにします。なんかヤバそうだなーって思ったら、すぐ食うのやめるし。でも、見るべきトコはちゃんと見るっつーか？　とにかく、気合入れて見っからさ」

自分の言い分が、神にとって正解の提案かどうかよくわからなかったが、それでも思いつく限り誠意をもって告げたつもりだ。

「そういうわけで、取り急ぎ、チンして食いにかかろうかと思います」

それでも神は、やはり浮かない表情のまま、「あっそ」と応えたのみだった。そうして小さく息をつき、「風呂《ふろ》入ってくる」と猫のようにスッと居間を出て行った。

だから取り残された遥太としては、んだよ、イチイチやりにくいなぁ、と小さく舌打ちするよりなかった。そういう態度とられると、こっちもそこそこ萎《な》えるっつーのに……。

しかし、今は神の機嫌より三葉の行方だ。気持ちを切り替えて、遥太はさっさと台所に向かう。仮に、宗吾にとって不都合なものが見えたとしても、そん時はまあそん時だ。ヤツも大人なんだし、テメェの過去くらいテメェでなんとかするだろう。そんな楽観に任せ、冷凍されたビーフストロガノフのひとつを、ポイと電子レンジのなかに放り込む。

「よーし、チン！」

あとの三つは冷凍室行きだ。アパートに戻る道中では、自分の力でどうにもならなかったら、神にも食わせてみようと目論《もくろ》んでいたが、しかし先ほどの様子からして、それはまずまず無理だろうと諦めた。だからどうにか、俺にわかる程度の手掛かりを、残してくれてりゃいいんだけどなぁ……。そんな祈りを込めながら、遥太はビーフストロガノフの解凍を粛《しゅく》と待つ。ジ――――、ジ――――、ジ――――、チン！　あとは少々の温めも追加する。ジ――――、チン！

そうしてすっかり温まったビーフストロガノフは、電子レンジのなかに鎮座《ちんざ》しているだけで、芳醇《ほうじゅん》なデミグラスソースの香りを漂わせてきた。濃い琥珀色《こはくいろ》をした容器の中身は、神が以前作ったそれと、確かに似ているようにも見える。

つーか、ビーフストロガノフなんてそもそも食い慣れてねぇから、どれも同じに見えるだけかもしんねぇけどな……。そんなことを思いながら、遥太は容器を再び居間へと運ぶ。

器に移し替えて食べるという発想は浮かばなかった。それよりも三葉の行方、いや、食欲をそそる香りに急《せ》かされただけかもしれないが、とにかく彼は手早くそれを食べにかかったのである。

「──いっただきまーす！」

手を合わせて声を出し、そのままスプーンで容器の琥珀色を掬《すく》う。そうしてそのままパクリと口に頬張る。するとすぐに、濃厚な牛肉の香りが鼻を抜けていった。

「ん──……」

それと同時に、見えてもきた。深い霧がかかったようなおぼろげな景色が、彼の頭のなかに広がりはじめる。

「ん、ん──……」

景色がずいぶんとぼやけていたのは、三葉が少々逸《はや》りながら、調理を行っていたからかもしれない。彼女はダイニングの置時計をチラチラ振り返りながら、慌ただしくニンジンをすりおろしていた。急がなくちゃ。パパが帰ってくる前に作らないと──。そんなことを思うたび、ニンジンを持つ手に力が入る。ザッシュ、ザッシュ、ザッシュ……。

それでも景色が切り替わったのは、彼女がニンジンをすりおろしながら、昔のことを思い出しはじめたからだろう。その時の行動そのものが、在《あ》りし日の母と重なった。ザッシュ、ザッシュ、ザッシュ──。

「ん──……？」

まだ五、六歳と思しき三葉が、キッチンの母を見詰めている。遥太が知っている久藤氏宅ではなく、別の家のキッチンだ。やや狭くて、少し古めかしい。もしかすると久藤氏一家が、かつて住んでいた家かもしれない。エプロン姿の三葉の母は、手慣れた様子でニンジンをすりおろしている。ザッシュ、ザッシュ、ザッシュ、ザッシュ。

ピーマンもするの？　そう訊いたのは幼き日の三葉だ。母は三葉に視線を送り、そうよ、と柔らかな笑顔で応える。ブロッコリーも？　続いた質問に、母はまた笑って頷く。そう。ブロッコリーも玉ねぎも。セロリは、ちょっとだけにしておくけどね？　ザッシュ、ザッシュ、ザッシュ……。

三葉の母は、ビーフストロガノフを作っているのだった。そのことは、説明がなくともわかった。今日の晩ごはんは、ビーフストロガノフだ。幼い三葉が、調理する母を見詰めながら、嬉々とそう思っていたからだ。嬉しいな。三葉、ママのビーフストロガノフ、だーい好き。

いっぽう遥太は、やや俯瞰《ふかん》した目線でもって、その光景に臨《のぞ》んでいた。野菜をすりおろしていく彼女の調理法は、神のそれとほぼ同じで、そのことを確認していた部分もある。なるほど……。やっぱ、作り方は似てるんだな……。つーか、同じ料理なんだから当たり前か……？

けれど、その後の母の発言により、彼女が作っているビーフストロガノフは、やや特殊な調理法であるらしいとわかった。ザッシュ、ザッシュ、ザッシュ。だって、こうでもしないと、パパ全然お野菜食べないでしょ？　ザッシュ、ザッシュ。だからすりおろして、こっそり食べさせちゃってるの。ザッシュ——。

そんな母の言葉に、幼い三葉がキャッキャと笑う。パパ、子どもみたーい。シュンくんのママが言ってた。シュンくん、お野菜が食べられないから、全部すりおろしてるのよーって。パパ、大人なのに、シュンくんと同じー。

すると母も眉をあげて、そうねぇ、と応えたのだった。あの人ったら、まだまだ五歳児みたいなところがあるから……。三葉のほうが、ぜーんぜん好き嫌いなく、上手にごはん食べられるくらいだもんねぇ？

ザッシュ、ザッシュ、ザッシュ、ザッシュ。語りながら母は、ニンジンをすりおろしていく。パパにも三葉を見習って、ちゃんとお野菜食べて欲しいわ。ただし、そんなことを言いながらも、三葉の母の横顔は、ひどく満ち足りているように見えた。ザッシュ、ザッシュ――。

母は、優しく歌うように言い継いでいく。パパには、ずっと元気でいてもらわなきゃ困るのにねぇ？　元気で、ずーっと傍に一緒にいてくれないと……。

そんな母に、三葉もキシシと笑う。そうだねぇ。パパがいないと、ママ、しょんぼりしちゃうもんねぇ？

すると母は、肩をすくめ照れ笑いをしてみせた。どうやら図星《ずぼし》だったようだ。そう……、ね。確かにママ、しょんぼりしちゃうね。でも、仕方がないのよ？　ママは、パパのことが、だーい好きだから――。

そうして彼女は、三葉にもピーマンのすりおろしを手伝わせはじめたのだった。やはり歌うように、優しく娘に語りかけるようにしながら。

大好きなパパには、ずっと元気で長生きして欲しいの。たくさんママと、一緒にいて欲しいから——。その声は、柔らかな子守歌のようでもあった。

三葉にも、きっと現れるわ。ママにとっての、パパみたいな人が。その人といると楽しくて、気が付くとつい笑っちゃってるの。悲しいことがあっても、その人が傍にいてくれるだけで、なんだか大丈夫な気持ちになっちゃうのよ。まるで魔法みたいに。

その人がおはようって言ってくれるだけで、一日のはじまりが鮮やかになるの。その人がおやすみって言ってくれるだけで、今日もいい一日だったなぁって温かい気持ちになれる。そんな人が、三葉にも、ちゃーんといつか現れるわ。ザッシュ、ザッシュ、ザッシュ、ザッシュ。

三葉は幸福というものを、幼くして知っているようだった。ザッシュ、ザッシュ、ザッシュ。母は美人と評判だったが、野菜をすりおろしていくその手のほうが、ずっと美しいことを三葉はよくよく理解していたのだ。ザッシュ、ザッシュ、ザッシュ……。

ただし、そんな光景を目の当たりにして、遥太は少々複雑な気持ちになってしまった。なんつーか、なぁ……。何せ遥太は、この先の三葉の人生を、それなりに知ってしまっているのだ。だからこそ、母の優しいこの言葉が、彼女にとっては毒になるかもしれないと思ってしまった。

三葉の恋愛対象は、いつも女性だったはずだ。そんな彼女がこの光景を、どんな風に思い出すのか。自分は親のようにはなれないと、気に病んでしまうのではないか。両親のような幸せは、自分には得られないと嘆くことにはならないか——。

しかし、その光景から切り替わった三葉の思い出は、驚くほど前向きで逞しかった。三葉にも現れるわ。ママにとっての、パパみたいな人が——。そんな母の言葉を呼び水にして、三葉は寿さんを鮮やかに思い出したのだ。

「ん……」

遥太の頭のなかの景色も、その段でスッと切り替わった。今度は遥太が知っている、現在の久藤家の景色だった。リビングやダイニングのテーブルの上には、料理がなくなった大皿がいくつも並んでいて、部屋の所々には空のグラスも散見した。おそらくホームパーティーのあとなのだろう。静まり返った室内には、女性の泣き声が響いていた。

泣いているのは寿さんだった。彼女はバルコニーに続く窓の脇のソファーに座り、しゃくりあげるようにしながら激しく泣いていた。その姿は、寿さんとは思えないほどあられもなく感情的で、目からは涙がいくらも溢れていた。

そんな彼女を、三葉が抱きしめていた。その抱きしめ方は、あんがいと力強く、泣きじゃくる寿さんを包み込むように、三葉は彼女の体に両腕を回していた。そうして優しく繰り返していたのだ。大丈夫です。大丈夫ですよ、寿さん——。

言いながら三葉は、心でも強く思っていた。大丈夫。寿さんは、私が守る。どんなものからも、絶対に守る。私がこの人を、幸せにする。何があっても、絶対に——。

その思いの強さは、遥太から見ても若干頼もしく思えた。へぇ……。三葉ちゃんって、こういう感じの人でもあったのか……。そうしみじみ感じ入っていると、さっと景色がかすんでしまった。どうやら調理中の三葉に、誰かから電話がかかってきたようだ。それで彼女の思考が途切れ、寿さんとの光景も、そのままサッと見えなくなった。

「あっ、クソ……」

呟きながら、遥太はさらにビーフストロガノフを口に含む。まだ何か見えないかと、さらなる咀嚼を続けたのだ。

「んん、んー……」

頭のなかに広がるぼやけた景色に、遥太は意識を集中させる。すると徐々に先の光景が戻ってくる。どうやら電話を終えた三葉が、鍋の前に戻って来たようだ。

ただし彼女は、先ほどよりさらに焦りはじめていて、何かを思い出すという方向に意識を向けることはなかった。急がなきゃ。思ってたより、パパの帰りが早くなりそう——。そんなことを考えていたから、電話の相手は久藤氏だったのかもしれない。彼女は少し乱暴に、鍋のなかのビーフストロガノフをレードルでかき混ぜる。急がなきゃ……。もう、時間が……。

しかしそんな状態であっても、久藤氏のことはちゃんと思っていた。ごめんね、パパ——。ビーフストロガノフをかき混ぜながら、彼女はかすかに、しかし確実に、父へと想いを馳《は》せていたのである。こんなふうにいなくなるなんて、親不孝をして、本当にごめんなさい……。

目の前には、母が教えてくれたビーフストロガノフ。濃い琥珀色が、湯気をたてながらきらめく。それに目を落としながら、三葉は逸る気持ちのなかで思う。

ごめんなさい、パパ。でも、私は今、とっても幸せです。やっぱり私、パパとママの娘だったみたい――。

「……つまりお前の話を要約すると、ふたりの駆け落ち先については、なんもわかんなかったってことでいいな？」

風呂上がりの宗吾にそう問われた遥太は、「あ、はい、まあ……」としおらしく頷くよりなかった。「とりあえずの待ち合わせ先は、やっぱ寿さんちだったみたいで……。そこから先のことは、三葉ちゃんも知らないっぽかった……、です……」

そんな遥太の報告を、神はハッと鼻で笑い、「しょうもな」と吐き捨てた。「三葉嬢のビーフストロガノフさえ食えばどうにかなるって息巻いてたのに、見当外れもいいとこだったな」そうして彼はちゃぶ台を挟んだ遥太の正面に座り、めずらしくスマホをいじりはじめたのだ。

ちなみに、三葉のビーフストロガノフからは、神の姿は断片的にも見えてこなかった。そのことも神にはすでに伝えてあった。神も、あっそ、と冷めた反応しか示さず、見えたことについて遥太が語りだしてからも、興味なさそうに濡《ぬ》れた髪をタオルで拭き続けるばかりだった。

だから遥太としては、宗吾のヤツ、三葉ちゃん捜しに協力する気は、一切合切ねぇ感じだな、と捉えていた。まあ、予想通りではあるけど……。けどこのままじゃ、手詰まりっつーか……。それで、無邪気を装い頼んでみようかと思案していたところ、あっさり先手を打たれてしまった。

「――俺は食わんからな」

スマホに目を落としているはずなのに、こちらの様子がわかるあたり、嫌味なヤツだよなと遥太は思う。しかし神は、そんな遥太の心のうちすら見透かすように、さらに言い継いだのだった。

「言っとくが、俺が鋭いんじゃなくて、お前の感情がダダ漏れなんだからな。そんな直情っぷりじゃ、寿って女の影すら踏めねぇぞ？　相手は詐欺師《さぎし》レベルの嘘つきだっつーのに……」

忌々《いまいま》しそうに言う神に、遥太は顔をしかめ言って返す。

「詐欺師って……。寿さん、そこまで悪い人じゃねぇよ。ただ、熱心な嘘つきっていうか……、生きていくのに、一生懸命っていうか……？　それだけのことで……」

すると神は、やっとスマホから視線を外し遥太に目を向けた。そうして、遥太の前髪が揺れるかと思うほどの勢いでもって、盛大に鼻で笑ってみせたのである。

「はーあ……。盆と正月と感謝祭と国慶節《こっけいせつ》が、まとめて来たほどおめでたいヤツだな」受けて遥太が、「へ？　コッケイセツって……？」と首を傾げると、神はひどく呆れた様子で、「お前はバカか？　っつってんだよ」と言い捨てた。そしてまたスマホに目を落とし言ったのだ。

「寿って女は、相当なタマだ。甘く見てると、まず間違いなく痛い目を見る。久藤のオッサンにもそう言っとけ。無策なままあの女のケツ追いかけてたら、ロクな目に遭わねぇぞって――」

ごく断定的に言う神に、遥太は、「はあ？　んだよ？　それ……」とさらに言い返してみる。「宗吾、寿さんの何を知ってるっつーんだよ？　三葉ちゃんの手料理だって、なんも食ってねぇくせに……」しかし神は、スマホに目を落としたまま、ごく淡々と返してきたのだった。

「食わなくてもわかるさ。あの女がうちの屋台に来た時、特に嘘をついてるようには見えなかった。三葉嬢の駆け落ち相手だとも、誰も勘付かなかった。どうしてだかわかるか？　どうしてみんながみんな、あの女にあっさり騙されたのか――」

それで遥太がしばしの熟思の末、「……実は、催眠術かけられてたとか？」とそれなりに真剣に答えてみたところ、神はそれを完全に無視して回答を口にした。「あの女に、罪悪感がなかったからだよ。だから、誰も彼女に不信感を抱かず、あっさり騙されちまった。それだけで、もう充分あの女をわかったことになると思うがな」

それで遥太が、しばしの沈黙ののちに、「……えーっと？　その心は？」と首を傾げると、神は眉をあげて返してきた。「罪悪感を欠いた人間は、タチが悪ぃって話だよ。どんな嘘でも平気でつけるし、犯罪だってお手のもんだ。あの様子じゃ十中八九、余罪もたっぷりってところだろうよ」

だから遥太は、「ちょ……、そういう決めつけはどうかと思うぞ?」と眉をひそめた。

「嘘が多い程度のことで、そんな人を極悪人みたいにさ……」

それは遥太の本心でもあった。三葉のチョコを食べた身としては、やはり寿さんはいい人としか見られなかったし、泣いていた彼女の姿も、やはり印象深くはあったのだ。「宗吾こそ、人を悪いふうに見積もり過ぎなんじゃねぇの? そんなだと、気苦労絶えねぇし、早くに白髪増えちまうぞ?」

しかし神の決めつけは、遺憾ながらある種の予言となってしまうのだった。遥太は翌朝、早々にその事実にぶち当たった。


その日の早朝、まだ窓の外も薄暗いなか、遥太は久藤氏の突撃お宅訪問で叩き起こされた。

「――おはようございまーす! 遥太くん! まだ寝てるかな? 遥太くん? 遥太くーん! 応答せよ、遥太くーん!」

叫びながら部屋の呼び鈴も連打してきた久藤氏は、寝ぼけまなこで出迎えた遥太に、もちろんテンション高く訊いてきた。

「どうだった? どうだった? 三葉のビーフストロガノフから、何かわかった? 三葉の居場所とか、ふたりがどこに行ったのかとか! とかとかとか……!」

だから遥太は、寝起きにはキツイものがあるぜ……、とげんなりしつつ、それでもどうにか気持ちを立て直し、言葉を選び応えていったのだ。

「えーっと、ですね……。色々、調べたというか……。霊感的な？　アプローチをしてみたんですが……」しかしその段で、ひそかに防御の姿勢をとってもいた。二度あることは三度ある。つまりこの回答では、まず間違いなくまた摑みかかられるだろうと踏んでいたのである。「駆け落ちの待ち合わせ場所は、やっぱり寿さんの家だったみたいで……。そこから先のことは、三葉ちゃんもご存じなく……。それで俺にも、なんも読み取れなかったっていうか……」

しかし意外や久藤氏は、「──やっぱり」と初めての納得顔を浮かべてみせたのだった。「そんなことになってるんじゃないかと思ってたよ……」

悄然《しょうぜん》とした面持ちを浮かべ、久藤氏は深いため息をつく。どうやら昨夜からの数時間で、彼になんらかの変化があったようだ。それで遥太が、「あの……、どうしてそうなると？」と問うと、久藤氏は苦虫を嚙みつぶしたような表情を浮かべ、いやに意味深に告げてきた。

「……どうやら俺は、とんでもない蝶をスカウトしちゃってたのかもしれない」

事の詳細について久藤氏が語りだしたのは、遥太らが氏を居間に案内したのちのことだ。神が出したお茶をのむのもそこそこに、久藤氏は昨晩遥太と別れたのちのことについて語りだした。

「実はあれから、寿くんの経歴を確認しようと思って会社に戻ったんだ。それで、社員の個人情報データベースを見てみたんだが、いくら探しても彼女の名前が見つからなくてね。仕方ないから人事の子に来てもらって、データベースの中身を確認してもらったんだけど……」

もともと久藤氏は、機械関係にあまり明るくなく、だから寿さんのデータも、自分では探し出せなかったのだろうと、当初は軽く考えていたそうだ。しかし、やって来た人事担当者をもってしても、寿さんの名前を見つけることは叶わず、そのあたりで久藤氏も、徐々に不穏なものを感じはじめたらしい。

「最初は、寿くんが自分のデータを完全に消して、退職したのかと思ったんだ。彼女、退職時には、三葉と駆け落ちする予定だったはずだからね。だから会社に、個人情報を残しておくのは危険だって判断して、そうしたのかもしれないなって……」

しかし、書面として残っていた社員名簿にも、寿さんの名前は載っておらず、久藤氏と人事担当者は、ひとつの結論にたどり着いた。

「社員名簿は年度ごとに新しいものを作ってるのに、過去すべての名簿に名前がなかったんだ。それで、もしかしたら寿くん、退職にあたりデータを消したんじゃなく、最初から個人情報を会社に提示してなかったんじゃないかって、そういう話になってね……」

社内の人事を一手に引き受けていた寿さんなら、その程度の操作は容易《たやす》い。それで久藤氏は、経理担当者も呼び出して、徹底的に寿さんに関する残された情報を洗い出したそうだ。

「それで、わかったんだけど……。どうやら寿くん、うちの社員じゃなかったみたいなんだ……」

そんな久藤氏の発言に、しかし遥太は理解が追い付かず首を傾げる。「は？　けど寿さん、実際オッサンの秘書やってたじゃんか」すると久藤氏も、うなりながら首をひねってみせた。「う－ん、それはそうなんだけど……。ただ彼女、社員としてじゃなく、アルバイトとして、うちの会社で働いてたみたいで……」

その事実は、給与の振り込み明細で判明したそうだ。保険や税金絡みのデータ上では、いくら探しても見つからなかった寿さんの名前が、唯一アルバイトの給与振り込みの一覧で確認が出来た。それで経理担当者たちが、先の可能性を告げてきたのだという。

「けど、釈然としないんだよ。他の会社も同じだと思うけど、アルバイトでいたほうが優遇されることなんて、うちの会社じゃまずないからね。それなのに、どうして寿くんがアルバイトでいたのか、まったくわからなくて……」

しかし寿さんの立場上、あたかも社員であるような顔をして、アルバイトとして勤務し続けることは可能だったようだ。何せ社内の人事業務は、彼女がすべてひとりで取り仕切っていた。そしてだからこそ、久藤氏はその段で一抹《いちまつ》の不安を覚えてしまったのだという。

「俺、人事だけじゃなく、経理関係も全部、寿くんに任せちゃってたから……。まさか、彼女に限ってそんなことって思いもあったんだけど……。でも昨日からの色々で、万が一ってこともあるのかもって気がしてきて……」

つまり久藤氏は、寿さんが経理上の不正を行っていた可能性について、思い至ってしまったというわけだ。

そのあたりで遥太は、嫌な予感を覚えはじめた。昨日、神から釘《くぎ》を刺されていたというのもある。寿って女は、相当なタマだ。余罪もたっぷりってところだろうよ。そんな神の言葉が脳裏を過ぎって、ひそかに息をのんでしまってもいた。

「…………」

しかも隣の神宗吾は、皮肉を含ませたような薄ら笑いを浮かべ、チラチラと遥太に視線を送り続けている。まるで、ほーら、俺が言った通りだっただろ？　とでも言いたげに。

そうして眼前の久藤氏も、神の予言に従うかのような告白をしてみせたのだった。

「――もしかすると寿くん……。横領《おうりょう》、してたかもしんない」

瞬間、神がフンと鼻で笑い、遥太はその鼻息を軽く浴びながらうなだれた。あー……、そうきちゃったかぁ……。そんなふうに思いながら、遥太はしばし俯き頭を抱える。

いっぽう神は、若干ご機嫌な様子で、「で、横領っていくらくらいよ？」などと、いやにノリノリで訊きはじめた。「勤続年数がそれなりなら、けっこうエグイくらい、いかれちゃってんじゃないの？」

受けて久藤氏は、どこか遠くを見詰めるように目を細くしながら応えた。

「それが、まだはっきりしてなくてね……。何せ昨夜、急場で調べただけだから……。寿くんが退職する少し前に、ちょっとおかしな金の動きがあったことくらいしか、まだわかってなくて……」

どこか虚《うつ》ろな目で語る久藤氏は、うまく現実をのみ込めていないようでもあった。

「一応……、額にすると、百万から五百万ってとこじゃないかって話だったけど……。細かいことは、これから精査しないとまだわからないんだ……。ていうか、もしかしたら経理の子たちの勘違いかもしんないし……。ていうか、俺としても、何かの間違いじゃないかなって気がして仕方がないっていうか……」

そんなことを言いだす久藤氏に、しかし神は容赦なく言い放つ。

「——けど、その妙な金の動きが事実だったとしたら、下手すりゃ寿って女の勤続年数かける、ウン百万って金が抜かれてるかもって話だろ？　近々のおかしな金の動きだって、百万単位で勘違いするバカ経理なんてそうそういねぇぜ？」

神の指摘に、久藤氏はうっと息をのみ、わずかに体をのけぞらせる。「そ、それは、そうなんだけど……」受けて神は、さらに前のめりになって問う。「で、どうすんの？　精査してクロだったら警察にでも突き出すか？」

だが久藤氏は、それには強く首を横に振ってみせた。

「いやいやいやいや！　そんなこと……！　そりゃ、額にもよるけど……。でも、本当に寿くんがやったんだったら、それなりの事情があったに違いないし……。出来れば内々で処理したいっていうか……。警察なんて、そんなことは——」

久藤氏のそんな言い分に、神は白々《しらじら》とした表情を浮かべる。この期《ご》に及んで寿さんを庇《かば》う姿勢の久藤氏に、ほとほと呆れ果てたのかもしれない。

いっぽう久藤氏も、そんな神の反応を察したのだろう。「だ、だって寿くんは、俺にとって、準身内っていうか……？　そんな感じの人だからさ……」などと言い訳じみた弁明をはじめた。

「本当に彼女、うちの会社に尽くしてくれてたんだよ。俺が昼夜問わずで連絡しても、必ず対応してくれてたし。休日も、盆も正月もなかったはずなんだ。忙しさにかまけて、恋愛もしてなかったみたいだし……。ホントうちの会社に、身も心も捧《ささ》げてくれてたっていうか……」

おかげで神は、アホなのか？　コイツ……、と久藤氏を断じるような、極寒の無表情でもって氏を見詰めはじめていた。金抜かれといて尽くしてくれたとか、お花畑にも程があんだろ……。その目は雄弁と、そう語っているようにも見えた。

ただし、遥太としては、久藤氏の心情に近いものがあった。三葉の手作りチョコレート、並びにビーフストロガノフを食べた身としては、やはりどうしても寿さんを断罪する気になれなかったというのもある。あとは、もしかしたら三葉の強い恋情が、遥太の思考に影響を与えていたのかもしれない。それでなんとなく、久藤氏の肩を持つに至ってしまった。

「……あー、っと……。俺も、そう思うよ……。とりあえず今は、寿さんをあれこれ疑うより、彼女を捜し出すのが先決なんじゃないかなって……」

受けて神が、信じがたいといった様子で顔を歪めてみせたが、しかし遥太はそれに背を向け、久藤氏に向かい言葉を続けた。「人間誰しも、勘違いもあれば間違いもある。誰がどう間違えてるかなんて、今はまだどうでもよくて——。だからやっぱとりあえず、当面は三葉ちゃんと寿さんを捜すことに全力を注いだほうがいいかと……」

すると久藤氏も、蜘蛛《くも》の糸を見つけたカンダタのごとく目を輝かせ、ガバリと遥太の手を取ってみせた。「だよね！　だよねだよねだよね！」そうして遥太の手を、ぶんぶん振りはじめたのだ。「俺もそう思う！　今は何はさておき寿くんの行方だよ！　いや、よかった……！　遥太くんが、俺と同じ気持ちでいてくれて……」

遥太と久藤氏は、しばし互いの手を握ったまま、意見の一致を称《たた》え合った。「疑うよりは、まずは信じてみることだよな」「うんうん。俺も常々そう思ってる！」そしてその最中、久藤氏がふと思い出したように、「あっ！」と声をあげたのだ。氏は遥太の手を握ったまま、やはり唐突に言いだした。「——そういえば遥太くん、今日ヒマ？　よかったら一緒に福岡行かない？」

急な提案に遥太は若干面喰《めんくら》ったが、しかしよくよく聞いてみれば、その福岡行きも、寿さん捜しの一環であるらしかった。

「実は寿くんの給与の振込先が、福岡中央信金の中洲支店ってところになっててね。うちの給与の振り込みは、社員の場合、一律取引先のメガバンクって決めてあるから、なんかちょっと違和感があって……。いや、彼女はアルバイトだったから、別に福岡の信金でもかまわなかったんだけどね？　でも、やっぱなんか、引っかかるっていうか……」

久藤氏の推察では、福岡の信金で口座を開設したということは、何かしらその土地に縁があってのことではないか、という話だった。

「ずっと東京在住で、福岡の信金に口座を作るってことはないだろうし……。もしかしたら、過去にあの辺りに住んでたことがあるか、もしくは知り合いがそこに勤めてたとか、とにかく何かしらの理由があると思うんだ」

だから久藤氏は、昨日の深夜から今朝方にかけて、自らの地位とコネクションを駆使し、福岡中央信金、中洲支店長とのアポを取り付けたらしい。

「まあ、支店長が寿くんの個人情報を、素直に教えてくれるかどうかは微妙だけどねぇ……。最近は情報の扱いにうるさいし……。でも、俺、頑張るから！　福岡には有力者の知り合いも多いし！　支店長にも、ちょっとは圧力かけられると思うし——」

そんな久藤氏の発言に、遥太は、コンプライアンスとは——？　と目を見張ってしまったが、久藤氏はあくまで強気な姿勢を崩さなかった。

「それでも教えてくれなかったら、上層部に圧力をかける。それでもダメならその上だ。押してダメでも押すのが俺だからね。そういうわけで遥太くん、一緒に福岡まで……」

迫りくる久藤氏の顔面に、だから遥太は思わず、あ、ああ、別にいいけど……、とうっかり押し切られそうになったが、しかしそう口にするより一瞬早く、神が遥太の首根っこを引っ摑み言い切った。

「——生憎《あいにく》だな。コイツにはうちの店の手伝いがあんだよ」

すると久藤氏は、「ああ、そう……」と、あんがいあっさり引き下がった。「そうだよね。人捜しだけが、君らの仕事じゃないんだもんね。じゃあ、残念だけど……。福岡には、俺ひとりで行くとしようかな……」

そんな氏を前に、神も少々意表を突かれたのか、どこかバツが悪そうに応える。「……悪ぃな。こっちも仕事なもんでよ」受けて久藤氏も、神のやや軟化した態度に気をよくしたのか、「いいんだ。こっちも急だったし」と笑顔を浮かべた。

そうしてふたりは、社交辞令めいたやりとりをはじめたのだ。「俺たちも、一応こっちで捜査は続けるからよ」「ああ、そうしてもらえると助かる」「福岡でも、なんか聞き出せるといいな。寿……、んっと？　何ちゃんだっけ？」「え？　ああ、寿理衣砂《りいさ》くんだが？」「そう、その理衣砂嬢のこと——」「そうだね。上手く聞き出せるかは、俺の口車《くちぐるま》次第ってところもあるから、マジで頑張るよ」

久藤氏がアパートをあとにしたのはその直後のことだ。「ああ！　もうこんな時間！」と少々焦った様子で彼は言いだし、慌ただしく席を立った。「じゃあ俺、飛行機の時間があるからそろそろ行くね！　何かあったら連絡するから！　君らも、何かあったら連絡ちょうだい！　情報はなるべく逐一《ちくいち》共有！　ねっ？　お願いしますっ！」その様子は、まさに台風一過といったふうでもあった。

そうして風のような久藤氏を見送ったのち、おもむろに神がポツリと言いだしたのだ。

「……嵐の鳥、か」

ただし、彼が呟いた言葉の意味は、遥太にはまるで理解出来なかった。それで思わず神の顔をのぞき込み、「何それ？　今日のメニュー？」と訊くと、神は戸口を見詰めたまま、「ちげーよ」と一蹴してみせた。「どっちかっつったら、むしろ食えねぇ鳥だわ……」

そうして彼は小さく息をつき、またも予言めいた言葉を口にしたのである。

「――とりあえずお前、えーちゃん捜せや」

「は？　なんで？」

「えーちゃんが、この一件の鍵《かぎ》だからだよ」

まるですべてを見通しているかのように、彼はそう言い切った。

なぜえーちゃんが鍵なのか、神は明かしてくれなかった。

「お前はすぐ顔に出るからな。余計なこと知ってると、えーちゃんが警戒するかもしれん。あれでえーちゃん、けっこう鋭いところがあるからな。だからお前は、なんも知らんほうがいいんだよ。いつも通り、邪気なくえーちゃんを誘ってこい」

とはいえそんなふうに言われた以上、普通にえーちゃんに接せられる気はしなかったのだが――。

何より遥太は、えーちゃんの連絡先を知らなかった。住所も勤め先もわからなかったし、そもそも彼が、職場のある類《たぐ》いの仕事をしているのかどうかすら判然としなかった。仕事が忙しいとかヒマだとか、そういう話はチラッと聞いたことあるけど……。どういう仕事なのかまでは、全然……。

　むしろえーちゃんに関することなら、神のほうが詳しいのでは？　と思わずにいられなかった。えーちゃんはほたる食堂の古い常連客らしいし、知り合ってからの時間で言えば、神のほうが断然長く、かつ、濃いものを有しているはず。それでその旨伝えると、神は、「俺だってえーちゃんの連絡先なんて知らねぇよ」と一蹴してみせた。「客の連絡先なんて、いちいち聞いてるわけねぇだろうが」

　ならばどうやってえーちゃんに連絡を取るのかと遥太が問うと、神は遥太のスマホを指差し言ってのけた。「お前の知り合いに、えーちゃんの友だちがいただろ。ほれ、お前の高校で、教育実習生やってた野郎が――」

　遥太が膝を打ったのはその段で、彼は神に言われるがまま、急ぎその元教育実習生のスマホにメッセージを送った。（久住《くずみ》センセ！　ども！　久しぶり！　俺俺！　わかる？）すると数分後、（詐欺？）という実に彼らしい返信が届き、遥太は取り急ぎ、えーちゃんの連絡先について切り出したのだった。

　そこからえーちゃんと連絡が取れるまで、そう時間はかからなかった。（鈴井、今何してんの？）（なんで東京にいるの？）（はあ？　大学受かった？）（お前、いつから受験勉強はじめたの？）（なんか納得いかない）（全受験生に土下座して欲しい）そんなメッセージを織り交ぜつつも、彼は遥太とえーちゃんの仲介役となり、（出来れば今日、ほたる食堂に来て欲しいんだけど）という遥太のメッセージを、しっかりえーちゃんへと送ってくれたのだ。（つか、絶対来てって伝えて！　今日のメニュー、えーちゃんの好物だから！）

おかげで神には、「なんで俺がえーちゃんの好物知ってると思うんだよ？」と怒られたが、しかしそこは神宗吾、「仕方ねぇなぁ……。じゃあ、えーちゃんの地元のラーメンでも作るかなぁ……」と妙案を繰り出し、けっきょく対応してくれた。

ただし、遥太も鶏《とり》がらスープの煮込みを手伝わされ、五時間ばかりひたすら灰汁《あく》を掬い続けるという、罰ゲームめいた作業を課せられたのだが――。しかし、スープは無事完成し、えーちゃんを迎える準備は整った。

えーちゃんがほたる食堂にやって来たのは、まだ日も暮れきっていない夕刻の頃のことだった。子どもは無料という噂《うわさ》を聞きつけた小学生たちが、カウンター席に並びラーメンをすすっているその最中、えーちゃんは少し警戒したような目で暖簾から顔を出してきた。

「ちっす。一応来たけど……。なんか用？」

しかし、そんなふうに訝しげだった彼は、子どもたちが食べているラーメンに視線を送ると、「え？　これ……、うちの地元のラーメンじゃね？」と、やにわにその目を輝かせはじめた。「何？　じゃあ、ホントに俺の好物だから声かけてくれたの？　ちょ、マジでー？　ふたり優し過ぎない？　もしかして、俺のことけっこう好き？」

　そうして彼は、子どもたちがラーメンを食べ終えると、満面の笑みでもって大盛りを注文。空いた席にさっさとついて、ラーメンが出てくるのを嬉々として待ちはじめた。

　えーちゃんの地元のラーメンというのは、鶏がらスープがベースの醬油《しょうゆ》ラーメンで、細いちぢれ麵が特徴といえば特徴。神が言うことには、かつお出汁《だし》も混ぜてあるとのことで、澄んだ薄い褐色のスープの、ごくごくシンプルなラーメンだった。

　ただし、えーちゃんにはそれがたまらないようで、出来上がったラーメンを前に、「これこれこれーー！」と破顔して、拝《おが》むように手を合わすと、「いただきます！」と嬉しそうに声をあげ、すぐに麵をすすりはじめた。

　湯気に顔を埋めるようにしながら、えーちゃんはハフハフと音をたててラーメンを食べていく。神はそんなえーちゃんを、どこか満足そうに見守り続ける。そうしてえーちゃんがチャーシューにかぶりつき、「んー……」と唸ったタイミングでごくさりげなく切りだした。

「ところでえーちゃん。前に話してたスナックKOTOBUKIのこと、ちょっと訊きたいんだけどさ――」

　しかしそのさりげなさを、遥太はうっかりぶち壊してしまった。「はあっ⁉　何だよ、それっ⁉」ついついそう叫んでしまったのである。「スナックコトブキって⁉　まさか、寿さん絡みのスナックってこと？　えーちゃん、そんな店知ってたの……⁉」

　とはいえ、遥太としては当然の咆哮ではあった。何せ彼は、スナックKOTOBUKI

については初耳だったのだ。「もしかして、寿さんが勤めてた店とか？　まさか！　寿さんが自分でやってる店だったり……⁉」それであれこれ思い付きを口にしてしまったのだが、そんな遥太をえーちゃんはざっくばらんにたしなめた。

「違う違う、寿さんは関係ない。スナックKOTOBUKIは、単に昔、俺が通ってた店ってだけで――。寿さんみたいな美人はいなかったよ」

その言葉に嘘はなさそうだった。どうやらえーちゃんとしては、スナックKOTOBUKIより目前のラーメンという構えで、口にしている言葉たちに、嘘も誇張《こちょう》も含ませている様子がなかったのだ。「まあ、面白い店ではあったけどなぁ。熟女ばっかで、ママも七十くらいの大御所で、客あしらいが雑っつーか気取ってなくて……。何かっつーと野《や》球拳《きゅうけん》はじめるんだよ。おかげで客もホステスも、みんな半裸の付き合いみたいになっちゃって……」

淡々と語るえーちゃんに、神は確認するように問いかける。

「その店って、確か、福岡の中洲にあるって話だったよな？」

受けてえーちゃんは、特に気負った様子もなく応える。

「うん、そだよ。裏通りのちっこい雑居ビルの二階」

ただし遥太は、またも叫びそうになってしまった。福岡、中洲。そのふたつの地名から、福岡中央信用金庫、中洲支店が連想されたからだ。

それ！　寿さんの、給料の振込先の……！　当然のようにそう思い至り、思わずえーちやんに摑みかかろうとしてしまう。

しかし神は、そんな遥太の動きに目ざとく気が付き、松葉杖でもって彼のすねを小突いてきた。「あが……っ！　が……」そうして苦痛に顔を歪めた遥太には一瞥もくれず、ごく冷静にえーちゃんとの会話を続けたのである。「そこのママが、寿って苗字だから、スナックKOTOBUKIなんだよな？」

いっぽうのえーちゃんも、ずいぶんとラーメンに夢中なようで、うずくまった遥太に気付く様子もなかった。「うん、そうそう。寿ママっつーの」神の問いかけには応えるものの、基本的にはラーメンに意識を集中させていたのだろう。「だから俺、ママに司って男を婿養子に迎えなよって、よく軽口叩いてさぁ……」

けれど遥太は、そんなえーちゃんの発言に、すねを押さえつつ戦慄《せんりつ》していた。福岡、中洲、寿ママ。その三つの単語から、ある仮説が容易に導き出されてしまったからだ。

「――――」

もしかしたら、その寿ママってのが、寿さんの母親なのかもしれない。ほとんど閃《ひらめ》きのように遥太はそう思った。いや、年のこと考えると、お祖母《ばあ》ちゃんかもしんないけど……。それか、おばさんとか……？　とにかく条件的に、寿さんの近親者としか……。

しかし、そんな遥太の予想に反し、神はどこか不可解な質問をはじめたのだった。

「ちなみにえーちゃんさ、その寿ママの名前が、面白いんだーとかなんとか言ってたよな？　確か、ハーフタレントかよ、みたいな名前だとかって……」

受けてえーちゃんは小さく笑い、「うん、そうそう」と頷く。「店の前の看板に、ママの名前も書いてあって、初めての客なんかは、てっきり若いギャルみたいな子がママなんだと思って、店に入ってきちゃうわけよ。そんで、騙されたーってなっちまうの。で、常連客はそれ見て爆笑する、みたいな?」

受けて遥太は、なんの話だよ……? とひそかに首を傾げるよりなかったが、しかし神のほうはなんらかの手ごたえを感じたようで、わずかに身を乗り出しさらにえーちゃんに問うたのだった。

「時にえーちゃん、そのママの名前、憶《おぼ》えてる?」

するとえーちゃんは、「あー……」と箸《はし》を止め、眉根を寄せて宙を仰いだ。「それな? それが……、ハッキリとは憶えてねぇんだよなぁ。サリイとかエリイとか、そんな感じだったような気はするんだけど……」そうしてえーちゃんは、スープをひと口含んだのち、あれこれ名前を挙げ連ねはじめた。「アリイ? リリイ? マリイ? なんか、リィ、みたいな語感が交ざってたのは、ぼんやりと憶えてんだけど……」

神がえーちゃんに指を差し、かの名前を口にしたのは、えーちゃんがそれ以上名前を挙げられず、首を左右に振りはじめた矢先のことだ。

「もしかして、なんだけどさ……」

えーちゃんの目をのぞき込むように神は言って、そのままわずかに眉毛をあげる。

「――リイサ、じゃなかった? ママの名前……」

瞬間、えーちゃんは動きを止めて、じっと神の目を見詰め返した。そうしてそののち、過去の記憶をかき集めるかのように、バチバチと目をしばたたくこと数秒、彼はカッと再び目を見開き、つかえがとれたように断言してみせたのである。

「そう！　そうだよ！　リイサだ！　寿理衣砂ママ！　つーか、なんで神ちゃん、ママの名前知ってんの……？」

だから遥太も、自らの仮説が見当はずれのものであったとすぐに気が付いた。リイサって——。寿さんと、同じ名前じゃんか。じゃあ、寿ママが、寿さんの母親や祖母ちゃんだっていう線はないよな。家族で同じ名前なわけないし……。

そしてすぐに、混乱してしまった。え？　でも、それなら、ふたりの関係は？　寿さんという人の輪郭《りんかく》がまたもぼやけてしまったと言ってもいい。なんだ……？　ふたりの関係は……？　関係は……？

それで思わず、「同姓同名の、赤の他人……？」と呟くと、神が遥太の胸のうちを見透かしたかのように、盛大にフンと鼻を鳴らし言ってきた。「——んなわけねぇだろ」

そうして神は、小さく息をつき言い継いだのだ。

「……あの女は、寿ママの名前を騙る、寿理衣砂のニセモノだったんだよ」

断言する神を前に、遥太は思わず目を見開く。

「は？　ニセモノ……？」

すると神は、自分の見立ての正しさを示すように、ごく断定的に遥太に告げたのだった。
「彼女に、本当のことなんて何ひとつなかった。名前も出身地も家族の話も、給料の振込先すら、全部が全部、嘘だったんだよ」

スナックKOTOBUKIの寿ママは、おそらく寿さんを知っているだろうというのが神の見立てだった。
「多分ふたりは知り合いで、なんらかの方法で寿ママの通帳だかカードだか、あるいはその両方をくすねたんだろ。そしてそれだけを、自分が寿理衣砂であることの証明にして生きてきた」

自らの意見に疑いなど持っていない様子で、神は得々と語り続けた。
「ま、だいぶ心許《こころもと》ない証明ではあるけどな。それでも水商売のバイトあたりなら、口座を示せば本人として認識してくれるだろうし、審査が極甘の安い部屋なら、口座の残高を収入の証明として認めて、部屋を貸してくれることもある。そんなこんなで寿……、もとい、ニセブキも、どうにかやってきたってことじゃねぇの?」

そうして彼は、「とりあえず、寿ママに話を聞けば、大筋はハッキリするだろうさ」とえーちゃんに視線を送りつつ告げたのだ。「もしかしたら、ニセブキの素性もわかるかもしれん」

もちろん遥太も同じ気持ちだった。えーちゃんは神が言った通り、確かにこの一件の重要な鍵だとすでに理解もしていた。だからえーちゃんの腕を取り、一ミリの迷いもなく笑顔で声をかけたのだ。「じゃ、えーちゃん！　寿ママに連絡よろしく！」受けてえーちゃんが、「んふ？」と若干間の抜けたような声をあげても、そこに何かしらの不穏のしるしがあるとも気付かず、嬉々と言葉を継いでしまった。「店の番号なら、俺が調べるから！　スナックＫＯＴＯＢＵＫＩでしょ？　中洲でしょ？　番号くらいすぐわかるって――」

しかしその鍵は、思わぬ反応を見せたのだった。「え、嫌だ」彼はまるで毛虫を見た女子中学生のように言い、顔をしかめ首を振りだしたのだ。「無理無理無理。ママに連絡とかあり得ない」そうしてそのまま、するりと遥太の腕を抜けだして、そそくさと席をあとにしようとした。「ごちそうさま。おいしかったです。じゃ、おつりはいらないから……」

だから遥太は大慌てで、えーちゃんの腕を再び摑んだのだ。「ちょ！　待ってよ！　えーちゃん！」そしてそこから、必死の説得がはじまった。「なんでよ？」「なんでさ？」「何が無理なの？」「ママが怖いって……？」「だから、なんで……？」

いっぽうえーちゃんも、「俺にも色々事情があって……」「色々は色々で……」「なんか、色々って言葉が、すでに暗示してる気もすんだけど……」などと言葉を濁《にご》しつつ、最終的にはひどくうなだれながら白状した。「だから……、なんていうか……。お店のホステスさんと、色恋的な……？　色んな厄介《やっかい》なことがありまして……」

おかげで遥太は、なんだ、そんなことかよ、と思わず軽口を叩いてしまいそうになったが、しかしよくよく聞いてみれば、確かにそこそこ厄介な状況ではあったのだった。「実は、三人同時に……」「いや、だって……、みんなかわいかったからぁ」「みんな、内緒にするって言ってたし……」「あんな派手なバレ方、すると思わなかったんだもん！」おかげで遥太は、少々遠い目をしてえーちゃんに臨んでしまったほどだ。

「それで最終的に、三人が店で取っ組み合いのケンカはじめちゃって……。おかげでママからは、二度と店の敷居《しきい》またがないでって出禁《できん》食らって……。同じころ、福岡での仕事も片付いたから、そのまま店には二度と行ってないっつーか……」

話を聞きながら神が、「熟女しかいない店で三股《さんまた》で修羅場とか……」と小さく唸ったが、しかしえーちゃんにとっては詮無《せんな》きことだったようで、「恋愛に歳なんて関係ねぇから」と、三股をかけておいてどの口が？　と思わざるを得ないような、なんとなくいい男風な回答をしてみせた。「俺は、みんながみんな、ちゃんと好きだったんだよ……」

おかげで遥太はさらに遠い目をしてしまいそうになったが、しかし寿さんを捜すためだとグッとこらえ、邪念を振り払い説得を続けた。「じゃ、じゃあ……、むしろいいチャンスじゃん！　久々に連絡入れたら、むしろママも喜ぶかもしんないし！　昔のことなんて、もう時効でしょ？　大丈夫だって！　怒られたら、俺も一緒に謝るから……！」

そうして説得すること一時間強。カウンター席から即席のビールケース席にえーちゃんを移動させ、日本酒を半升ほどのませたあたりで山が動いた。

酔うとえーちゃん、気が大きくなるタイプだから、たんまりのませりゃどうにかなるかもしれん。そんな神の画策に、えーちゃんがまんまとハマったと言ってもいい。

「そうだよなぁ……。やっぱり一度、きちんと謝るのが筋ってもんだよなぁ……」酔って素が出てきたらしいえーちゃんはそう口にして、ズボンのポケットから自らのスマホを取り出した。寿ママの番号は、彼のスマホにちゃんと登録されているということで、えーちゃんはその番号を見詰めながら、あからさまに反省しはじめた。「正直なところ、いつかちゃんと怒られなきゃとは思ってたんだよ……。だから番号も残してて……」

だから遥太はえーちゃんの肩に腕を回し、「──謝っちゃお？」とここぞとばかりに、彼の背中を押したのだった。「ここでスッキリさせるのが、えーちゃんのためでもあるはずだよ、うんうんうん、うん？」

えーちゃんの申告通り、寿ママはいかにも大御所といった気配を持つママだった。彼のスマホから漏れ聞こえてくる声は大きく、えーちゃん曰く、野球拳焼けしたとしか思えない、というガサガサな声も、そうとわかるほどハッキリと聞こえてきた。

ママは電話をかけてきたえーちゃんに対し、最初こそ、「えー！　ヤダ！　ホントにえーちゃん？　久しぶりじゃなーい！　元気だった？　どうしてたの？　急に店に顔出さなくなって……」などと歓迎の声をあげていたが、しかしすぐに昔の彼の悪行を思い出したらしく、あっという間に説教モードに入ってしまった。「──って、あ！　そういえばえーちゃん！　あんたって子は……！」

そこからの内容はあまり聞き取れなかったが、時おり漏れ聞こえてくる、「最低」だとか、「人でなし」だとか、「取れちゃえばいいのに」などというママの言葉に、遥太は彼女の怒りの深さを思わずにいられなかったし、えーちゃんが背中を丸めながら、「ごめんて」「だからごめんて」「本当に申し訳ないと思ってる」を繰り返していたあたりからしても、相当にこっぴどく怒られているのは見てとれた。「でも、好きだったの！　冗談抜きで、みんな好きでした！　ごめんなさい！」

ママが許してくれたのは、屋台の客が二回転ばかりしたのちのことだ。「ああ、うん……。よかった……。じゃあ、とりあえず、友だちにかわるから……」と安堵の表情を浮かべたえーちゃんが、スマホを遥太のほうへと差し出してきて、遥太は彼らの和解を悟ったのだった。な、長かったー……。

そうして遥太は、えーちゃんのスマホを受け取り、寿ママとの電話邂逅《かいこう》を果たしたのである。「どうもどうもどうも！　はじめまして！　俺、えーちゃんの友だちの、鈴井遥太っていいます！　実はちょっと、寿ママにお訊きしたいことがありまして！　えーちゃんに無理言って連絡させてもらいました！」そしてそこからは、スピーカー機能で話すことになった。「ごめんなさい！　こっちふたりなんで！　いいですよね？」

それとほぼ同時に、ニセブキさんの画像も彼女のスマホに送付した。えーちゃんが寿ママに謝り倒している間、神に言われ久藤氏から取り寄せておいたのだ。

写真は先日の送別会で撮られたもののようで、たくさんの人が集まったなか、寿さんと久藤氏が中央で笑顔を浮かべていた。

ただし、その笑顔の寿さんは、なぜか盛大に顎をしゃくらせていて、かなりの変顔になってしまっていたのだが――。写真に添えられた久藤氏のメッセージによると、（今となって思えば、寿くん、自分の姿を残さないよう、意図的にこんな顔してたんだろうな）とのことだった。

だからって、何もこんな顔しなくても……、と遥太としては思わずにいられなかったし、この写真で果たして本人確認が取れるのかも若干疑問ではあったが、しかしそれ以外の写真は残っていないということだったので、仕方なくその変顔を寿ママのスマホに送った。

「お願いしときながら、こんな写真しかなくてすみません……。一番真ん中に写ってる女の人で……。実物は、その七割り増しくらいで美人なんですけど……。彼女のこと、ご存知ないですかね？」

しかし、そんな写真であったにもかかわらず、写真を送ってものの数秒で、寿ママは小さな声をこぼしたのだった。

「――これ？　ゆみかじゃない……？」

おかげで遥太は、一瞬にして色めき立った。ゆみか――？　それが寿さんの、本当の名前なのか……？

それで急ぎ、ママに確認を入れた。「ご存知なんですね？」すると寿ママは、一瞬の沈黙ののち、「……うん、まあ」と少し声を強張らせて応えた。「昔、うちで少しだけ働いてた子だと思うわ」だから遥太は、ほとんど間髪《かんはつ》入れずに話を詰めはじめた。

「彼女、今は寿理衣砂って名乗ってるんです。かれこれ、もう十年近く前から。その名前でホステスやってて、そのあとは長らく会社勤めを……」

そんな遥太の説明に、もちろん寿ママは驚いたような声をあげる。「はあ？　どういうこと……？」やはり寝耳に水のようだ。遥太は畳みかけるように言葉を継いでいく。

「あとは、福岡中央信用金庫、中洲支店の口座も使ってるんです。もちろん、名義は寿理衣砂で……。どうですか？　その口座に、覚えはないですか？　こっちの見立てとしては、ゆみかさんが寿ママの名前を騙って、勝手にその口座も使ってんじゃないかって、思ってるんですけど……」

寿ママが返答をしたのは、遥太がそう口にして十数秒経過したのちのことだった。沈黙が続いたためえーちゃんが、「あの、ママ……？」と声をかけた次の瞬間、彼女はハッと息をのんだような音を立てて、「ああ、ごめんなさい……」と声を絞り出すようにして応えた。「あたしも少し、混乱してて……」

それでもママは、しばし考え込んだのち、どこか覚悟を決めたような声でもって告げてきたのだった。「確かに昔、福岡中央信金で口座を作ったことがあるわ。そう、中洲支店だったと思う……。口座開設のノルマがあるからって、お客さんに頼まれたのよ。もう、ずいぶん昔の話だけど——」

ママのそんな説明に、遥太は思わず息をのむ。これは……、多分ビンゴだな。それでも一応、ダメ押しで訊いておく。「その通帳やカードって、今ママの手元にありますか？」

受けて寿ママは、ため息交じりで返してきた。「ないんじゃない？　その口座は作ったっきり、ロクに使ったこともないはずだから──。通帳もカードも、どこに仕舞ったかわかんないし。誰かがくすねていったところで気付きゃしないわよ」最後のほうは、どこか投げやりな口調にすらなっていた。

いっぽう遥太は、屋台から顔をのぞかせていた神に気付き、ひとまず大きく頷いておいた。受けて神も、不敵な笑みを浮かべ遥太を指差してきた。おそらく、ほーら、俺の言った通りだろうが？　とでも言いたいのだろう。確かにママの回答は、神が予想していた通りのものだった。

電話の向こうの寿ママは、やけっぱちな発言をしたあと、またしばらく黙り込んでしまった。無理もないと遥太は思った。自分のあずかり知らないところで、他人が自分の名前を騙っていたという状況は、控えめに見積もっても相当に気味が悪い。だからママの気持ちを慮《おもんぱか》って、無理に声をかけないでいたというのもある。

そうして待つこと一分少々。沈黙を破った彼女の口調は、しかし意外なほどに落ち着いていた。

「……もしかして、あたしのその口座、何かに悪用されてるのかしら？」

そんなママの問いかけに、遥太は思わず口ごもってしまう。遥太なりに、何と答えるべきなのか少々迷ってしまったからだ。

「それは……」

現状ニセブキさんは、悪用と断定出来るような口座の使い方はしていない。無論、今後の調査でどうなるかはわからないが、しかし今のところは、まだ白に近い状態であるはずだ。こちらが知っているのは、給与振り込みの一件に過ぎない。それで、正直に答えておくことにした。現時点で、無用にママの不安を煽《あお》る必要はない。

「悪用は、特にされていないかと……。とりあえず、給与の振り込み先に使われてたくらいで……」

そんな遥太の回答を受け、寿ママは、「ふうん」と何かを思案するような小声で応えた。「給与振り込み、ねぇ……」そしてどこか気だるげな声で言いだしたのだ。「……だったら、放っておいてやってちょうだいよ」

ただし、その内容はずいぶんと突飛《とっぴ》なもので、だから遥太は思わずスマホへと身を乗り出し声をあげてしまった。「えっ？　なんで……？」しかし、当のママのほうは、全く動じる様子もなく、淡々と話を続けたのだった。

「別にこっちは、寿が増えたところで困りゃしないからよ。言っとくけど、あの子が消えてから、もう十年ほどは経ってんのよ？　その間、こっちに実害は何もなかった。だったら、どうせこの先も同じでしょ。あの子はどうせ、大した悪事は働かない。だからどうでもいいの。別に名前を騙られようが、口座を使われようが好きにしろって感じ」

鷹揚《おうよう》と言うべきか投げやりと言うべきか、判断がつきかねる物言いだった。そうしてママは、「そういうわけだから、もういいでしょ？　うち、そろそろ開店の時間だし、電話切るわよ」などと言いだしたのだ。すると同時にガサガサッと衣擦《きぬず》れのような音も聞こえてきた。おそらく、椅子《いす》から立ち上がったか何かしたのだろう。

だから遥太は、「ちょ、待って！　まだ話が……！」と引き留めたのだが、寿ママはその言葉には反応せず、「じゃあね。あんたたちも、寄ってたかって女の子を追い詰めんじゃないわよ」などと、どこか釘をさすように告げてきた。「女を不幸にする男は、焦熱地獄に落ちるんだからね」

それで遥太は、「俺ら、寿さんを追い詰めてるんじゃなくて！　いや、形的にはそうってるかもだけど……！　でも！　それでも彼女を信じてはいるっつーか、とりあえず、一緒に消えた三葉ちゃんを――」と懸命に叫んでみたのだが、概ね後の祭りで、気付くと電話はすでに切られてしまっていた。

「あー……」

再び電話を掛けようとするも、それはえーちゃんにとめられた。「やめてっ！　しつこくしたら俺が怒られる！」屋台からやって来た神も、それに賛同してみせた。「もう充分だよ。一介の小僧が、いくら電話で頼んだところでたかが知れてる。あとはオッサンに任せちまえばいい」

神の言い分としては、「だからオッサンを、福岡に飛ばしたんだし」とのことで、「あのオッサンのことだ。こっちの情報教えてやれば、その足でスナックKOTOBUKIに飛んでいくだろうよ。久藤のオッサン相手なら、寿ママだってそう無下《むげ》にはしねぇはずだし。お前がここでしつこくするより、断然いいネタもこぼしてくれるさ」としたり顔で言っていた。「だから俺らは、おとなしく果報を寝て待ってりゃいいんだよ」

久藤氏への連絡も、神が手短に終わらせた。彼は遥太のスマホを奪い、久藤氏にメッセージを送ったのだ。（寿さんが昔働いてた店がわかったから住所送る。ちなみに寿理衣砂は偽名で、店のママが本物の寿理衣砂。当時の寿さんは、ゆみか、と名乗ってたらしい。そのゆみかが、寿ママの名前と口座を奪って逃げて、アンタの知ってる寿さんをやってた。こっちでわかったことは以上。あとはそっちで。健闘を祈る）

するとすぐに、（すごい！　さすが！　了解！）という三言が返ってきて、以降遥太が、（もう、KOTOBUKI行った？）（オッサン？）（オッサーン！）（おーい）（どうなったんだよー？）等々とメッセージを送っても、彼から返事は届かなかった。

だから遥太は、もしかしてオッサン、ママになんかされてるんじゃ……？　とひそかに気を揉《も》んだのだが、しかし実際は久藤氏のほうが、店の開店直後からママに張り付き、寿さん、もとい、ゆみかの行方について、手を替え品を替え訊き続けていたらしい。そのことは、久藤氏本人から聞かされた。

（おっはよー！　遥太くん！　宗吾くん！　ゆうべ無事、寿くんの情報、聞き出せちゃいました――――！）と翌日朝一番にメッセージが届いたのだ。（寿ママ、とってもいい人で、楽しくひと晩遊ばせてもらいました〜♡　寿くんって、こっちでは西崎《にしざき》ゆみかって名乗ってたんだって。ま、それも本当の名前かはわかんないけどね？　ママが言うには、そう名乗ってたって。でもって、寿くんがお店にいた頃、仲良くしてた子を何人か紹介してもらえたから、これからその子たちに会ってきまーす♡）

靄《もや》のようだった寿さんという人が、ここにきてやっと形をあらわにしはじめたと言ってもよかった。いや、寿さんではなく、西崎ゆみかと呼ぶべきか――。

もちろん神にも久藤氏からの報告は伝えた。彼は寿さんのもうひとつの名前を聞くと、「そっちはわりと普通だな」と肩をすくめて感想を述べた。「寿理衣砂より、よっぽど世間に埋没しやすそうな名前だ」

そうして、ふと思いついたように、遥太に告げてきたのである。

「あ、そうだ。ちょっとオッサンに言っといてくんね？　ニセブキの友だちと会ったら、ニセブキと仲が悪かった子の話も訊き出しといてくれって――」

受けて遥太が、「なんで？　仲が悪かった子なんて、大して寿さんのことなんて知らないんじゃね？」と疑問を呈すと、神は伸びをしながら返してきた。「嫌ってるヤツのほうが、本質を見抜いてることもあるんだよ」

それで遥太が首をひねると、神は小さく笑って付け足した。「本当の自分なんてもんは、他人の数だけいるってことだ」

その日、遥太は夢を見た。遠い昔、手負いのキツネを追いかけた時の夢だ。

夢のなかで遥太は、もう今の遥太だった。子どもの頃に駆け回った、勝手知ったる裏山のけもの道を、大人の体で駆けていた。目の前には、太い尻尾を揺らしながら、後ろ足をわずかに引きずり走るメギツネの後ろ姿。遥太に追われている彼女は、時々チラリと遥太を振り返りながら、山道を登り続けていた。

夢だということはわかっていた。それでも遥太は昔と同じように走った。迷いはなかった。追うべきものがあれば追う。それは遥太の、ある種無邪気な本能に近い習性なのかもしれない。

茂った木々の隙間からは、木漏れ日がいくらも漏れていた。そのなかを、キツネはぐんぐん進んで行く。土や岩、あるいは落ち葉を踏みつける、規則正しい足音をたてながら。遠くから聞こえてくるのはシジュウカラの鳴き声。遥太の息も軽く上がっていて、それがひどく心地が良かった。

麓の沢にたどり着いたメギツネは、立ち止まって遥太を振り返った。昔とまるで同じ光景だった。彼女は澄んだ目で、真っ直ぐ遥太を見詰めてきた。凛《りん》とした眼差しだった。陽《ひ》射《ざ》しを受けた背中の毛が、金色に輝いて美しかった。

手を伸ばせば、逃げられることはわかっていた。わかっていたが、それでも遥太は手を伸ばした。その美しさや気高さに、触れてみたいと思ったのかもしれない。夢のなかなら、昔とは違う展開があり得ると、淡く期待していた部分もあったように思う。

しかし案の定と言うべきか、メギツネは引きずっていたはずの後ろ足でもって地面を蹴りあげ、そのまま急な斜面を駆けあがりはじめた。夢のなかをもってしても、やはり触れることは叶わなかった。

それでもその姿は、昔見たものと全く同じで、遥太は少なからぬ爽快感《そうかいかん》を覚えたのだった。彼女は逞しく力強く、あっという間に山の麓の叢《くさむら》のなかへと消えてしまった。

遥太はひどく清々しい気持ちで、消えていく彼女を見送った。彼女の頼もしいほどの大胆不敵さに、改めて感心してしまったと言ってもいい。

そうして視線を沢へと戻した瞬間だった。そこに残されたものを見て、遥太はわが目を疑った。は――？　なんで……？

先ほどまでメギツネが佇んでいた場所に、赤いものが広がっているのに気が付いたのだ。それで息をのみ近くまで駆け寄ると、小さな血だまりが出来ていた。

遥太が悟ったのは、その段だった。ああ、なんてこと――。いっぺんに血の気が引いて、よろけるように後ずさるよりなかった。嘘じゃ、なかったんだ……。頭がしびれるような感覚のなかそう思った。擬傷なんかじゃなかった。あのメギツネは、本当に、ケガをしていて――。

嫌な汗が顔から噴《ふ》き出した。手負いのキツネを、俺は追い詰めたんだ。そう思ってひどく焦った。彼女を追いかけていた時間が、妙に心地よかったぶん、余計に気が滅入《めい》った部分もある。走らせて、弱らせたかもしれない。追い詰めて、傷を深くさせたかもしれない。俺は、彼女を――。

目が覚めた時には、ひどい寝汗をかいていた。息をとめていたあとのように、胸が詰まって苦しかった。ひどい夢だった。無邪気に彼女を追っていた自分を思うと、なおさらに胸が詰まった。

久藤氏から連絡があったのは、目が覚めて少しした頃のことだ。

前日の丸一日をかけて、彼は寿ママから紹介された女の子全員に、会って話を聞いたという。そのことを伝えるため、遥太に電話をかけたのだと彼は短めに告げた。

「……でも、全然ダメだった」

めずらしく気落ちした声で彼は言って、深いため息をついてみせた。「どうも寿くん、十年前から嘘のオンパレードだったみたいだ……」

久藤氏の話によれば、ママから紹介された女の子たちは、ちゃんと寿さんと仲よくしていた子たちだったようだ。お店で一緒に働いている間は、店の奥にある休憩室、兼、飛び入りホステスの宿泊所では、長らく寝食をともにしていたうえ、日々の愚痴《ぐち》や不安も語り合って、いつかここから這《は》い上がろうと、互いを励まし合ってもいたという。

だからかどの子も、寿さんを、優しい人だった、と評していたそうだ。仕事ぶりも真面目《まじめ》で、普段はそう口数が多いわけでもないのに、お客さんの前に立つと一転多弁になって、慣れない女の子のフォローに回ってもくれる。気遣いが出来て、かといって出しゃばりでもない。明るいのに冷静な部分もあって、度胸があって逞しい人――。

彼女には、すごく感謝してるんです。そう言っていた子もいたらしい。つまり彼女らの口からは、寿さんの悪い話など一向に出てこなかった。

それでも久藤氏は、話を聞きながら愕然《がくぜん》としてしまったという。

「なんせどの子に話を聞いても、みんな寿くんについて言ってることが違うんだよ……。出身地や、家族構成や、両親の有無や婚姻歴や、果ては子どもの有無についてまで——。寿くん、人によって言うことを変えてたみたいで……」

だから氏としては、どの女の子の話も当てにならないと、理解せざるを得なかったようだ。電話の向こうで氏は、「ここまでとは、さすがに思ってなかった……」と困惑と落胆が入り混じったような声で言っていた。「あの感じだと、寿ママに語ってた過去話も、全然当てにならない。ていうか、多分嘘だと思う。もしかしたら、西崎ゆみかって名前すら、偽名なのかも——」

そんなふうに手詰まりを嘆く久藤氏に、だから遥太はとりあえず提案した。「……あのさ、オッサン。可能だったらでいいんだけど……」遥太としては、そのくらいしか打開策が思いつかなかったのだ。「もう一度その子たちに会って、おにぎり……、は微妙だから……、ゆで卵とか？　作ってもらうよう交渉は出来ねぇかな？　出来れば、寿さんとの昔のことを思い出しつつで——」

すると遥太の電話の声を聞きつけたらしい神が、隣の部屋から顔を出し、「ったく、お前は……！　またホイホイと人のもん食おうと……」と呆れ顔で口を挟んできた。そうして遥太に軽く事情を説明させると、彼はあっさり遥太からスマホを奪い、自ら久藤氏に確認をはじめたのだった。

「聞き込みご苦労さん。ところで、ニセブキと仲が悪かった子の話は訊き出せたか？　あんがい、ちらほらいたと思うんだけど――」

それで遥太は、神の肩を摑み彼が耳に当てているスマホに、自らの耳を近づけ久藤氏の話を聞き続けた。電話の向こうの久藤氏は、「ああ、うん」とごく当然のように応え、ゴソゴソと衣擦れのような音をたてる。「ちょっと待って、メモってあるから……」そうして彼は、おそらくメモ帳を見つけたのだろう。パラパラ紙を響かせながら言い継いでいった。

「どの子も口を揃えて、同じ女の子の名前を挙げてたよ。まあ、仲が悪かったっていうより、向こうが一方的に寿くんを嫌ってるって感じだったらしいけど……」

そんな久藤氏の説明に、神がさっそく食らいつく。「――その子、今何してるかわかる？」受けて久藤氏は、メモ帳を読み上げるように語りだした。「うん。ホステスは引退して、今は博多で医者の嫁をやってるって」

久藤氏の説明に、神は口角をあげて満足そうに頷く。「なるほど」そしてさらに問うたのだった。「連絡先はわかる？　出来れば会って話をしてもらいたいんだけど」すると久藤氏も、「うん。出来なくはないと思うよ。病院の名前も聞いてるし」とひとまず応えた。ただしすぐに、少々の懸念を表明してみせたのだが――。「まあ、本人がすんなり会ってくれるかどうかは怪しいけどね。寿くんのこと、けちょんけちょんに嫌ってたみたいだから……」

しかし神は不敵な笑みを浮かべて、「大丈夫だよ。まず間違いなく会ってくれるさ」と断言してみせた。「そんだけ嫌ってたんなら、まだ言い足りない悪口のひとつやふたつや三つや四つ、必ず残ってるはずだからな」

かくして久藤氏は、神に言われた通り即座に行動し、夕方前には再び遥太のスマホを鳴らしてくれたのだった。

「――ちょ！　情報が、キタ――――ッ！」

遥太が電話に出るなり氏はそう叫んで、「近くに宗吾くんいる？　彼、すごくない？　もう、読みが当たり過ぎ！　もしかして彼も霊能力者なの⁉」などと、興奮気味に騒ぎ続けた。「もう、マジですごいんですけど！　なんていうの？　サイキック？　彼、サイキックなんでしょ？」

ただし、そこから語られた久藤氏の話の内容は、確かに神の見立ての鋭さを物語ってはいたのだった。

「医者の嫁の子、寿くんのことよく覚えててさ。ていうより、やっぱり悪口がまだ言いたかったみたいで、西崎ゆみかって名前を出した瞬間、キラーンって目を輝かせたんだよ。ホント寿くんが嫌いだったみたい。ちょっと彼女の話を振ったら、まあ悪口が止まんないのなんのって……」

彼女は寿さんのことを、偽善者だの八方美人だのと言い募ったそうだ。ホンット、男の人って、ああいうのにすぐころーって騙されちゃうんですよ。あたしのお客も、引っかかりそうになったの何人もいるんだから。そのあたりが、彼女を嫌いだした理由のひとつではあるようだ。しかもあの子ったら、太い客ばっかり持っていくんですよ。しかも他のホステスには気付かれないように、こっそり店外でお手当もらってんの。ホンットいけ好かない女だったわぁ……！

ただし、彼女が寿さんを悪く言うのには、それなりの根拠があったようだ。

「彼女、一度更衣室で、寿くんのバッグの中身を見ちゃったことがあったらしくてね。わざとじゃなく、うっかりテーブルから落としたとかで、それで中身をぶちまけちゃったんだって、本人は言い張ってたけど……」

しかしわざとやった可能性も大いにあると、おそらく久藤氏は睨んでいるのだろう。遥太が聞く限り、氏の口ぶりにはそういったものが感じられた。「まあまあ、ホステスさん同士ってのは、色々あるからねぇ……」ただ、そんな彼女のちょっとした悪意が、寿さんの素性を明かしもしたのだった。

「どういうわけかバッグのなかに、生徒手帳が入ってたそうでね。高校時代のものだったらしいんだが……。彼女、その中身をチラッと見たっていうんだよ」

つまり彼女は、寿さんから話を聞かされたのではなく、その所持品から、寿さんという人の事実を知ったと言ってもいた。「まあ、そこには、嘘はないからねぇ……」と久藤氏は息をつき言ってもいい。「皮肉な話だけど……。親しくなかった人のほうが、寿くんについて正確に理解していた部分はあったのかもしれない」

彼女が目撃した生徒手帳には、名前と住所がもちろん記されていたという。

「名前は、西崎ゆみかで間違いなかったそうだよ。住所は鳥取県のK市。なんでも彼女には、宮崎出身だって言ってたみたいでね。やっぱり嘘ついてたんだって思って、はっきりと印象に残ってるらしい。それで余計に、嫌いになったって……」

やはり寿さんには、人に合わせて自分の出身地を偽《いつわ》るという癖があったようだ。「同郷だと、ちょっと親しみわくじゃない？　だから寿くん、そうしてたんじゃないかと思うんだ。俺の時もそうだったし……」

ただし久藤氏は、さすが行動派と言うべきか、そこで感傷に浸るのではなく、すぐに次の手を打ったようだ。鳥取にあるK市の調査会社に連絡を入れ、寿さん、もとい、西崎ゆみかの調査依頼をしたらしい。

「高校名は覚えてなかったけど、学校がK市なのは間違いないって彼女言ってたし。K市って、そんなに大きな街じゃないみたいでね。大まかな年の頃と名前さえわかれば、すぐに個人を特定出来るだろうって、会社からも言ってもらえた。だから、もうすぐだよ、遥太くん！　きっともうじき、寿くんの行方もわかるはずだから――」

その言葉に、正直なところ遥太は少しだけたじろいだ。寿さんの行方がわかる。そのことが、彼女を追い詰めていることになりはしないかと、胸の奥がざわついたのだ。

とはいえ、そんな些末《さまつ》な不安を口にするのもどうかと思い、久藤氏の報告をひとまず受け止めた。「ああ、そう……。それは、よかったたっつーか……」

しかし久藤氏は、遥太の浮かない声に気付きもせず、ごくごく陽気に話を続けたのだった。「俺、今から飛行機だから！　明日、博多土産持っていくね！　それまでに、寿くんの正体がわかってるといいんだけどなぁ……！　あっ！　搭乗のアナウンスだ！　じゃあね、遥太くん！　お宅のサイキックにも、くれぐれもよろしくお伝えしておいて！」

遥太としては、少し気が重くなった。ヘンな夢みたせいで、なんかもやもやすんなぁ……。そんなことを思いながら、翌日の久藤氏の来訪を迎えたのである。

ただし、次の日に現れた久藤氏は、前日のご陽気さとは打って変わった様子だった。彼はどこか釈然としないような、あるいはキツネにつままれたような表情を浮かべ、神妙に部屋の呼び鈴を鳴らしたのである。

「――ごめんください……」

やって来たのは、午前十時というひどく真っ当な時間帯だった。来訪のマナーもごくまともだった。ドアを叩くことはなく、呼び鈴も一度しか鳴らさなかった。

しかしそれは久藤氏にとって、平生とは異なる行動だと遥太にはもうわかっていた。つまり久藤氏の様子は、明らかにおかしかった。

おかしさの理由のひとつはすぐにわかった。彼には同伴者がいたのだ。

「あの、これ、博多土産……」

遥太が部屋のドアを開けてすぐ、久藤氏はあいさつもそこそこに、いくつもの紙袋を渡してきた。どうやら土産を、一種類に絞り切れなかったようだ。それで遥太が、「ああ……」と袋を受け取るためドアをさらに開けると、久藤氏の斜め後ろにひとりの男性が佇んでいるのが見えた。

「……？」

年のころは五十絡みといったところか。久藤氏より少し若く見える、スーツ姿の男性だった。神ほどではないが背が高く、細身なせいかずいぶんすらりとした印象だ。遥太と目が合うと、彼は口の端を持ち上げて、わずかに会釈《えしゃく》をしてみせた。だから遥太もぺこりと頭を下げ、久藤氏に確認をしたのである。

「そちらは……？」

すると久藤氏は、長身スーツ氏を振り返り、「ああ……」と頷いた。「こちら、田村嗣忠《たむらつぐただ》さん」そうして田村のほうにも、遥太を紹介してみせた。「こちらは、鈴井遥太くん。うちの娘を、一緒に捜してもらっている……」

そうして久藤氏は、「宗吾くんは？　なかにいるのかな？」と訊いてきた。だから遥太は、「いや、今病院行ってるけど……」とありのままを答えた。「なんか、そろそろギプスがどうとかで……」

遥太のそんな説明に、久藤氏は、「ああ、そうか……」と一瞬表情を曇らせた。「いないのか、宗吾くん……」しかしすぐに気を取り直したようで、「じゃあ、遥太くんだけでも、ちょっと話いいかな？」と切りだしてきた。「色々、進展があってさ。宗吾くんには、遥太くんから伝えておいてもらう形でかまわないから――」

それで遥太は、ふたりを部屋のなかへと招いたのだ。

茶の間に通されたあとも、久藤氏はおとなしかった。同行者の田村も、口数が多いタイプではないらしく、緊張しているような様子はないまま、ごく堂々と口をつぐんでいた。だから遥太はふたりにお茶を用意しながら、田村という男に当たりをつけていたのだった。多分あれ、調査会社の人だよな……？　佇まいが、どこかピリッとしたものを含んでいたせいもある。あとは、遥太が台所にいる間、「鈴井さんには、私からお話ししましょうか？」「いや、大丈夫。私が話すんで……」「では、よろしくお願いします」「はい。えーっと、ちなみに、奥さんのことはどこまで話して……？」などと、こそこそふたりが言い合っているのが聞こえてきたので、きっとそうだろうと思い至った。「そういうことなら、やっぱり私が……」「ああ……、じゃあ、順番こにしましょうか？　ね？」おそらく前日の言説通り、寿さんの素性が明らかになって、その説明にやって来たのだろう。しかし、そんな遥太の予想は、間抜けなほどに大きく外れていたのだった。

遥太はふたりにお茶を出しつつ切りだした。

「――で、どうだったの？　調査会社から連絡あったんでしょ？」

すると久藤氏が、少しぎこちない笑顔で頷いた。

「ああ、そうなんだ。連絡はあった。やっぱり、だいぶ狭い町だったようでね。地元の人に少し聞いて回ったら、すぐにわかったそうだよ」

言いながら久藤氏は、田村を気にするように言葉を続けていく。「生家の場所や、ご家族のことも教えてもらえて……。お母さんが、鳥取市内の施設で暮らしていらっしゃることもわかった」そうして最終的に、言葉を濁しはじめたのだ。「まあ、お母さんって言っても、なんていうか、アレなんだけど……」

田村が小さく咳ばらいをしてみせたのはその時だ。瞬間、久藤氏はチラリと田村に視線を送り、田村もそれを受け小さく頷いた。そうして彼は、久藤氏の話を引き継ぐようにして、ずいぶんと滑《なめ》らかに語りだした。

「義母《はは》のことは、今は私が面倒を見ています。といっても、私は東京に住んでいるので、顔を出せるのは二、三ヵ月に一度がせいぜいなんですが……。施設のかたが良くしてくださっているので、義母《はは》も元気にやってくれています」

ただしその説明に、遥太は思わず、「は？」と首を傾げてしまった。「ハハって……？」

田村が自らの素性を明かしたのはそののちのことだ。

「――実は私、ゆみかの夫でして」

おかげで遥太は、もっと大きな声をあげてしまった。「はあっ⁉ お、夫っ⁉」しかも驚きのあまり勢いよく体をのけぞらせてしまい、そのまま背後にあった壁に頭を打ち付けてしまった。「いった……っ！」それで頭をさする遥太に、久藤氏と田村は代わる代わる声をかけてくる。「ちょ、大丈夫？ 遥太くん」「今の音、だいぶ……」「硬いとこだったんじゃない？」「眩暈《めまい》はしないかい？ 大丈夫かな？」

だから遥太は、痛む頭を押さえながら、どうにか冷静さを取り戻そうと呼吸を整えたのだった。「だ、大丈夫……。このくらいは……」そうしてふたりに話を促した。「だから、話の続きを、お願いします……」

そんな遥太を前に、やはり先に切りだしてきたのは久藤氏のほうだった。

「こちらの田村さんは、確かにゆみかさんの夫なんだけど……、寿くんの旦那さんではないんだ。わかるかな……？」

久藤氏の難解な説明に、遥太は頭を抱えたままでしばし考え応える。

「……ん？　んん？」

つまりは意味がわからなかったということだ。すると今度は田村が、もう少しかみ砕《くだ》いて告げてきた。

「寿理衣砂という女性と、私の妻は別人なんです。彼女は私の妻から名前を買って、以来、西崎ゆみかと名乗っていたようで……」

ただし、その説明についても、やはり遥太としては、「……は？」と応えるよりなかったのだが――。

痛む頭を抱えたまま遥太は思う。ん……？　名前を、買ったって……？　寿さんが……？　なんだそれ……？　ただし、痛みのせいかあまり考えがまとまらなかった。んー……？　なんか、意味が、よく……？　それで頭を抱えたまま首をひねり続けていると、田村がさらに嚙み砕き言ってきた。

「つまり、あなた方が捜している寿さんという女性は、私の妻であるゆみかから、かつて名前を買ったということです。それでその名前を騙り、福岡でホステスとして働いていた。しかし、おそらく彼女は、我々が被害届を出したことを知ったのでしょう。それで西崎ゆみかという名前を捨てて、今度は寿さんの名前を盗み、寿理衣砂を名乗るようになった」

そこで遥太も、やっと田村が言っていることの意味を理解した。ただし、だからといって納得したわけではなかった。だから……、名前を買ったって……？　現代日本で、そんなこと出来んのかよ……？　そう思わずにいられなかったし、そんなことを平然と言ってのけている田村にも違和感しか覚えなかった。それで、困惑して言ってしまった。

「ちょっと……、待って……。じゃあ、寿さんって……、けっきょく、誰なの……？」

すると田村は、小さく息をつき告げてきた。

「――わかりません。彼女がいったい何者なのかは、私にも、妻にも、わからないままなんです」

瞬間、遥太の脳裏に例のメギツネの姿が過ぎった。後ろ足を引きずりながら、山道を駆けて行った小さな後ろ姿。麓の沢に追い詰められても、超然とした態度を保《たも》っていた。手を伸ばしたら逃げ出して――。そこには、赤い血だまりが残されていた。

なんでこんな時に、そんなこと思い出すんだよ……。まだかすかに痛む頭を押さえながら、遥太はわずかばかり顔を歪める。今は、メギツネ関係ねぇだろ……。

そんな遥太に、田村はさらに粛々《しゅくしゅく》と言葉を続けたのだった。

「ただ、彼女を放っておいてはいけないということだけはわかります。久藤さんの娘さんがご一緒なら、なおのこと……」

赤い血だまりが、まぶたの裏に浮かぶ。

「早く彼女を捕まえなくては。第二、第三の被害者が出てからでは遅過ぎる」

胸がひどく、詰まるようだった。

「私の妻は、殺されたんです。寿と名乗っている、その女に——」

三品目

ロールキャベツ

レントゲン写真を見ながら町医者は満足そうに頷いた。

「おお、こりゃいい経過だ。やっぱり宗吾くん、ラッキーだったなぁ。折れ方もよかったもんな。腓骨骨折で、なかなかこうはいかないからね」

骨折してラッキーもクソもないだろうと神は思うが、世話になっている医者なので文句は言わずに肩をすくめておく。「はあ、そりゃどうも……」

町医者も神の経過に満足しきりのようで、嬉々としてカルテにミミズのような文字を書き殴っていく。「この感じなら痛み止めもいらないね。今まで通り経過観察で充分だ。ギプスはあと十日か二週間で外せるだろうから、その頃を見計らって適当に予約入れといてよ。飛び込みはダメだからね。俺にも心の準備ってもんがあるから」

町医者は内科医だが、無理を言って足を診てもらっている。保険証の期限が失効しているので、見知らぬ医者にはかかれないのだ。否、かかれることはかかれるのだろうが、無保険であることの申告が煩《わずら》わしくて、他の医者にかかる気がしないと言うべきか。

こちらの町医者とは、記憶を失くしたまま目覚めてすぐの頃、風邪を診てもらって以来の付き合いだ。待合室における世間話から察するに、代々地元に住まう人々と、あとは少々後ろ暗い職種の人間たちが、こぞって足を運んでいる医院のように見受けられる。街なかで会ったらいかにも性質が悪そうな輩《やから》も、ここの待合室では猫の皮をかぶった虎《とら》のようにおとなしい。

「あと、保険証作れるなら作っときな？　保険外診療って、こういう時に痛手だから。これも何かのキッカケだと思って。ね？」

だから神は、「へぇい……」と気のない返事をしつつ、白々と思ってしまったのだった。何かのキッカケ、ねぇ……。

何せこの度の骨折は、すでに様々な事柄《ことがら》のキッカケになっているような気がしたのだ。ケガのおかげで遥太を家に迎え入れ、ついでに店を手伝わせたところ、彼に押し切られる形でもって、久藤氏の娘捜しを引き受けることと相成った。そうして結果、不承不承、あのビーフストロガノフにまでたどり着いてしまったのである。

それだけでもう、お腹いっぱいというところなのに、さらに事態はややこしい局面を迎えつつある。ニセブキ、もとい、寿理衣砂、もといもとい、西崎ゆみかの存在だ。久藤氏の娘、久藤三葉捜しに、ニセブキの案件まで紛《まぎ》れ込んできて、神としてはもう嫌な予感しか抱けない。

偶然が重なり続けることを必然と呼び、その必然を運命と仮定するのなら、やはり自分の運命なるものは、動きはじめているんだろうと神は思う。記憶を失くして早約三年。三年記憶なし太郎で、これまでなし崩し的に暮らしてきたが、もうそういうわけにはいかないぞと、なんらかの外圧がかかりはじめているような気すらする。

なんだかんだ、ミルキーに言われたこと引きずっちまってんなぁ……。嵐の鳥とか風が吹くとか、寝言は寝て言えって感じなのによ……。

しかしアパートに戻った神宗吾は、悪い予感をさらに強くしてしまった。部屋には顔面蒼白《そうはく》の遥太と、同じく久藤氏が並んで鎮座していたのである。

「……お帰り、宗吾」

「お待ち……、しておりました……」

明るさが取り柄のようなふたりは、お通夜にでも来ているかのような面持ちで、神の帰宅を待ち構えていた。おかげで神としても悟るよりなかった。あー……。出たよ、また嵐の鳥が……。あるいは覚悟せざるを得なかったとも言える。

——ったく。今度はいったい、どんな厄介な風が吹いてくるっていうんだよ？

刻んだ玉ねぎを軽く炒めている間に、神は寿さんの最新情報を大まかに聞かされた。まずは、調査会社の結果報告。西崎ゆみかが鳥取県のK市出身であることはすぐに特定され、彼女の生い立ち、並びにK市を出たあとの足取り等も、ごくすんなり判明したそうだ。

「西崎ゆみか。一九八〇年生まれ。家族構成は父、母、妹の四人。ただし、父親は彼女が七歳の頃他界して、その後は母と娘の三人暮らし。母親は鳥取市内の施設で今も存命なんだけど、妹のほうはゆみかさんが十八歳の時に事故で亡くなってる」

流れるように遥太が語り、その後は久藤氏が引き継いだ。

「妹さんが亡くなった辺りでごたごたがあって、高校を卒業したのは二十歳の頃だそうだ。そこから大学に一発合格して、滞《とどこお》りなくストレートで卒業。ただし、就職はしないでそのまま結婚して家庭に納まった。もちろん苗字も変わった。西崎ゆみかから、田村ゆみかに彼女はなった」

久藤氏は調査会社から、そこまでの報告を受けたらしい。その印象について彼はため息交じりで語ってみせた。

「──まあ、びっくりしたよねぇ……。寿くんが既婚者だなんて、思ってもなかったからさ……。だから調査会社の人にも、本当なのかって、ついしつこく訊いちゃったんだよ。向こうの話だと、バツイチとかそういうことじゃなくて、現在進行形で結婚してるってことだったから……」

しかし調査会社の回答は、あくまで調査結果に間違いはないというもので、どうしても信じられないのであれば、直接相手方に確認をしてみたらどうか、と提案されてしまったそうだ。

「ゆみかさんのご主人は、東京で弁護士事務所をやってるって話でね。だから、そこに連絡を入れれば、少なくとも旦那のほうとは、すぐに連絡がつくんじゃないかって、事務所の電話番号を教えられたんだ」

そうして事務所に電話を入れてみたところ、本当にすぐに、ゆみかの夫である田村嗣忠氏と連絡がついてしまった。しかも田村嗣忠は、突然の久藤氏からの電話に対し、不審がることなく丁寧に対応してくれたとのこと。

「田村氏が言うには、いつかこういう日が来るんじゃないかって、心のどこかで思ってたそうなんだ。だから俺からの連絡にも、それほどは驚かなかったんだって」

その言葉通りと言うべきか、久藤氏から事情を明かされた田村嗣忠は、その場で久藤氏を自らの弁護士事務所に招いた。田村によると、これは緊急を要する案件だ、とのことで、だから久藤氏も、戦々恐々としながらすぐに事務所へと駆けつけたらしい。

「結論から言うと、ゆみかさんは寿くんではなかった。もちろん、にわかには信じがたい話だったんだけど――。田村氏の計らいで、彼の奥さんであるゆみかさんにも事務所に来てもらえてね。直接本人に確認したから、間違いない。寿くんは、ゆみかさんの名前を騙った、別の誰かだったんだ」

炒め続けていた玉ねぎは、フライパンのなかでほどよいキツネ色になる。それで神はコンロの火を止め、今度は大鍋のほうに取りかかったのだった。

「ゆみかさんの話によると、彼女は昔、寿くんと思しき女に、名前を売ったことがあったそうだ。それで以降、寿くんはしばらくの間、西崎ゆみかと名乗ってたんじゃないかって――。それが、田村夫妻の意見」

話を聞きながら、神は大鍋に水を注ぐ。その鍋を火にかけたら、湯が沸くまでの間で、キャベツの芯《しん》に切り目を入れていかなくてはならない。今日のほたる食堂のメニューはロールキャベツなのだ。

炒めた玉ねぎはバットに広げて冷ます。その間にキャベツの下ごしらえだ。作業を手早くこなしながら、神は背中で久藤氏の説明を聞き続ける。

「…………」

それでも、ぬかるみに誘われているような、暗澹《あんたん》たる気分にはなっていた。想像以上に、厄介極まる案件だな……。そう思わずにはいられなかったし、続いた久藤氏の説明からも、事態の深刻さがうかがえた。

「――しかもゆみかさん、名前を売った直後、寿くんに殺されかけたって話でさ……」

罪状にしたら、殺人未遂。だから神は、ひそかに息をのんでしまったのだ。おいおい……、マジかよ、あの女……。そんな神の背後で、久藤氏も絞り出すように言葉を続けた。

「崖から突き落とされて、大怪我を負ったそうなんだ……。話をしてる間中、ゆみかさん、昔を思い出すのかずっと震えててね……。とてもじゃないけど、嘘をついているようには見えなかったよ……」

ゆみかが自らの名前を売ったのには、理由があったそうだ。今から約二十年ほど前、彼女が十八歳だった頃のこと。彼女は、妹の死をキッカケに、自暴自棄に陥った。

ゆみかと妹、そして母親の三人家族だった西崎家は、しかし実質、姉妹ふたりで暮らしていた。母親は夫を亡くしてからというもの、あまり家には居つかない状態になっていたのだ。

「夫亡き後、逞しく娘を育てあげるってタイプのお母さんじゃなかったみたいでね。精神的にも経済的にも、頼れる男性を求めてしまう女性だったようだ。それでその時々の恋人のもとに行ったっきりで、娘ふたりは半ば置き去りの状態にされていた」

そんな久藤氏の説明に、遥太もため息をつきつつゆみかの夫から聞かされたという話を付け足す。

「でも姉妹の仲はよかったって。ほとんどゆみかさんが母親代わりで、妹さんの世話をしてたらしいんだけど。でもスゲェしっかりした姉ちゃんだったみたいで、母親不在でも全然ちゃんとやっていけてたって。高校も妹のために定時制選んで、働きながら面倒見てたらしいし」

しかし、その妹の死により、ゆみかはすっかり崩れてしまった。

妹が亡くなったのは、不幸な事故が原因だった。通っていた学校の裏山にある崖《がけ》から、足を滑《すべ》らせ転落してしまったのだ。部活の仲間たちと、準備運動と称し遊んでいる最中の出来事で、妹は数日間生死をさまよったのち息を引き取った。

それからというもの、ゆみかの様子は一変した。高校にも仕事先にも行かなくなり、ひとり事故現場に通い続けたらしい。そうしてやがて、妙なことを口走りはじめた。妹は、自分で足を滑らせたんじゃない。あれは、事故死じゃなかった。あの子は、殺されたの。

あの崖から、誰かに突き落とされて——。そうして彼女は、学校が妹を殺したのだと言いだし、学校を訴えると弁護士事務所に足を運んだのだ。

「その事務所に、たまたま田村氏がいたんだよ。当時彼は、鳥取のほうの弁護士事務所に在籍してたそうでね。それで、ゆみかさんの話を聞くことになったんだ」

しかし、その時のゆみかの話は、ほとんど支離滅裂なものだったという。

「田村さんが言うには、その頃のゆみかさんは、ちょっと様子がヘンだったんだって。まるで、妄想にとりつかれてるみたいで……。とにかく学校を訴えて、犯人を捕まえるんだの一点張り。今となっては、憎しみの対象を作り出すことで、受け止めきれない現実から、逃れようとしてたんだろうって思うくらいだってさ」

ただし、妹の死はあくまで事故死でしかなく、殺人などという物騒《ぶっそう》なものではなかった。目撃者の証言からもそれは明らかで、田村としては、仮に学校を訴えるのであれば、部活中の生徒の監督を怠っただとか、学校周辺の危険地帯を放置しただとか、そういった類いのことでなければ難しいと、ゆみかに言い含めたらしい。

しかし彼女はあくまで殺人を主張し、話し合いは平行線を辿《たど》った。そうしてしばらくして、自分の主張が受け入れられないと悟ったゆみかは、絶望し家に引きこもるようになったのだ。

「ゆみかさんが、寿くんと思しき女に会ったのは、その少しあとだったらしい。なんでもお母さんの借金が膨れあがって、取り立て屋が家に押し掛けるようになったそうでね。ひきこもってもいられなくなって、知り合いの家を転々とするようになって——。精神的にも金銭的にも追い詰められてるなか、その女に声をかけられてしまったんだ」

そのことについて田村は、悪魔というのは、弱った人間を見つけだす天才なんですよ、と語っていたという。まともな状態だったら引っかからないような与太話《よたばなし》にも、弱っている時はコロッといってしまうことが多々ある。弁護士をしていると、そういう人の心の隙に付け込む悪魔たちを、嫌というほど目の当たりにしてしまうので……。だから、私にはわかるんです。ゆみかがつけ込まれた、その状況が——。

女の誘いは唐突だったそうだ。偶然居合わせた川べりで、何度か言葉を交わすうち、まるでお茶にでも誘うかのように、彼女はさらりと言ってきたのだという。ねえ、あなた……。もしかして、人生やり直したくない？

ゆみかのバックグラウンドについて特に何も訊かないまま、どこか悲しみを含んだような、凪いだ笑顔でそう告げてきた。あなた、ずっと苦しんできたんでしょう？　見ればわかるわ。私も同じだったから、そういうの、すぐわかっちゃうの。私、あなたの力になりたい。あなたを、苦しみから救い出したい。どう？　人生、やり直してみない？　そんなに難しいことじゃないから——。

女の提案はこうだった。西崎ゆみかという名前を譲ってくれれば、新しい名前と身分証、あとは名前の対価、プラスアルファ当面の生活資金も用意する。新しい身分証の元の持ち主である女性は、すでに亡くなってしまっている人物だから、あなたが彼女に成り代わっても問題は生じない。あなたは新しい自分になれる。そして私も、あなたの名前が手に入れられる。どう？　悪い話じゃないと思うんだけど――。

「女は、未成年の名前が欲しいんだって言ってたそうなんだ。でも若い子のは滅多《めった》に出回らなくて、なかなか手に入らないんだって。それでゆみかさんも、そういうもんなのかって、よくわかんないまま納得して、話に乗っちまったんだと。どの道、西崎ゆみかでいたところで、ロクな事はないっていうのが、当時の彼女の実感だったみたいでさ」

それでゆみかは、女に言われるがまま、戸籍謄本や住民票、あとは保険証や原付免許証、小中学校の卒業アルバム、等々、細々としたものまで用意したのだという。女が提示してきた名前の対価にも、だいぶ目が眩《くら》んでいた。

「三百万渡すって話だったそうだよ。で、実際前金で三十万貰《もら》ったらしい。十八の女の子にとっちゃまあ大金だ。それで信じたっつーか、思考停止したっつーか、そんな感じだったんだとさ」

西崎ゆみかの人生に、未練は微塵《みじん》もなかったそうだ。むしろその名前を捨てれば、妹を喪った悲しみや、母がもたらす面倒事から、解放されるような気すらしていた。だから疑うことよりも、信じることを選んだのだろう。当時の妻について、田村もそう語っていたという。信じたほうが楽だったんでしょう。今とは違う人生が生きられるのだと信じることは、ほとんど麻薬的に心地よかったんじゃないのかな……。

そうして新しい誰かになるべく、ゆみかはK市を離れることとなった。行く先は知らされないまま、女に連れられ街を発《た》ったのだ。未練はなかったし、寂しさも感じなかった。期待する気持ちもさしてなかったが、ここより地獄はないとも思っていた。

「……けど、地獄ってのにはなかなか底がないから地獄なんでさ。移動の道中、女はゆみかさんに手をかけてきたんだと」

女が運転する車で、県境を差し掛かろうかという頃のことだった。小休憩にと車を停《と》められた深い山道の路肩で、ゆみかは突如女に背後から殴りかかられた。痛みを感じた次の瞬間には、地面に仰向けに倒れたまま、両足を摑まれ引きずられていた。

鉛色《なまりいろ》の空が見えて、こぬか雨が柔らかく頰に触れるように降ってきていた。そこで彼女は、妙に納得してしまったのだという。ああ、そうか……。私、殺されるんだ……。

長らく霧が立ち込めていた頭のなかが、すっと晴れていくようでもあったそうだ。そう、そうだ……。きっと私、殺される……。西崎ゆみかの、名前を捨てて……、代わりに、新しい名前がもらえて……、その上、お金までなんて……。そんなうまい話、あるわけがないんだから——。

「それでそのまま、崖から落とされたらしい。その後のことは本人もよく覚えてなくて、むしろ旦那の田村さんのほうが詳しいくらいなんだってさ」

女はそれで、ゆみかを殺せたと判断したのだろう。彼女が投げ捨てられた崖は、確かに普通に落ちてしまえば、まず間違いなく死に至る高さだったし、落ちたその先も深い森のなかに位置していて、万が一、命を取り留めたところで、発見されることなどまずないだろうと思われる場所だった。彼女はそこまで計算ずくで、おそらくゆみかに近づいて、彼女の名前を奪っていったのだ。

盲点があったとしたら、おそらく田村の存在だろう。彼はゆみかが事務所を訪れて以降、何かにつけ彼女の世話を焼いていた。未成年でありながら、多くのものを背負わされた彼女を、放っておくことが出来なかったのだという。それで彼女にPHS電話を持たせ、折りに触れて連絡を入れていた。

「だからすぐに、連絡がとれなくなったゆみかさんの異変に気付いて、彼女を捜し出すことが出来たんだってさ」

「崖からの落ち方もよかったそうだよ。傾斜に生《は》えた木に引っかかって、底まで落ちずに済んだんだ。まさに九死に一生だね。重傷は負ったが、命までは取られなかった」

そしてそのことをして田村は、妻は殺されたと語っていたとのこと。

ただしゆみかは、その事実を長年口外《こうがい》しなかった。女について誰かに明かせば、名前を売ろうとしていた自分自身も、罪に問われると思ったからだ。それでたまたま足を滑らせ転落しただけだと言い張り、真実の部分については口をつぐみ続けた。それは容易いことだった。本当のところを知るのは、自分とあの女だけだったからだ。

怪我を治療していくなかで、ゆみかは田村から多くのサポートを受けた。母の借金問題を片づけてくれたのも田村で、高校に復学することや、大学進学について力を貸してくれたのも彼だった。

そのことについて田村は、ゆみかに対し罪悪感があったため、放っておけなかったのだと説明していたという。

当時彼女はまだ十八歳で、大人のサポートを必要としている子どもだった。早くから親代わりとして妹の面倒を見てきたぶん、大人びた少女ではあったものの、同じ年頃の少女たちが当たり前に知っていることを、彼女はまったく知らなかった。

たとえば親の愛情や受容、あるいは自分は保護されて然《しか》るべき状況に置かれているといった自覚。そういった類いの物事に、彼女はまったく疎《うと》い状態にあった。だから妄想は、彼女なりのSOSだったのだ。本人にもその自覚はなかっただろうが、しかしそういう方法でしか、彼女は他人の大人たちに頼る術を持たなかった。親に放棄された子どもたちの多くが、そうであるように――。

「そんなふうに思って、相当責任感じてたらしいわ。それで退院後も、彼女の面倒を見続けたんだと。んで、だんだんとそれが、責任感から愛情に変わってったみたいな？　まあそこは田村さんも、お恥ずかしながら……、とか言ってたけどな？」

「ゆみかさんのほうも、親身になってくれる田村氏に、だんだんと心を開いていったんだろうね。唯一頼れる大人の男性に惚れちゃうってことは、まあよくある話といえばよくある話だから……」

久藤氏がそう語った通り、ふたりはいつしか恋仲になり、ゆみかが大学を卒業するという頃に結婚話が持ちあがった。彼女が真実を口にしたのはその際のことで、犯罪行為に加担したかもしれない自分には、弁護士である田村の妻になる資格はないと、涙ながらに告白してきたのだという。そこで初めて、田村もゆみかが起こした転落事故の真実を知った。

「田村氏としては、もちろんゆみかさんに罪はないって諭したそうだけどね。ただ、名前がどこかで悪用されてる可能性があるかもってことで、個人的に西崎ゆみかを騙る女を捜しはじめたらしい」

久藤氏の説明に、遥太が続いた。

「それでしばらく捜し続けて、福岡のスナックで働く西崎ゆみかって女に、やっとたどり着いたんだってよ。で、田村さんが駆け付けた時には——、もう彼女は姿を消してた。自分たちが捜してることを、察して逃げたんだろうって、田村さん、言ってたわ」

無論それからも、田村は女を捜し続けたそうだ。しかし調査会社の協力を仰いでも、彼女の行方は摑めないまま月日だけが流れていった。そのなかで田村は、自らの弁護士事務所を立ち上げるため、鳥取から上京。現在の場所で弁護士事務所を開業し、すでに五年ほどが経過しているとのこと。

「しかもその事務所っていうのが、うちの会社の近くで……。三ブロックほどしか離れてないビルにあるそうなんだよ。だからもしかしたら、どこかで彼女とすれ違っていたかもしれないって、田村氏が言ってたんだ……。悪人は逃げ切れない。偶然こんなに近くにいたのは、きっと神様の計《はか》らいだって……」

どこか思い詰めたように言う久藤氏に、しかし神は思ってしまった。アホらし。神はそんなもん計らんわ――。

それは神の、どこからやって来たのか判然としない実感でもあった。奴《やつ》らのやることに、意味なんて別にねぇんだからよ。ただ人間が、やたらそこから意味を見出《みいだ》したがるだけの話で……。だが言葉にはしなかった。久藤氏の話がまだ続いていたからだ。

「俺が田村氏に連絡してすぐ、彼と落ち合うことになったのは、三葉の身が危ないって言われたからなんだ。あくまで田村氏の推理なんだが……。寿くんは、かつて自分が殺したはずのゆみかさんを街で見かけて、それでまた逃げたんじゃないかって……」

思い詰めた久藤氏の表情が、さらに険しくなる。

「新しい名前となる……、三葉を、連れて……」

うめくように言った久藤氏に、遥太も顔をしかめながら続く。

「要するに、寿さんが三葉ちゃんを連れてったのは、過去の悪事がバレる前に、寿理衣砂の名前を捨てて、今度は久藤三葉に成り代わるためなんじゃないかって、田村氏は言ってきたんだよ。下手したら、三葉ちゃんの命も危うい。彼女は、うちの妻を殺そうとした女なんだからって……」

そんなふたりの申告に、神は一瞬考えを巡らせた。

「んー……？」

田村の推理について、神なりに思いを馳せたのだ。そしてすぐに合点《がてん》がいって、「なるほどな」とポンと手を叩いてしまった。「そういうことか。だったら、ふたりの駆け落ちにも、それなりに説明がつくな。うん、やっとちょっと腑《ふ》に落ちたわ。だからニセブキは、三葉嬢を……」

しかし、神の発言を受けた遥太と久藤氏は、いやに不満そうな表情を浮かべたのだった。「は……？」「ちょっと待って、宗吾くん、それ本気……？」

ただし神は本気だったので、ごくシンプルに応えてみせた。「ああ、もちろん。そういうことなら、やっぱ早くふたりを捜し出さねぇとヤベェんじゃねぇの？　横領疑惑どころの騒ぎじゃねぇだろ？　これじゃ――」

だがふたりは、黙ったまま顔をしかめたのち、やはり不服そうに神を見詰めてきた。

「それは、そうなんだけどよ……」「でも、なんか、ねぇ……？」「なんか、なあ……？」

神がふたりの心のうちを、なんとはなしに察したのはその段だ。

「は……？　何言ってんの？　お前ら、まさか……」

すると遥太と久藤氏は、顔を見合わせたのち言ってきた。

「だって、なんかピンとこないっていうか……」

「――寿くん、ホントにそんなことしたのかな……？」

つまり彼らはこの期に及んで、能天気にもまだ寿さんを信じているのだった。

久藤氏が寿さんを信じたい気持ちは、神にもなんとなく察しがついた。彼は彼女を、準身内と称していたし、寿さんが自分の会社のため人生を捧げてくれたことにも言及していた。そんな心情のもと、ただでさえお人好《ひとよ》しの彼がそう簡単に彼女を疑えるわけがない。

しかし遥太は久藤氏とはわけが違った。彼は寿さんと一度しか会ったことがないのだし、その対面の際にもさほど多くの言葉を交わしてはいなかったはずだ。それなのになぜ、彼は寿さんを庇うような発言を繰り返すのか。

やっぱ、バカだから——？

そんなことを鬱々《うつうつ》と考えながら、神は大鍋のなかからロールキャベツをトングで取り出す。トマトスープでじっくりと煮込んであるそれは、しかしきっちりと俵形《たわらがた》を保ったままだ。たっぷりと赤いスープを吸い込んでおり、ごく艶やかで瑞々《みずみず》しい。神はそれを、白い皿に並べ置いていく。皿からは湯気が立ちのぼり、ほんのりと酸味の効いた甘い香りがあたりに漂う。

本日のロールキャベツは、小盛りが二つで並が三つ、大盛りは五つということにしてある。注文を受けているのは並盛りなので、神は三個を三角形に見立て、寄り添わせるようにして並べていく。レードルでスープを注ぐと、いっそうトマトの香りが立ち込める。その鮮やかな赤い皿に、サワークリームとイタリアンパセリを添えると、皿の色どりが一瞬で華やぐ。赤と白と緑のコントラストは、神から見ても胸がすくほど鮮やかだ。

だからだろう。それまでずっとテーブル席の向こうを気にしていた真白も、気付けばカウンターのなかの神の動きを注視していた。もともと大きな目をしている彼女は、さらに大きく目を見開き、じっと神の手元を見詰めている。まるでドングリを目の前につるされた子リスのようだ。

そんな彼女に、神は湯気立つ皿を差し出す。「――はいよ、お待ち」すると真白は満面の笑みでそれを受け取り、「わーん、ありがとう」と嬉しそうな声をあげた。日々ダイエットに励んでいる彼女は、しかしロールキャベツはキャベツだからカロリーゼロ、などというよくわからない理屈を盾《たて》にして、普段なら必ず小盛りにするところを、今日は並盛りにしたのだ。

「うん。カロリーゼロ。ゼロったらゼロだからいただきまーす」

謎の呪文《じゅもん》を口にしながら手を合わせ、真白はすぐにロールキャベツに取りかかる。まずスプーンでスープを口に運ぶと、「んーん!」とひとり納得したような声をあげ、大きく頷きだした。「スープあまーい。お野菜の甘みー。沁《し》みるー」

だから神も小さく笑って頷いてしまった。「風味を損なわないギリギリのラインで煮込んであるからな」とはいえ真白は、そんな神の発言など耳に入っていないようで、スプーンをフォークとナイフに持ち替えて、ロールキャベツ本体にすぐとりかかってしまったのだが――。

「やだ、柔らかーい」ロールキャベツにナイフを入れながら、真白は嬉しそうに言う。「もうナイフいらなーい」そうして半分に切ったそれを、迷いなくフォークで突き刺す。

四分割はするかと思ったのに、まさかの二分割でフィニッシュ。女優なのに――。その点について神は内心目を見張ってしまったのだが、しかし真白は神の視線などお構いなしで、少しばかりフウフウと冷ましただけで、すぐにそれを頬張ってしまった。

「あっふ、はふ、あふ……」熱に若干やられながら、しかし真白はしっかりとロールキャベツを咀嚼していく。「ふう、はふ、はふ、むぐ、んー……」そうして思いのほか早くのみ込んでしまい、「んー……」と目を細くして首を振りはじめた。「何これー？　もうのめちゃうー。するっといっちゃうー。柔らかーい。お肉もほろっほろ！」そうして神のほうに身を乗り出すようにして問うてきたのだった。

「何？　この味……。トマトのさっぱりしたスープなのに、なんかすごいコクがある。のみ終えた後、口のなかにどっしりくる。何これ？　何？　何……？」

だから神は答えようとしたのだが、それより真白は一瞬早く、「あっ！　わかった！　バターだ！」とあっさり正解を口にした。

受けて神は、苦笑を浮かべ、「当たり。ちょっとした隠し味でな」と応える。すると真白は額をペチンと叩き、「はー、バターかぁ……。あー、カロリーかぁ……。んー、でもキャベツで相殺されるから……」とやはり理に適《かな》わないことを言いつつ、ふた口目に取りかかった。「んんー、でもでもでもー。さっぱりしてるのにどっしりしてるって最高。一度で二度おいしいって、やっぱり至福」

そんなことを言いながら、上機嫌でロールキャベツを頬張り続ける真白を前に、その口でダイエットはさぞつらかろうなぁ、と神は少々同情しつつ、テーブル席で注文の品を待つ客たちの分のロールキャベツも皿に盛りはじめる。

店はすでに客が二回転ほどしたところだった。夕方に小中学生の第一波がやって来て、そ のちに早めに仕事を終えた勤め人たちが、個々にやって来てパパッと夕食をすませ退いていった。続いてやって来たのが、真白やテーブル席の団体客たちで、神はひとりで彼らの接客に当たっていた。今日はバイト要員の遥太が、別件で欠勤しているためだ。

「はー、おいしかった！　いただきました！」

そう言って真白が手を合わせたのは、神がテーブル席の客たちに料理を出し終えてすぐのちのことだ。

彼女は、「カロリーゼロなのに、意外と満足できてるかも……」とお腹をさすりながら言って、幸せそうに神に微笑《ほほえ》みかけてきた。「今度、これの作り方教えてもらえません？　私にじゃなくてマネージャーに……」そうして、おそらく本来の目的であったテーブル席の向こうに視線を向けて、思い出したように言い出した。

「……あ。ところで、なんですけど」

受けて神が、「あ？」とややぞんざいに応えると、真白は視線を向こうに向けたまま、不思議そうに訊いてきた。

「──あれ、なんですか？」

だから神も、向こうに目を向け応えたのだ。

「ああ、あれなぁ……」

努めて冷静に応えるつもりが、いかんともしがたく呆れたような声が出てしまった。

「……おにぎりローラー作戦だと」

テーブル席の向こうには、ちょっとした人だかりが出来ていた。そこにはもうひとつテーブルが設置されていて、今時な風貌《ふうぼう》の若い女の子たちや、着物やドレス姿のいかにも夜の蝶といったお姉さん方が列をなしている。

彼女たちを待ち構えるように、テーブルに並んで着いているのは遥太と久藤氏で、彼らはやって来る女性たちを順々に席に着かせ、おにぎりを握らせながらあれこれ話を聞いているのだった。話の内容は、おそらく寿さんについてだろう。彼女について訊きながらおにぎりを握らせることで、おにぎりのなかに寿さんの思い出を詰め込ませるのだと、遥太本人が語っていた。

「まさか遥ちゃん、このままみんなにおにぎり握らせる気だったり……？」

心配そうに問う真白に、神は肩をすくめ応えてみせる。

「そのまさかだろうなぁ。ま、アイツ痩《や》せの大食いだから、どうにかなるんじゃねぇの？」

そんな神の返答に、真白は唇を尖《とが》らせ返してくる。「私が心配してるのは、お腹の問題だけじゃないんですけど……」だから神も、フンと鼻を鳴らし返してやった。「人の思念にあてられて、滅入るのも折り込み済みだろうさ」すると真白は、また心配そうに眉根を寄せてくる。「その思念がどうとかって、私にはよくわかんないですけど……。でもとりあえず、結構キツいんでしょう？　前に遥ちゃん、チラッとそんなこと言ってた気がするんだけど……」受けて神は、もう一度盛大に鼻で笑ってやった。「キツイことは、アイツだって百も承知だよ。それでも好きでやってんだから、好きなだけ食って、吐くなり泣くなり倒れるなりすりゃあいいんだよ、あんなヤツ――」

少々冷たい発言ではあるが、しかし神にも言い分はあった。何せ彼も、おにぎりローラー宣言をされた際、一応遥太を止めにかかってはいたのだ。バカかよ、冷静になれよ。人選なしで闇雲《やみくも》に食ったって、余計な情報が入ってくるだけかもしれんだろうが。

しかし遥太は、でも、寿さんを早く捜さないとじゃん……！　と神の進言をあっさり拒否。ゆみかさんが、寿さんと別人だった以上、西崎ゆみかって名前で寿さんを追うのは無理だし。寿理衣砂の名前じゃ、なおさら無理だし――。だったらもう、寿さん知ってる人の記憶を、根こそぎ見て回るしかねぇじゃん！　そんなふうに言い張って、久藤氏にも話をつけてしまった。だから神としては、もう好きにしろ、と少なからず見放していた部分もある。

向こうの遥太は、女の子たちが握ったおにぎりを、修行僧のように黙々と食べ続けている。おりに触れ首を傾げたり、顔をしかめたり宙を仰いだりしているあたりから察するに、そう楽しい光景が見えているわけではないのだろう。

先ほどなど、口を押さえバタバタ公園に駆けて行っていたから、それなりに際どい、あるいは悪意に満ちたおにぎりに当たってしまった可能性もある。しかしそれとて、遥太が決めてそうしていることなので、同情の余地は微塵もない。白目をむいても卒倒しても、すべて遥太の選択の結果だというのが、現在の神の心境だった。

「しかもアイツ、痛い目見ねぇと理解出来ねぇトコもあるからなぁ……」

そんな神の発言を受け、しかし真白は不満げな様子で、じっと神を見詰めてくる。「冷たいなぁ、神さんは……」恋する女は、惚れた男に過保護で弱る。「遥ちゃんは、ケガした神さんに尽くしてるのに、そんな言われようって……」

無論、神としては、行く当てのないアイツを居候させてやってる俺がその言われようって……、と脱力しそうになったが、しかし見解の違いというのは世の常なので黙っておく。そんなことでイチイチ議論していたら、この世は早晩無法地帯だ。

それで真白を無視して遥太らのほうに目を向けると、見覚えのある女の子ふたりが、遥太の眼前でおにぎりを握っているのに気が付いた。

「ん……？」

ふたりとも、以前久藤氏らと一緒に、ほたる食堂にやって来た女の子のはずだ。確か、寿さんの代わりに採用された経理女子。彼女らは久藤氏に何やら告げられながら、どこか面妖な面持ちでもって、ぎこちなくおにぎりを握っている。

「…………」

だから神は思ってしまった。無理ねぇわなぁ。仕事終わり、おそらく社長の命令で屋台に連れて来られ、なぜかおにぎりを握らされているのだ。考えようによっては、まあまあ立派なパワハラだ。

それで神は、気の毒に……、と彼女らに少々の同情をしながら、その光景をしばし見守ってしまった。いっぽう真白も、遥太らのほうに目を向けながら、なんとなくといった様子で話しはじめる。

「……でも寿さんって、私にもけっこういい人に思えたんだけどなぁ」

それで神が、「なんでよ？」と訊くと、真白は肩をすくめつつ返してきた。「私が身バレしそうになった時、彼女、それとなく話を逸《そ》らしてくれたから」受けて神が、「そりゃ御大層な根拠で」と眉をあげると、真白はまた口を尖らせ返してきた。「とっさに他人をかばうとか、あんがい出来ることじゃないですよ？」そうして、自分を納得させるように付け足してもみせたのだ。「しかも、それとなくってトコがポイントなんです。恩に着せる感じは全然なくて、ホントさりげなかったから――」

真白が、「あ……」と思い出したように言い出したのはその段だ。彼女は神のほうに身を乗り出すようにして、いやに得々と言いだした。「そういえば、えーちゃんさんも言ってましたよ？　寿ママのヤバい女を察知する嗅覚《きゅうかく》は犬並みだから、ヤバいのは採用しない。だから寿さんは、間違いなくシロだって。あと、俺が惚れる女は、基本必ず善人だから、寿さんも絶対そっち寄りなはずなんだよなー、とも……」

おかげで神としては、にわかに少々感心してしまった。真白はまだしも、割りに疑い深いえーちゃんまでたらし込まれてるとは。ニセブキ、やっぱちょっと侮《あなど》れん女なのかもな……。それで少々感じ入りつつ、真白の空になった皿を片付けようとした瞬間、向こうで低い叫び声が轟《とどろ》いて、伸ばそうとしていた手をハッと止めてしまった。

「ちょ――――――っ!! 六平《むさか》くんっ!!」

夜空に響くその声は、もちろんと言うべきか久藤氏のものだった。

「ちょっ!! 六平くんっ!! ストップッ!! 六平くんっ!! 痛っ!! むさ……っ!!」

あまりの大音量に、真白のほうはベンチから転げそうになっていた。いっぽう神も何事かと眉をひそめ、すぐに声のほうに顔を向ける。

「……?」

するとおにぎりローラー作戦のテーブル前で、揉み合う久藤氏と女の子の姿が見えた。とはいえ、女の子を帰すまいとしている久藤氏が、ほぼ一方的に彼女にバッグで殴られているという、なんとも無体な揉み合いではあったのだが――。

女の子のほうは、経理女子の片割れだった。もとはかわいらしい外観の子なのに、今は鬼の形相《ぎょうそう》で久藤氏を殴りつけている。「もうっ！ 放してよ！ 放せったらっ！ もう……っ！」そうして彼女は久藤氏の手を振り払い、そのまま彼を地面へと突き飛ばすと、全力疾走といったフォームでもって、屋台のほうへと駆け出してきたのである。

「へ……？」

神と真白が、ポカンと彼女に見入っていると、道路に転げた久藤氏が、やはりよく通る声で言ってくる。「つ、捕まえてっ！ その子っ！ 宗吾くん、頼む――――っ！」

しかし全力疾走の彼女は、久藤氏が叫ぶ間にあっさり屋台の前を走り抜けていってしまう。もちろん本来の神であれば、すぐに追いかけて捕まえられただろうが、しかしギプスをした現状では走ることすらままならない。

それで神は、真白の肩をとっさに叩いて告げたのだった。「――行けっ！」受けて真白は、「へ……？」と少々間の抜けたような声で返してきたのだが、神はそんな彼女を押してさらに言い足した。「捕まえたら遥太が喜ぶぞっ！」

すると瞬間、真白ははじかれるように立ち上がり、そのままベンチを蹴りあげ道に飛び出すと、目を見張るようなスピードでもって勢いよく駆けだした。

「おー……」

みるみる小さくなっていくその後ろ姿に、神は思わず声をあげてしまう。意外と、俊足だったのな……。恋する女が、案外役に立った瞬間でもあった。

真白が確保した六平さんは、むくれた顔で黙秘し続けた。しかし彼女のたくらみは、共犯者によってあっさりと明かされた。

「……寿さんが横領したことにすれば、多分社長は秘密裏に会計を処理するだろうから、やっちゃおうよって六平さんに誘われて……。私も、魔が差したっていうか……」

共犯者は、もうひとりの経理後任者である木佐《きさ》さんという女の子だった。彼女の供述によれば、ふたりは先日、会計処理の精査のため会社に呼び出された際、その計画を思い付いたのだという。

「寿さんが見つかったら、会計に問題はなかったって、すぐに報告し直すつもりでした。でも、このまま寿さんが見つからなければ……。彼女が横領した上で、姿を消したことに出来るって……」

その告白を受け、実のところ神もひそかに納得した。なるほど。だから予想横領額に、けっこうな幅があったわけか……。

神の記憶が確かなら、久藤氏から報告された横領額は、百万から五百万ということだったはずだ。その際も神としては、ずいぶん曖昧《あいまい》な数字だな、と思ってはいたのだが、要は彼女らも当時まだ様子見の段階で、久藤氏が泣き寝入りしそうな額を、見定めていたところだったのだろう。

「……本当に……、すみま……せん……でした……」

言いながら泣きだした木佐さんに、久藤氏は困惑顔で応える。「いや……。ここで、そんなふうに泣かれても、ねぇ……？」受けて木佐さんはさらに泣いて、久藤氏はさらに困り果てたように木佐さんの背中をポンポンと叩きはじめた。「ああ……。そう泣かないで。ね？　正直に話してくれたことは、俺としても評価してるから……」

そんなやり取りを前に、遥太は無言でおにぎりを口に運び続けたままだった。むくれたままの六平さんにも、号泣する木佐さんにも、それに参っている様子の久藤氏にも、特に気を留める様子もなく、ひたすらに咀嚼を続けている。

ふたりの犯行が明らかになったのは、もちろん遥太が両名のおにぎりを口にしたからだった。彼はふたりのおにぎりを食べ終えるなり、——んだよ、もう……！　やっぱ寿さんは横領なんかしてないじゃんか！　と言い放ったらしい。ったく、話をややこしくすんじゃねぇっつーの……！　ただでさえややこしい状況なのに……！　そうして、横領の一件はふたりの狂言だと久藤氏に告げたのである。

「………」

かくして寿さんの横領容疑は晴らされた。寿さんの裏切りが信じられなかった様子の久藤氏としては、それなりに喜ばしい真相の解明ではあっただろう。しかしその事実は、とどのつまり別の部下が自分を陥《おとし》れにかかったということで、久藤氏にとっては依然悩ましい状況が続いてはいたのだった。

だからだろう。彼は木佐さんの告白に頭を抱え、六平さんの態度に肩を落とし、相変わらず苦悩の表情をたたえたままだった。一緒に働くようになってまだ日は浅いとはいえ、彼女たちだって部下は部下。そんなふたりをどう処分すればいいのか、お人好しにとってはなかなかに難しい判断を迫られているようにも見えた。

ただし、いっぽうの遥太にとって、彼女らは通りすがりのいち客でしかない。横領は彼女らの狂言でしかなかったとわかり、単純に安堵の言葉でも漏らすかと思ったのに、しかし遥太は特にこれといった反応を示さなかった。いや、どちらかというと、そこはかとなく不機嫌な気配を漂わせてすらいた。

神が遥太を問いただしたのは、閉店後の帰り道でのことだ。夜の山手通りをワゴンで進みながら、神は助手席の遥太に訊いたのだった。

「――で、けっきょくどうだったんだよ？　おにぎりローラー作戦。横領の件以外にも、どうせわかったことがあんだろ？」

　すると遥太は、助手席のシートに体を沈め、「……あー、それな」といやに気だるげに応えてみせた。「なんだか、色んな寿さんを、見てしまったような気がします……」

　そんな遥太を前に、なぜに敬語？　と神は思ったが、しかしそこは追及せず、からかい半分で言ってやった。「人によって他人の見方が違うのは、太陽が東の空からのぼる程度に至極当然なことだからな」だが遥太は、まったく反発することもなく、さらに深くシートに身を沈め、「まあ、そうなんだけどさぁ……」と浮かない様子で息をつきつつ応えた。「なんか、俺……。ホントに寿さん捜さなきゃいけないのか、よくわかんなくなってきたわ……」

　だから神は、はあ？　まさかコイツ、この期《ご》に及んでニセブキを逃がしたくなってんじゃ……？　と目を見張り、彼の真意を確認しにかかった。「なんだよ？　それ……。まさかおにぎりローラーで、なんか別のヤベェことまで見えてきたってことか？」

　すると遥太は、「そういうわけじゃ、ないんだけどさぁ……」と、ため息まじりで応えた。「ただちょっと、色々と思うところがあったっていうか……」そうして、その思うところなるものを、ポツリポツリと話しはじめたのである。

おにぎりローラー作戦のため久藤氏が集めた女性たちは、主に久藤氏の会社の社員たちと、以前寿さんが勤めていたクラブのホステスさん勢だった。割合にすると、おおよそ半々といったところで、社員のほうには男性も二、三人ほど交じっていたとのこと。

彼らの寿さんに対する心象は、大きく分けると二分していたという。もちろん、ホステス時代と会社員時代だ。実際遥太がおにぎりを食べながら垣間見《かいまみ》た寿さんも、その時期によってだいぶ印象が異なっていたらしい。

「ホステスやってた頃は、とにかく人当たりがよくて明るくて、ザ・いい人って感じだったわ。初対面でも人懐《ひとなつ》っこくて、出身地詐欺っつーの？　それもよくやってたよ。同郷だって言うと、一気に距離が縮まる人もいるからさ。寿さんなりの処世術《しょせいじゅつ》っていうか、なんかもう口グセみたいになってたのかもしれない」

寿さんが嘘をついていることは、バレていたりいなかったりと、状況によって異なっていたらしい。本人は嘘を嘘とも思わせないほど上手に立ち振る舞っていたが、しかしそれでも綻《ほころ》びが出る時は出てしまう。

とはいえ、彼女の嘘に気付いている人たちも、さしてそのことを問題視してはいなかったようだ。何せ彼女らが身を置いていたのは夜の銀座。嘘を嘘であしらうことも多々ある世界で、寿さんのささいな嘘などは、単なる社交辞令のひとつ程度にしか捉えられていなかった。

「ちょっと話盛ったんだなー、くらいで、みんなほとんど気にしてなかった。それより、真面目に出勤してたり、自分のフォローに回ってくれたり、そういうとこで寿さんを評価してたっぽい。寿さん、他のホステスの客を奪うとか、同僚や客の陰口《かげぐち》叩くとか、そういうこともしない人だったみたいでさ」

もちろん、いい人を演じているようで胡散臭かった、と思っていた女性陣もいないではなかった。ただ大勢としては、彼女を善良な人間として捉えていたとのこと。あるいは、可能な限りいい人でいようと、努めて振舞っている人だと思われていた。

「いい人でいるってことは、考えようによっちゃあ、自分の居場所や立ち位置を守るってことにもなるだろ？　親切も善意も、ある種の自己防衛になるっていうか……。まともな人間だったら、自分に都合のいい人間を排除なんてしないしさ。そういう意味で寿さんは、本当に慎重に、自分の立場を守ってるように見えたし、そういうふうに彼女を見てる人も一定数いた。居場所を守るために、なんか必死だなって――」

それは少数派の見解ではあったが、しかし遥太には印象深い見地だったようだ。そしてそんな少数派の記憶のなかには、彼女たちしか知り得ていない、寿さんのまた別の一面が忍ばされていた。多くの人が、明るくていい人だとしていた寿さんには、実はなかなかに不安定な面が含まれていたというのだ。

「別に、情緒不安定になるとか、そういうことじゃないんだけど、ただ……、寿さんの手首には、古い傷があってさ……。本人はちゃんと隠してたし、だから気付いてない人のほうが多かったけど……。でも、そういうのやってた経験がある人たちは、目ざとく気付くようなところがあって……」

つまり寿さんには、リストカットの痕《あと》があったということだ。

「若気の至りだったって、寿さんは言ってたよ。大昔に、一時期ひどい目に遭ってたことがあって……。その時、いっそ死んだほうが楽なのかもって、つい思って……。つい、やっちゃったって——。まあ、笑いながら話してたから、ホントにもう過去の話って感じではあったんだけどな？」

しかしその当時も、揺り戻しのように不安定になることがあったのではないか、と遥太は言いだした。

「ひとりだけ、寿さんが妙なサイト見てるのに気付いてた人がいたんだよ。寿さんの後輩で、お互いの家に行き来してる時期があったくらい、けっこう仲良くしてた子なんだけど……」

そうして遥太は、少し言いづらそうに声を落とし言い継いだ。

「自殺サイトっつーの？　どうも寿さん、そういうのをちょくちょく見てたらしいんだわ。もう疲れました、とか、どうやったら死ねますか、とか、一緒に死んでもらえませんか？　とか、そんなことがみっちり書き込まれてるサイトで……」

その後輩が見たという光景を、もちろん遥太も見たようだった。寿さんは携帯からそのサイトをのぞき、ぼんやりしていることが時おりあった。その顔はひどい無表情で、感情という感情が、抜け落ちているようにも見えたという。それなのに、無心で小さな携帯画面をスクロールし続ける彼女の姿は、まるで何かにとり憑《つ》かれているようにも感じられ、居合わせた後輩は、少し不気味に思っていたらしい。それでけっきょく寿さんとは、それとなく距離を置くようになってしまった。

「けど俺としては……。その子のおにぎり食って、妙にしっくりきちゃったんだよね。だから寿さんは、いい人をやってたんだろうなって……。過去によっぽどつらいことがあって、今はそこから逃れられてても、過去の記憶に引き戻される瞬間があって——。だから余計、平穏な今を、傷つけられずに過ごせる居場所を、必死で守ろうとしてたんじゃないかなぁって……」

しかしそのホステス時代を経《へ》て、久藤氏の会社で働くようになった寿さんは、また違う顔を見せるようになった。

彼女はそれまでのいい人路線を一新し、神や遥太が遭遇したニセブキよろしく、飄々《ひょうひょう》としたキャリアウーマンに変貌《へんぼう》を遂げたのだ。

「多分、そっちが素に近いんじゃないかと思うんだ」

その頃の寿さんを思い出すように、遥太は小さく笑って言葉を継いでいった。「たとえば、オッサンの渾身《こんしん》のギャグにシラーッとしてみせたり、失敗に冷たくツッコミ入れたり。やる気のない社員には、多少の嫌味も言ってやってたし、仕事が遅い人に対しては、我慢はしてたけど明らかにイラッともしてた。でも時々、自分でもシュールなギャグ言ってみたり、酒の席ではけっこうはっちゃけたりもしてたよ。まあ、普通っちゃあ普通な行動の範疇《はんちゅう》なんだけど……」

それが、久藤氏の会社の社員たちが知る寿さんだったようだ。そしてそのことが、遥太には大きな進歩に感じられたらしい。

「多分寿さん、オッサンの会社では、無理に居場所を作らなきゃって思わなくなったんじゃないかな？　なんか、そんな気がした。いい人のフリしなくても、素で必要としてもらえるっていうか……。まあ、オッサンが寿さんに頼りっぱなしだったせいもあるんだろうけどな？　でも、寿さんにとっては、それがすごく居心地よかったんじゃないかなって──」

いやに情感たっぷりで語る遥太に、神は思わず視線を走らせてしまう。

「………」

窓の外の街の灯りに、輪郭を白く縁取られた遥太は、まっすぐ前を見たままだった。まるでフロントガラスに、会社での寿さんの様子が映っているかのように、じっと前を見据えている。口元が少しだけほころんで見えたのは、実際なのか、あるいは神の見間違いなのか──。

しかし、交差点に差し掛かってすぐ、彼はふと思い出したように言いだしたのだった。

「──あ、あと、六平さん。彼女ってば、かなり独特な目線で、寿さんのこと見てたんだよね」

まるでそれまでの幸福感を、六平さんによって奪われたかのように、遥太は口を尖らせ言い募りはじめた。

「もう、ひどいんだよ？　彼女、自分が仕事出来ないだけなのに、引き継ぎがうまくいかないの全部寿さんのせいにしちゃうの。同じ時期に採用された他の子たちにも、すっごく寿さんの悪口言って回っちゃって。なんかもう、丁寧に教えてもらっておいて、その言い草はないいんじゃないの？　って感じで……」

　どこか女子っぽい口調で言い募る遥太に、神は思わず、「お、おう……？」と少々怪訝に応えてしまう。しかし不満が止まらない遥太は、神の様子などさして気にもならないようで、さらにブツブツと文句を言い連ねていった。

「六平さんのせいで、寿さん、木佐さんともあんまりうまくいってなかったんだよね。木佐さん、ちょっと引きずられやすいところがあってさ。六平さんの意見に影響されて、寿さんのこと妙にうがった見方しちゃって——」

　とはいえ、六平さんと木佐さんから見た寿さんは、確かに他の社員たちが接していたほどに勤勉ではなかったようだ。少し休憩してくると言い置き、社内から姿を消すこともままあったし、個人ブースでぼんやりしたり、時には寝入っていることもあった。

「でも、もともとすごい仕事量だったわけだし、それで疲れていったん会社辞めようとしてたわけだから、そのくらいは仕方ないと思うんだ。ハードワークが過ぎると、精神的にも弱るっていうし。そもそも寿さん、もとから不安定なところもあったし。もしかしたら、メンタルの不調をぶり返してたのかもしれないし……」

遥太がそう考えたのには、他にも理由があったようだ。なんでも木佐さんが、寿さんの服用する多量の薬を目撃してしまったというのだ。

「給湯室でちゃちゃっとね。まあ、確かに多めに薬のんでて……。実は木佐さんも、メンタル病んだことがあったらしくて。その時のんでた薬と同じのが、寿さんがのんでた薬のなかにも交ざってたんだ……」

そうして木佐さんは、その事実を六平さんに報告。それで六平さんは、寿さんが精神的にマズい状態なのだと当たりをつけて、さらに彼女をなめてかかるようになった。

「横領の件を思い付いたのも、その影響が大きかったみたい。お金をくすねたあとに、寿さんが発見されて無罪を主張したらどうするの？　って木佐さんが訊いたら、六平さん平然と言ってのけたんだよ。そんなの、寿さんが嘘ついてるんじゃないですかーって言えばいいじゃんって。大丈夫だよー、メンヘラの言うことなんて、誰も信じないからーって……」

寿さんの横領の嫌疑が晴れてなお、遥太が浮かない顔をしていたのは、どうもそのあたりが原因らしかった。

「ホントひどくない？　寿さんは、自分がいなくなっても会社がちゃんと回るように、六平さんにも木佐さんにもよくしてたのにさ。人事のほうの子にはそういうのちゃんと伝わってて、引き継ぎも滞りなくやれたのに……。経理のふたりには、まるで届いてなかったっていうか……。マジ恩を仇《あだ》で返すってこのことかって感じだよ」

まるで我がことのように、憤った表情を浮かべ語る遥太を横目に、神はある思いを過らせてしまう。コイツ……、もしかして……？　続いた遥太の言葉にも、その思いを強くさせられた。

「……でも寿さん、きっと今は幸せだと思うんだ。仕事からも解放されて、三葉ちゃんとふたりでいられて……。やっと自分らしく、穏やかな気持ちで毎日を過ごせてるんじゃないかな……？　俺としては、そんなふうに思えちゃうんだけど――」

そしてだからこそ、寿さんを捜し出すことに迷いが生じたと、どうもそういうことらしい。「ふたりが幸せに暮らしてるんだとしたら、そこに水差すのはどうかなーって思って……。だって、けっきょく横領も嘘だったわけだし……。これからは、しばらくふたりっきりで、幸せに――」

だから神は、もう言ってやるより他なかった。

「あのよ、遥太」

何せ今のままでは、話が前に進まない。

「――多分なんだけど。お前、三葉嬢に頭んなか乗っ取られてんぞ？」

受けて遥太は、「へ？」と目を丸くしたが、神は構わずまくしたてた。「へ？　じゃねぇよ。自覚はねぇのかよ？　お前のおにぎりローラーの内容、かなり三葉嬢目線だったぜ？　惚れた弱みむき出しっつー感じで……。しかも口調も、なんか妙に女子っぽかったし……」

神のその指摘に、遥太はポカンと神を見詰めたのち、若干思い当たるふしはあったのか、しばらくすると胸に手を当て、「あ……」と小さく呟いた。だから神は、さらに話を詰めていったのだ。

「三葉嬢のビーフストロガノフ食ってからだよ。お前がヘンになったの……。何かっつーとニセブキをかばうようなこと言いだして……。今もずっとそうだっただろ？　まるでニセブキが、本当にいい人みたいな雰囲気出しやがって――」

　すると遥太は、大いに自覚が芽生《めば》えたらしく、バツが悪そうに前に顔を向け直し、パチパチと目をしばたたきはじめた。「それは……、確かにそうだったかも……」そんな遥太に、神は息をつきつつ言い放つ。

「言っとくが、ニセブキには、殺人未遂の嫌疑がかかってんだからな？　田村夫妻が言ったことが本当なら、あれは相当にヤベェ女だ。なんせ西崎ゆみかに親切ごかしで近づいて、あっさり殺しにかかったようなヤツなんだから――。いい人のふりも、実は弱い女のフリも、つらい過去を抱えた苦労人のフリも、そりゃ楽勝でやってのけるだろうさ」

　神の強めな物言いに、遥太は塩を振りかけられたナメクジのように、じわじわ助手席のシートに沈み込んでいく。

　だが神も、長らく遥太の言い分を聞いた直後だったせいか、ずいぶんと容赦なく続けてしまった。

「だいたい、人を殺して名前を奪って、その名前でしゃあしゃあと生きていけるような人間が、ちょっと仕事が忙しいぐらいで、いちいちメンタル病ませるわけねぇだろうが。アホらしい」

ただし遥太も、その点に関しては、「でも……、実際薬のんでたわけだし……」などと小声で反論してみせた。「ホステス時代だって……、自殺サイト見てたくらい、不安定だったわけだし……？」だから神は、まだ言うか、とイラ立って、さらにまくしたててしまったのだ。

「安定剤なんて、サプリ程度の感覚でのむヤツもいるし、ホステス時代だって、不安定なフリしてただけかもしれんだろ。相手は平気で嘘つくあのニセブキだ。自殺サイトだって、もしかしたら病んだフリして、単に新しい女を探してたのかもしれん。そういうとこに書き込みをしてる、精神的に弱った女を狙って、また名前を奪おうとしてたのかもしれんだろうが？　西崎ゆみかだって、一番弱ってた頃に、あの女に騙されたっつってたんだから——」

しかしまくしたてていくなかで、自分の発言にちょっとした引っ掛かりを覚えてもしまった。ん……？　また名前を奪おうと……？　しかしそれでもとりあえず、勢いに任せて口は動かし続けた。

「そもそも寿理衣砂って名前の主は、自分よりだいぶ年上だからな。下手をしたら早晩死なれる可能性もある。だったら、もっと自分と歳の近い名前が欲しいと思うのが道理だろ。それで虎視眈々《こしたんたん》と、新しい名前を狙ってたとしたらどうだ？　あの女なら、やりかねねぇんじゃねぇのか？」

遥太をいさめるつもりで言っていただけなのに、しかし自分の話の内容に、神はそこはかとない整合性を見出してしまい、いったん口をつぐんでしまう。

「とか……」

気付けばワゴンは、もうアパートのすぐそばまで来ていた。助手席の遥太は、神にそっぽを向いたまま、暗い窓の外を見詰めている。それで神は、軽く咳ばらいをして、「……まあ、そういう考え方もあるってことだ」と付け足した。「つまり、あんまり三葉嬢に影響され過ぎてると、お前も大事なこと見落とすぞっていう……」

もしかしたら、藪《やぶ》をつついたかもしれない。ひそかにそう後悔の念を抱きつつ、神は見えてきたアパートを前にワゴンを減速させる。隣の遥太は黙ったままで、だから神は、蛇は……、いなかったってことでいいのか……？　とやや警戒しつつ、そのまま無言でワゴンをアパートの駐車場前に着ける。

「…………」

午前零時を回っているだけあって、あたりは暗闇に音を吸い取られてしまったかのように静かだった。神はその静けさのなか、車を駐車場に入れるべくギアをリバースに入れる。藪から蛇が出てきたのは、ちょうどその矢先のことだった。

「――ちょっと、待ってくんない？」

助手席の遥太のその言葉に、神は内心深く息をつく。ああ、やっぱそうなるよな……。

そう思いつつ、ギアをいったんドライブに戻す。

隣の遥太は神を見ないまま、「ちょっと久藤のオッサンに連絡入れるわ」と言い置き、スマホをポチポチやりはじめる。だから神もある程度覚悟はしたのだが、遥太の行動は神の想定の若干先を行ってしまった。

「……田村さんにアポ取れたから、このまま車出してくんない？」

そんな遥太の発言に、神は思わず「はあ？　今から？」と声をあげてしまう。しかし遥太はスマホに目を落としたまま淡々と言葉を続けたのだった。「だって話は早いほうがいいじゃん？　住所も聞いといたから。早く行ってよ」

ずいぶんと冷ややかに、かつ妙に高圧的に言ってくる遥太に、神は思わず顔をしかめて言ってしまう。

「それが勤労後の人間にものを頼む態度か？」

すると遥太は、スカした表情のまま、肩をすくめ言い返してきた。

「だって宗吾が言いだしたんでしょ？　寿さんが名前を奪うために、自殺志願の女の子を探してたんじゃないかって――。ゆみかさんの時も、実は似たような状況だったんじゃないかって……」

受けて神は、ひと呼吸おき言って返す。

「……そこまで明確には言っとらんぞ？」

だが遥太は、冷たく神を一瞥し言ってきたのだった。

「でも、暗に言ってきたんじゃん。だから確認に行くんじゃないの。ゆみかさんが、どこでどんなふうに女に声をかけられたのか、そのあたりハッキリさせないと――。旦那さんの話じゃ、ふたりは川べりで出会ったってことだったし……。もしかしたらゆみかさん、入水自殺でもしようとしてたところを、声をかけられたのかもしれないから……！」

まるで逆ギレをした女のように言ってくる遥太に対し、お前のその感じ……、けっきょく三葉嬢の感覚にのまれたままなんじゃねぇか？　と神としては思わないでもなかったが、しかし真夜中の今、そうそう田村夫妻を待たせるわけにもいかないだろうと、仕方なくアクセルを踏んだのだった。

「……ったく、なんなんだよ」

「だから、全部宗吾のせいだってば……！」

ワゴンは暗い夜のなかを、ひとり騒がしく音をたてて走りだした。

深夜ということもあり、西崎ゆみか、もとい田村ゆみかへの面会は手短に行われた。彼女に直接会いに行ったのは遥太ひとりで、神は夫妻が住まうマンション前にワゴンを停め、遥太の帰還を待つこととなったのだ。

そのおかげと言うべきか、状況の確認はすぐに取れた。遥太がマンションの玄関ロビーから姿を現しただけで、神にはおおよその状況が察せられたのである。つまりそれほどまでに、夫妻との対面から戻ってきた遥太の表情は曇っていた。

無言のままワゴンの助手席に乗り込んできた遥太は、あからさまに気落ちした様子で大きくため息をつくと、どこか覚悟を決めたように田村夫妻から聞き得た情報を神に語りだした。「──なんつーか、まあ……。宗吾が言ってたことと、そう大きくは違ってなかった感じかな……」

遥太が言うことには、田村ゆみかという女性は、寿さんにどこか面差しの似た、薄幸《はっこう》そうな美人だったという。化粧っ気がなかったせいか、顔色もあまりよくなく、表情には何かに怯えたような硬さがあった。少し猫背で声も小さく、いかにも気弱そうな女性という風情だったらしい。

夫の田村が言っていたらしいが、ゆみかは久藤氏が連絡してきてから、近くにあの女がいるのかもしれないと、かなりナーバスになってもいたそうだ。もともと繊細な性質ですし……。自分を殺そうとした女が、また自分の周りをウロウロしてるかもしれないんですから、妻がそうなるのも仕方がないかと……。田村は憔悴《しょうすい》した表情でそう語っていたという。

そんなゆみかに、ほとんど単刀直入に訊いてしまったことは、少し酷だったかもしれないと遥太も反省していたが、しかし時間も余裕もなかった彼は、玄関先で田村夫妻に出迎えられるなり、挨拶もそこそこにすぐゆみかに確認してしまったそうだ。──あの、あなたが例の女に声をかけられたのはどこですか？

遥太の半ば唐突な問いかけに、ゆみかはすぐ表情を強張らせたらしい。それでも遥太は、たまらず言葉を続けてしまったのだという。ご主人から、聞いたんです。あなたが、川べりかなんかで、女に声をかけられたらしいって……。それで、具体的にどんな場所で、どんな状況で、女と言葉を交わすようになったのか、お聞きしたくて——。

するとゆみかは、はっきりと怯えた様子で俯いてしまい、まともに言葉を出すこともかなわなくなってしまった。あ……、そ、その……、あ……。細い声で、どうにか何か言おうとするばかり——。そ、そ、の……、なんて、いう、か……。

そんな妻に、田村が助け舟を出した。彼はゆみかを支えるようにしながら、どうしてそんな質問を？　と遥太に訊いてきたのだ。そのことが、あの女の捜索に、何か役立つんですか……？

だから遥太も応えたのだという。いや、ちょっと、気になることがあって……。ゆみかに申し訳ないという気持ちはあったが、ゆみかを襲った例の女と、寿さんが本当に同一人物であるのか、確認しないことには自分の気が済まなくてそうしてしまった。もしかしたらゆみかさん、その川べりとやらで……、身投げ、とか……？　そういうの、しようとしてたんじゃないかなーって……。

身投げ、という言葉をストレートに使った遥太に対し、ゆみかはさらに表情を強張らせ、ガタガタ激しく震えだしてしまったそうだ。苦しげに何か言おうとしてはいたが、しかしけっきょく声を出すこともままならず、見かねた田村に付き添われ、そのまま部屋のなかへと戻ってしまった。

その後、玄関先に現れたのは田村ひとりで、彼は室内の妻を案じるようにしながら、すみません、と遥太に詫びてきたそうだ。彼女、相当ナーバスになってまして……。そうして再び遥太に問うてきた。あの、どうして妻が、身投げをしようとしていたと……?

それで遥太が事情を説明すると、田村もゆみかと同様顔を強張らせ、苦々しく呟いたのだという。やっぱり、そういうことでしたか……。その反応に、遥太も少し諦めのようなものがついたそうだ。だから続いた田村の説明にも、それなりに冷静に受け止められたという。

私が川べりと説明したのは、妻の地元にあるK川のことです。上流のほうが、渓谷のようになってましてね……。何ヵ所か橋が架かってるんですが、一番小さな橋は地元の人しか行かないような、山深い場所にあって……。当時妻は思い詰めて、よくそこに足を運んでいたそうなんです。そこは、地元の人たちの間で、ひそかに自殺の名所とも言われている場所だったそうで——。

「——自殺サイトとは違うけど。まあ……、似たようなもんだったのかもな」

さすがに寿さんをかばい切れない気になったのか、遥太は暗いフロントガラスをぼんやりと眺《なが》めながらそう説明した。それで神も、「なるほど」と頷いたのだ。「死のうとしてる人間なら、消してもさして目立たんと思ってやったのかもしれんな。それでそれに味をしめて、効率よく死にたがりが見つかる、自殺サイトに流れた、と」

受けて遥太は大きなため息をつき、「そんな身も蓋もない言い方しなくても……」と呟いた。諦めてなお、いまだ割り切ることは出来ていないようだ。「そりゃ、辻褄《つじつま》は合ってるかもだけど……。まだ、仮説の状態なのに……」

そうして遥太は、案の定というべきか、神のほうでもある程度覚悟していた提案をしてみせたのである。

「……それでさ、宗吾。ちょっと、頼みがあるんだけど」

だから神は思ってしまった。ああ、やっぱりそうくるよなぁ……。むしろ今まで、遥太がその提案を一度だけで終わらせていたこと自体、どちらかといえば奇跡に近い。つまり遥太も遥太なりに、かなり神に気を遣ってはいたのだろう。

しかし、三葉嬢の思考に影響を受けてしまっているからなのか、はたまた本人の直情バカな心意気が災《わざわ》いしているのか、おそらく彼は寿さんを、どうにかして捜しだしたくなっている。捜しだして、救いたいと、淡く願ってしまっている。

それがいわれなき罪からの救済なのか、あるいは悪意と悪事に満ちた人生への引導なのか、そのあたりは本人にも判然としていないのだろうが――。

「――三葉ちゃんのビーフストロガノフ、宗吾も食べてみてくんない？」

その手があることは、神にだってとっくにわかっていた。

「宗吾なら、俺が見落としてたもの、見えるかもしんないし……。もしかしたら寿さんの、本当のところが見えてくるかもしれない」

わかっていたが、避けていたのだ。久藤三葉のビーフストロガノフのなかには、自分の過去が含まれているかもしれない。そんな予感がどこかにあって、ずっと彼女が作ったそれを、凍《こお》らせたままにしておいたのだ。

三葉のビーフストロガノフを食べた遥太が、彼女の母親のビーフストロガノフについて語った際、神はそれなりの驚きをもってその内容を受け止めた。

は——？　それ、普通じゃないのか？　そう息をのんだのだ。あの作り方が王道だと思ってたのに……。俺の、思い違いだったのか——？

神が驚いたのは、そのレシピだった。三葉の母はすりおろした野菜をふんだんに使い、ビーフストロガノフを作りあげていた。三葉もそのやり方を踏襲していて、つまり三葉のビーフストロガノフのレシピは、母のレシピとまったく同じものだった。

そして神も、それが普通のやり方だと思っていた。たっぷりの野菜をすりおろして、それを煮込んで仕上げていく。ビーフストロガノフというのは、そういう料理だと完全に信じ込んでいた。自分のやり方が特殊なものだとは、夢にも思っていなかった。

店でビーフストロガノフを出した際にも、特に変わった味だと指摘されたことはなかった。おいしいと評されることはあったが、かといって、一般的なビーフストロガノフの味と違うと言われたことは皆無。見た目だってごく普通のものだったはずだ。差し出した瞬間、意外そうな表情を浮かべる者などいなかったし、皆一様にごく当然のように、神の作ったビーフストロガノフを受け取っていた。つまりレシピは違えども、味や見た目はそこまで突飛なものではなかったということなのだろう。

そんなほたる食堂のビーフストロガノフについて、あれこれ口を挟んできたのは、久藤氏が初めてだった。三葉の味と同じだ。そう断言した久藤氏に寿さんも同意していた。つまりふたりは、微妙な味の差異に気付いたということなのだろう。三葉のビーフストロガノフの味に慣れ親しんでいたからこそ、一般的なものとの味の違いにおそらく敏感だった。

だから神は、自分のレシピが三葉由来のものである可能性について考えるようになったのだ。三葉にごく近しいふたりが口を揃えてそう語るということは、やはり自分のビーフストロガノフと三葉のそれは、同じレシピである可能性が高いのではないか――？

ただし、三葉は十代後半から二十代前半にかけて海外留学していたらしく、その点を考慮に入れてみると、時期的に記憶のない頃の自分と彼女とが、接点を持った可能性は低いように思われた。

だから神は、遥太から三葉のビーフストロガノフについて聞かされて以来、別の可能性について考えを巡らすようになった。三葉のレシピは元々彼女の母親のレシピで、つまり仮に自分と三葉のレシピが一致するものなのであれば、自分のレシピは彼女の母親由来のものなのかもしれない。そんな仮定が組み立ってしまったのだ。

彼女の母が亡くなったのは十年前。その頃、彼女の母は四十代から五十代あたりで、自分はおそらく二十代前半だった。だとしたら、それより以前に彼女と出会い、手料理を振舞われた可能性は十二分にあるのではないか。それであの風変わりなレシピを、ごく普通のビーフストロガノフのレシピとして、俺は体得してしまったのでは——？

もちろん、野菜嫌いな人間に、野菜を食べさせる手法として、料理のなかに刻んだり擦りおろしたりした野菜を忍ばせるというやり方があることは、神も知識として知っていた。屋台の客で、時おりそんな話をする者がいるからだ。子ども時代、野菜嫌いだった自分のために、母親がそうしてくれていたというのがほとんどで、そういう親がいるのかと、神も感心しながら聞いた記憶がある。

だから、自分と三葉の母のレシピがほぼ同じでも、絶対に会ったことがあるとまでは言い切れないと神は考えていた。三葉の母と同じように、料理に野菜を忍ばせる人間は他にもいる。自分のレシピは、そんな未知の誰かに由来している可能性だってある。

久藤氏と寿さんが口を揃え、三葉のビーフストロガノフと同じ味だと言っていたことを加味しても、神のレシピが誰に由来するものなのかは、神の記憶がない以上、どうしたって判然としない。神の感覚としては、五分五分といったところだ。

だったら、いっそ三葉嬢のビーフストロガノフを、食っちまえばいいんじゃねぇのか——？　神自身、そう思わないでもなかった。食っちまえば十中八九、遥太より色んなことが見えてわかって、俺と三葉嬢の母親との関係だって、今よりハッキリするかもしれんのだし……。うじうじあれこれ考えてるより、そのほうが断然話が早《はえ》ぇってもんだろう。

しかし、けっきょくそうはしなかった。記憶のない頃の自分について、積極的には知りたくない。その思いが、行動を阻み続けていたと言ってもいい。おかげでこのところは、四の五の言わず食っちまえばいいのに、という逸る気持ちと、でも……、やっぱ……、食うのはちょっとなぁ……、という煮え切らない思いの間を、ひたすらに行ったり来たりしているような状態だった。

そんな揺れる思いには、自分でもうんざりしていたし、呆れることもしばしばだった。三葉のビーフストロガノフを食べて以降、言動がおかしなことになっている遥太について、相変わらず直情型のバカなヤツ——、と思っていたが、しかし自分のほうだって、明らかなる思案型バカだと言わざるを得なかった。

食うべきか、食わざるべきか——。そんなことを鬱々と考え続けるなど、完全にこの特異体質に振り回されてしまっていると言っていい。

しかしここにきて、機は熟してしまったのだった。三葉嬢の行方は依然杳《よう》として知れないままで、ニセブキの過去の悪行の疑惑も現状不穏を極めている。ふたりの行方を探るため、ビーフストロガノフを食べてみるというのは、それなりに前向きな方策であると言えるだろう。

遥太も懇願してきている。頼む、宗吾。だってもう今んとこ、他に打つ手ないじゃんか？　ひと口でいいから！　半口でもいいから！　頼むって！　宗吾さん！

かくして遥太は、ろくに神の返事を聞きもせず、アパートに戻るなりいそいそと冷凍庫からビーフストロガノフを取り出して、さっさと解凍しはじめてしまった。何事にも前向きな彼は、神が黙ったままだったのを肯定の意と捉えたのだろう。だから神も抵抗はせず、ほとんど流れに身を任せていた。

まあ、こうなる運命だったんだろうなぁ……。そんなことを思いながら、ほぼ無我の境地でもって、バタバタ動き回る遥太を眺める。

「——さささささ、さあ、どうぞどうぞどうぞ……」

遥太は神の気が変わらないよう努めているのか、ごくテキパキとビーフストロガノフを用意してみせた。解凍したそれはキチンと皿に盛られ、スプーンや水も行儀よく皿の傍らに並べられている。

「あ、ごはんもいる？　いるんだったら持ってくるけど。あ、バターライスがいいんだっけ？　バターあったっけ？　イタリアンパセリもいるのかな？」

かいがいしく言ってくる遥太に、神は息をつきつつ応える。「……いらん」特に他意はなかったが、少々険《けわ》しい声色《こわいろ》になってしまった。しかしそれでも遥太は怯《ひる》まず、「そっかそっかそっかー」といそいそと神の正面に座り、腫物《はれもの》に触るかのような笑顔でもって、湯気の立つビーフストロガノフに視線を送ってみせる。「じゃあ、まあ……、温かいうちに、どうぞ召しあがって？」

遥太は笑顔を浮かべたまま、穏やかに神を見詰めてくる。しかしその目には、絶対に食えよ、という有無を言わせない強烈な圧がたたえられているようにも見える。

「…………」

ちゃぶ台の上のビーフストロガノフは、艶やかな濃い琥珀色で、濃厚なデミグラスソースの香りを放ってもいる。本来なら食欲をそそる香りなのだろう。神はその湯気を薄く顎あたりに感じながら、運命なるものにまた思いを馳せてしまう。やっぱ……、食うしかないわなぁ……。眼前には、笑顔の遥太と三葉嬢のビーフストロガノフ。まるでこの状況に追い込まれるべく、運命の追い風にあおられながら、ここまでやって来てしまったような気すらする。

「……いただきます」

そう言って、神はスプーンを手に取り、皿のなかの琥珀色に背の部分から沈めていく。程よいとろみがついたそれは、銀色のスプーンの内側にトロリと流れ込んでくる。感触的には、やはり自分が作ったそれとよく似ている気もする。表面できらめく脂の様子も、自分のそれと酷似している。このまましばし観察し続ければ、自分のビーフストロガノフとの類似点が、さらに見いだせてしまえそうな気すらする。だから神は、あまり深く考えないよう努め、さっさとスプーンを口へと運んだのだった。

「…………」

頬張った琥珀色は、舌の上をすべるように広がり、牛肉と野菜の凝縮された旨味《うまみ》が一気に口のなかを満たしていく。

そこで神は、静かに嘆息してしまう。ああ……、やっぱり……。そう思わずにいられなかった。これは、この味は……、俺のと、同じ――。

瞬間、眩しいような白い光が、まぶたの裏でハレーションを起こす。

「――――」

光の先に見えてきたのは、鮮やかな三葉の世界だった。

雨だれの音。窓を流れていく水滴のあと。鳥のさえずり。木の葉のうえで光る雨粒。青空に吹き上がっていく、白いビニール袋。セミの鳴き声。湿気《しっけ》を含んだほこりのにおい。窓形を変えていく白い雲。道路でくるくる回る木の葉の群れ。ひんやりとしたママの手。窓を揺らす風の音。お風呂場で響くパパの歌声。いつもとても楽しそう。高い高いで見えてくるのは、たいてい笑顔のパパとママ。宙に浮くようで心地よかった。怖くなんてなかった。少しも、少しも――。

幼い頃から、三葉は少しぼんやりした子だと言われることが多かった。実際、じっと景色を眺めていることが多かったから、周囲がそう評価するのも致し方なかった。けれど実際のところ、彼女はただぼんやりしていたわけではなく、その景色に見惚《みと》れていたのだった。あるいは、聞き惚れていた。風や、雨や、虫の声。空の色や、木の葉の形、羽ばたく鳥の羽の動きや、眩しいような太陽の光。そんなものに、いつも三葉は圧倒されていた。

美しいという言葉はまだ知らなかった。それでも彼女は、確かにそれを感じていた。ああ、なんて……。なんて、なんて――。

家のなかはいつも陽だまりのようだった。父も母も明るく賑やかな人たちで、ふたり揃うとなおのこと騒がしくなる。和佳さん！　ほら見て見て！　三葉が笑った！　あら、パパのお歌が楽しいのね。よかったわねぇ、三葉。

たまに不穏な空気も流れたが、ふたりはすぐに仲直りをしてしまう。ごめん！　俺が悪かった！　本当にごめん！　父がすぐに折れてしまうからだ。だから、そんな顔しないで、和佳さん。さあ、仲直りしよう？　さあ、ハグ！　キスでもいい！

それが世界で、それが人だと思っていた。ほら、三葉もおいで。一緒にハグしよう！　あらー、おひげが痛かったわねぇ。おひげのところは、ママがハグするからねぇ。世界は、人は、いつだって、明るくて賑やかで、温かい——。

三葉は、父にも母にも似ていなかった。容姿端麗な母とは、似ても似つかない感じだったし、派手な顔立ちの父親とも、どうも雰囲気が違っていた。内面的にも、ふたりのように社交的ではなく、どちらかといえば引っ込み思案で、物静かなほうだった。進んで人前に立つことなんて、決してしようとはしなかった。バレエと出会う、その日までは——。

初めてバレエを見たのは、幼稚園に通っていた頃のことだ。母が気まぐれに立ち寄った近所のバレエ教室で、群舞の練習風景を見た。くるみ割り人形の花のワルツ。母も見入っていたような記憶が三葉にはある。もちろん、三葉も見入った。息をするのも忘れるほど、その群舞に魅せられた。だから帰り道、すぐに母に伝えたのだ。私も、あれ、やりたい……！　その言葉に、母は少し驚いて、けれどすぐに大喜びで三葉を抱きあげた。あら、いいわね！　いつも明るい母の声が、普段より増して明るく聞こえた。ママも、三葉が踊るのを見たい！　母がバレエに憧《あこが》れていたと知ったのは、ずいぶんとあとになってからだ。

レオタードのスカートが揺れるのが好きだった。バーのひんやりとした感触も。先生のお手本を見るのも大好きで、私もあれがやりたいと、真似をするのが常だった。鏡に映る友だちたちの踊りを、ただ見ているのだって楽しかった。一緒に踊るともっと楽しくて、もっともっととせがみたくなる。もっと踊っていたい。手を伸ばし、床を蹴る。爪先《つまさき》が描く弧の美しさには、いつも息をのんでしまう——。

練習の虫、とあだ名された三葉は、気付けばバレエ教室でも、コンクール入賞を期待される生徒のひとりになっていた。踊ることは、ずっと楽しかった。舞台に立つのも好きだった。薄暗い舞台袖から、光のほうへと駆け出していく瞬間の高揚感《こうようかん》は、完璧な世界と混ざり合えるような、途方もない喜びをもたらしてくれる。

ただし、コンクールでの結果は、たいてい次点だった。あとは三位、四位。時々、五位六位にもなった。三葉は順位というものに、どうも上手く頓着《とんちゃく》することが出来なかったのだ。

もう少し負けん気があればねぇ。先生にそう言われても、ピンとこなかった。それでいいわよ、と母が言ってくれていたせいもある。三葉が楽しく踊れてるのが、ママは一番だと思う。順位なんて、関係ないわ。三葉は三葉の思うように、楽しく踊っていればそれでいいの。

そして母は、こうも納得していた。パパもそうだったから、仕方ない部分もあると思うのよ。実はパパ、学生の頃に演劇をやってててね。主宰者だったクセに、前に出ようとするところが全然なくて、けっきょくいつも、いいところを人に譲っちゃうの。あれでもうちょっと負けん気が強ければ、違う未来があったのかもしれないのに——。

明るくて社交的で、すぐに人の懐に飛び込む父は、しかし確かに、人より前に出ようとはしない人だった。誰かと争うのはもちろん、競争するのも嫌だったみたい。母はそう言葉を続けた。だから、ぜーんぶ譲っちゃうの。仕事の手柄も、築いたコネも、巡ってきた運も、欲しがってる人にみーんなあげちゃう。だからママが、お尻叩いてやったのよ。じゃないとパパ、ママのことも誰かに譲っちゃいそうだったから。

それは母がこっそりと、ママと三葉だけの秘密よ？　と明かしてくれたことでもあった。パパはママに一目惚れして、猛アタックしたんだぞーって、よく話してるけど。あれはね、半分しか合ってないの。半分くらいは、本当に猛アタックだったけど、あとの半分は、パパがそうするように、ママがけしかけてたの。パパは全然気付いてなかったけど——。パパと一緒にいられるように、ママもずいぶん頑張ったのよ？　ママもパパが、すっごく大切だったから……。

母から父の話を聞くのが三葉は好きだった。父から母の話を聞くことも、同じくらいに好きだった。ふたりの話の内容は、同じだったり食い違ったり。それでもその声は、鳥のさえずりのように、遠くの空で鳴る風の音のように、楽しげで温かで、いつもいつも美しかった。

いつか三葉にも、パパみたいな人が現れるわ。母はよくそう言っていた。その人と出会ったら、魔法がかかったみたいに毎日が輝きはじめるの。

そうなんだろうな、と三葉もごく自然に思っていた。私にも、きっと現れる。そうしてママやパパみたいに、笑ったり抱きしめ合ったり、時々けんかをしたり仲直りしたりするんだろう。

いつか、パパとママみたいになる。そう思っていた彼女は、しかし恋とはずっと縁遠いままだった。同級生の女の子たちが、誰くんが好きだとか、カッコいいだとかひそひそ言い合いはじめても、三葉には一向にその感覚が理解出来なかった。

はじめのうちは、私……、ちょっと鈍いのかな……？　と思っていたが、どうもそういうことではないと、彼女は徐々に理解していった。

三葉が目で追っているのは、いつも決まって女の子だった。それがどういう感情なのか、理解出来たのは中学生になった頃だった。その時にはもう、自分の気持ちは人に明かしてはいけないものだと、理解していたような気がする。だからすぐに、気持ちに蓋をすることを選んだ。

認めることは、出来なかった。女の子に対して、抱いていい気持ちではない。当たり前のようにそう思ったし、周りもそう思っているだろうと認識していた。女の子っぽい男の子が、校内でひどくからかわれているのを目の当たりにして、逆もきっと同じだろうと思っていたふしもある。自分と違う者たちを、人は拒絶し排除する。今日、笑い返してくれた人だって、明日は無視してくるかもしれない。もし私が、本当の気持ちを明かしてしまったら――。

だから、絶対に、言っちゃダメだ。気持ちを自覚してからは、自分に強くそう言い聞かせた。この人ならなんて、信じてもダメ。気付かれても、もちろんいけない。隠し通さなきゃ。この気持ちは……。こんな、気持ちは――。

鮮やかだった三葉の世界は、そこで暗転した。薄暗い闇のなかを、彼女はほとんど手探りで進むようになったのだ。ママにも言えない。パパにも言えない。だってふたりは信じている。いつか私の前に、自分たちのような誰かがきっと現れると――。

ふたりが思い描いている未来は、もしかしたら叶わないかもしれないと、告げることは出来なかった。惜しみない愛情を、たくさんの幸せを、注いでもらった自覚があったから、なおのこと言いだせなかった。

どうにかしなきゃ。何度もそう思った。どうにかして、男の人を好きにならなきゃ。頑張れば出来るかもしれない。そう考えて、クラス内で人気のある男子を、努めて眺めるようにもしてみた。けれどももちろん、そんなことは徒労に終わった。心は、動いてくれなかった。

ああ、ダメだ。私は、どうして――。

母が病《やまい》に倒れたのは、その矢先のことだった。

発病から亡くなるまでの約一年間、三葉は母の看病とバレエのレッスンに明け暮れて、自分のことを悩む時間はなくなった。

母は三葉に料理を教えたがった。三葉の好きな油淋鶏《ユーリンチー》はこう。パパの好きなビーフストロガノフはこう。常備菜はこれとこれと、これとこれ。クリスマスのローストチキンはこう。誕生日のケーキは、パパのはこれで、三葉はこっち。

ママのは？　それも訊いた。ママの好きなお煮つけや、ちらし寿司のレシピも教えて？　私が作って、病院に持ってくるから――。水餃子のも、グラタンのも教えてよ。あとは、親子丼や角煮や酢豚や、ミートローフやにんじんのラペも……。母の死後、そのことが父の救いにもなった。

母を亡くした父の落ち込みようは凄まじかった。三葉の前ではどうにか取り繕って笑顔を見せてもいたが、朝からお酒臭いことには、三葉もちゃんと気が付いていた。食事だってまともに取ろうとしない。それでも三葉が母に習ったレシピで料理を作ると、彼はふらふらと食卓に着き、それなりに箸をつけるのだった。

バレエも同じだ。母が三葉に与えてくれたそれが、父の救いとなったようだった。母の死後、初めて参加したコンクールで、三葉は初めて優勝した。その時に、父が泣きながら言いだしたのだ。――ごめん。三葉。パパはもう、ずっとダメだったな。本当にすまん。こんなんじゃ、ママにも申し訳が立たない……。ママと出会えた人生を、こんなふうにしてちゃダメだよな……。ちゃんと、幸せにならないと……。

だから三葉は思ったのだった。ああ、ママがパパに、魔法をかけたんだ。

母は言っていた。三葉にも、きっと現れるわ。ママにとっての、パパみたいな人が。その人といると楽しくて、気が付くとつい笑っちゃってるの。悲しいことがあっても、その人が傍にいてくれるだけで、なんだか大丈夫な気持ちになっちゃうのよ。まるで魔法みたいに——。

いなくなっても、母は父に魔法をかける。愛とはそういうものなのだろう。

三葉がバレエ留学を決めたのは、高校三年生の春だった。父とふたりの生活に、ようやく慣れはじめた頃でもあった。三葉も父と同じように、私も幸せにならなければと、どこかで思うようになっていた。その末の結論が、バレエ留学だったのだろうと今では思う。母が習うきっかけをくれたバレエ。三葉が一番得意で、一番喜びを感じられることでもある。それを極めていくことが、母に報いることにもなるはずだと、割りに単純に信じてもいた。

留学生活は楽しかった。そんなふうに言うと、たいていの人は少し驚くのだが、しかしそれが三葉の実感だった。

大した成果は挙げられなかったかもしれない。周囲が期待していたほどに、結果も出せなかったような気もする。海外のコンクールでは、次点に食い込むことも叶わなかったし、入賞出来ないこともままあった。熱意が足りないと、それは何度言われたかわからない。君は練習の虫なのに、どうして情熱に欠けているんだ？

舞台は、人が熱望する場所だった。多くのスポットライトを浴びる立ち位置ならなおのこと。そのために人は、血がにじむような努力をし、人生を、情熱を、溶かしていく。そのことは、三葉にもよくわかっていた。そして、自分がそう出来ないことにも、幸か不幸か自覚的だった。

レオタードのスカートが揺れるのを、見るのが好きなのは変わらなかった。プリエ。バットマン・タンジュ。ロン・ドゥ・ジャンブ・アン・レール。フェッテ・ロン・ドゥ・ジャンブ・アン・トゥールナン。舞台の上でなくても、踊れるのが楽しかった。レッスン場でも下宿先でも、爪先が描く弧の美しさはそのままだった。

日本に帰国したのは、足を故障したからだ。もともと練習過多だったこともあり、膝に痛みが出ることがままあったのだが、無意識のうちにその膝をかばっていたのか、最終的には股関節炎《こかんせつえん》を起こしてしまい、ドクターストップがかかった。プロのバレエダンサーとしては、これ以上やっていかれないだろうな、というのが三葉の率直な実感で、だから所属していたバレエ団を辞め、日本に帰ってきたのだった。

あなたは最後まで本当にシンプルだったわね、と長年の仲間にも言われたが、自分でも驚くほど悔《く》いはなかった。帰ってきてすぐ、バレエ講師として働けることも決まって、生活自体はごくシンプルなまま続いていった。

父も三葉の帰国を喜んだ。ケガのことは心配してくれていたが、三葉が傍にいてくれることそれ自体は、嬉しいに決まってるよぉ！　と憚《はばか》ることなく言ってきた。

父の会社は、母が亡くなった頃よりも、規模が大きくなっていた。元々は飲食関係のお店しかやっていなかったはずなのに、その頃はフィットネス関連のお店を多く展開しはじめていたのだ。忙しそうではあったが、充実している様子も見て取れた。定期的に社員たちを家に招き、ホームパーティーをするようにもなっていた。そうしてそこで、三葉は寿さんと出会ったのだ。

最初の印象は、白鳥の湖に出てくる黒鳥、オディールだった。堂々としていて迫力があって、そこはかとなくコケティッシュ。黒いビジネススーツを着て、染色していない髪をひとまとめにしていたから、余計にそう感じたのかもしれない。綺麗な人だな……。そう思った。

父はその黒鳥に、思い切りよく手の平で転がされていた。何かと彼女に助言を求め、時に指示を仰ぎ、たいてい彼女の言いなりになってしまう。聞けば事業展開の方向転換も、寿さんのアドバイスがあってとのこと。おかげで会社の収益が爆上がりして、ホンット寿くん様々なんだな、これが、と父は堂々と公言していた。そのせいか周囲の人たちも、寿さんを秘書というより、父の右腕として見ているようなふしもあった。

ホームパーティーでは、寿さんも父と同じく、ホスト役のような立ち振舞いをしていた。席に着いていることはほとんどなく、料理を取ったりお酒を注いだりで、来てくれた社員の人たちを、かいがいしくもてなしてくれる。寿さんも、座っててください、と三葉が言っても無駄だった。彼女は、まあ、ありがとう、といったんは席に着く素振りを見せるのに、気付くとまた席を立ち、父ともどもあちこちに声をかけて回りはじめるのだった。

それでも三葉は、なんとはなしに気付いていた。でも、この人、心を開いているわけじゃないんだよな。気取りなく、ざっくばらんに皆と接しているように見える彼女は、しかしどこかいつも冷めた目をしていて、その目はごく冷静に人を観察しているようにも映った。楽しそうに笑っていても、お腹の底から、笑ってるわけじゃない――。

だから三葉は、もしかしたら、と思うようになっていた。まさかとは思うけど……。もしかしたら、寿さんって……。

自分と似たような壁を感じて、つい思ってしまったというのもある。もしかして寿さんも、私と、同じ……？　だからあんなふうに、どこか一線を引いてるような気配が……？

ただしそれは、単なる勘違いだとすぐにわかってしまった。

寿さんという人は、美人で気も利く人だったから、以前からのお客さんや、取引先のお偉いさんなどに、しっかり口説かれていたようだ。けれど彼女は、今は恋愛はちょっと……と、どの誘いにも断りを入れていたらしい。なんでも過去に結婚に失敗したことがあり、しばらくはひとりでいたいというのが、彼女の言い分だったとのこと。どうも私、男の人を見る目だけは、圧倒的に欠落してるみたいなんですよねぇ……。

だから三葉は、少々肩透かしを食らったように思ってしまった。なんだ、寿さん……、私と同じじゃなかったんだ……。そうして小さく苦笑いしてしまった。って、ヘンなの、私ったら……。まるで何か、期待してたみたい――。

しばらくすると寿さんは、三葉のバレエ教室の発表会にも来てくれるようになった。昔、妹が習っててね……。そんなふうに寿さんは言って、小さな女の子たちが踊るのを、どこか懐かしそうに見詰めていた。

発表会の帰り道で、しみじみ言っていたこともあった。よその子って、ホントに小さな頃からバレエをはじめるのねぇ……。だからうちの妹、ついていけなかったのかも……。そう語りながら寿さんは、眩しそうに遠くを見詰めていたはずだ。もっと早くから通わせてあげてたら、ちょっとは違ってたのかしら……。

寿さんが初めて涙を見せたのも、おそらく妹さんのことがキッカケだった。ホームパーティーで、三葉がビーフストロガノフを振舞った時のことだ。

その日も寿さんは、父ともども社員たちをもてなし、かいがいしく料理を取り分け酒を注いで回っていた。だから彼女がビーフストロガノフを口にしたのは、社員たちが全員帰ってしまったのちのことで、その頃には父もかなり酔っぱらっていたらしく、酔いを冷ましたいと自室に戻ってしまっていた。

寿さんも少し酔っていたようだが、しかしお酒には強い人なので、いつもと変わった様子は特になかった。楽しくて料理を食べ損ねちゃった、と言う彼女に、だから三葉は少し余っていたビーフストロガノフを振舞ったのだった。

寿さんは最初、特にいつもと変わった様子もなく、三葉が差し出したビーフストロガノフを受け取った。まあ、おいしそう！　そんなことも、ちゃんと笑顔で言ってくれた。やっぱり三葉ちゃんは、料理上手ねぇ。

しかし寿さんは、ビーフストロガノフを口に運んですぐ、いつもは見せない、少しぎこちないような笑顔を浮かべたのだった。あ……、これ……。呟くように彼女は言って、しばらく手元のビーフストロガノフの皿を見詰め続けた。

そんな彼女を前に、三葉は不安になってしまって訊《たず》ねた。どうしました？　口に合いませんでしたか？　すると寿さんは、首を小さく横に振って、いつものような取り繕ったような笑顔に戻った。ううん。すっごくおいしい。そうしてもうひと口、スプーンですくって口に運ぶと、今度はゆっくり味わうように口を動かし、三葉に微笑みかけてきたのである。――これ、お野菜をいっぱい入れてるでしょ？

母に習った三葉のビーフストロガノフには、確かにたくさんのすりおろし野菜が使われていた。しかし、それを指摘されたのは初めてのことで、三葉は少し驚いて、寿さんの問いに応えてしまった。えっ？　どうしてわかったんですか……？

目を丸くする三葉を前に、寿さんはやはりにっこり笑ったはずだ。やっぱりねぇ。少し得意げに言いながら、けれどその目には、わずかばかりの動揺が滲《にじ》んでいるようにも見えた。そしてそんな自らの揺らぎを誤魔化《ごまか》すかのように、彼女は得々と言葉を続けたのだ。こういうのは、小さく刻んでよく炒めるのがコツよね。野菜の味や香りが、ちゃんと飛んじゃうように……って、栄養価も飛んじゃう気もするけど。それでも、野菜を全然食べないよりはねぇ……？

そんな寿さんに、三葉も応えた。うちは、すりおろすようにしてます。母がそうしてたんです。そうでもしないと、父が野菜を食べないからって。その言葉に、寿さんはまた笑った。ああ、そうだったの。社長らしいわね。受けて三葉も笑って頷いた。ホント。五歳児みたいって、母も言ってました。そうして付け足したのだ。

母は、父を想って、こういうビーフストロガノフにしてたみたいです。健康で長生きしてもらわなきゃ困るって。ずっと傍に、いて欲しいからって——。

嘘も誇張もなかった。それは単に、三葉が幼い頃から知り得ていた、ごく標準的な、夫への、家族への、思いだった。

母は、父のことが大好きだったので、手間はかかるけどそうしてたんだと思います。だから私も、そのレシピのままにしてるんです。すりおろし野菜は、母の父への、愛情みたいなものだったと思うので……。

寿さんが、キョトンと目を丸くしたのはその段だった。そんな彼女を前に、三葉はちょっとくさいことを言ってしまったかな、と気恥ずかしくなって、誤魔化し笑いをしてしまった。なーんて……。うちの親、愛情表現がちょっと過剰だったから……。

しかし寿さんは、笑わずに三葉をじっと見詰め続けた。そうして絞《しぼ》り出すような声で、訊いてきたのだ。愛情……？　それはとても頼りない、寄る辺ないような声だった。本当に、愛情、だったかしら……？

酔ってはいないと思っていたが、やはり少し酔いは回っていたのかもしれない。寿さんは目に涙を浮かべて、うわ言のように小さく言葉を続けたのだ。そう、思ってもらえてたかしら……？　本当は、嫌じゃなかった……？　好きでもない野菜を、こっそり食べさせられて――。押し付けだって、思ってなかった……？

だから三葉は、思わず訊いてしまった。寿さんも、誰かにそういうの、作ってあげてたんですか……？

すると彼女はハッとした様子で三葉を見て、すぐに涙を手で払い首を振った。ああ、ごめんなさいね。なんだかちょっと、酔っぱらっちゃったみたい……。私、こう見えてあんがい泣き上戸《じょうご》で……。

鼻をスンと一度だけいわせ、すぐにいつもの取り繕った笑顔を浮かべた寿さんを前に、三葉の胸はどういうわけかひどく締め付けられた。ああ、もうごめんなさい。すきっ腹にワインが効いたのかも。三葉ちゃんのビーフストロガノフ、ホントおいしいわ。もっともらってもいいかしら？　これ全部食べちゃっても、お代わりあったりする？

寿さんは矢継ぎ早にペラペラと話しはじめた。だから三葉は、虚を突かれたように思ってしまった。――もしかして、これが、寿さんの壁……？

彼女の第一印象は、黒鳥、オディールだった。堂々としていて迫力があって、そこはかとなくコケティッシュ。美人で頭が切れそうで、実際切れ者で仕事も出来る。でも案外気さくなところもあって、立場が下の人間にほど、下手に出るような傾向もあった。だからひそかに思いもしたのだ。すごくいい人そうだけど……。でも、何か、企んでいそうでもあるんだよなぁ。

けれどその企みは、ただの信念だったのかもしれないと気が付いた。弱みは決して人に見せないという、彼女なりの――。

もし寿さんが、母と同じような料理を作っていたのだとしたら、その相手は十中八九、妹さんだろうなと三葉は考えた。彼女がわずかばかり表情を崩すのは、いつも妹さんの話が出る時ばかりだった。それで、言ってしまったのだ。

――ちっとも、嫌じゃなかったと思いますよ？ 受けて寿さんは、またキョトンとした顔をしてしまったのだが、構わず三葉は言葉を続けた。

野菜の味に気付いてたかどうかはわからないけど、気付いてたとしても、絶対に嫌がったりしてなかったと思います。寿さんは目を丸くしたままだった。丸くしたまま、三葉の目をじっと見詰めていた。

だから三葉は、言い継いだ。伝わればいいと心から願いながら、告げるべきことを告げたのだ。だって、ちゃんとわかりますもん。それが、愛情だってことくらい――。絶対、絶対に、伝わってましたよ。

寿さんが、堰《せき》を切ったように泣き出したのはその瞬間だった。彼女は膝に顔を埋めるようにして、体を丸めしゃくりあげはじめた。必死で声を殺そうとしているのがわかったし、泣き顔を見られまいとしている様子も見て取れた。それでも溢れ出すものは止められないようで、丸めた背中を揺らしながら、彼女は嗚咽《おえつ》を漏らし続けた。

　何が彼女をそうさせているのか、三葉には判然としないままだった。彼女が流している涙が、悲しみによるものなのか、それとも逆のものなのか、あるいはまったく違う意味合いのものなのか。何も、何もわからないままだった。

　わかったのは、この状況下でも寿さんが、必死で声を殺そうとしている事実と、そんな彼女の様子を前に、自分の胸がひどく締め付けられているという実感だけで、だから三葉は寿さんに、思わず手を伸ばしてしまったのだった。

　大丈夫ですよ、寿さん。そんな言葉が、口をついて出てきた。大丈夫、ですから……。何が大丈夫なのか、自分にもよくわからなかった。それでも彼女を、どうにか励ましたくて言ってしまった。私がいますから。寿さんは、絶対に大丈夫です――。そうして、わずかに身を起こした彼女を、そのまま抱きしめてしまったのだ。

　思っていたより、肩が細くて驚いた。震えているのもよくわかった。オディールというより、矢に打たれたオデットのようだと思った。ひどい思い違いをしていたのだ。私は、この人のことを――。私だけじゃない。きっと皆、気付いていなかったはずだ。だって寿さんは、こんな姿を見せないように、努めて毅然と振舞い続けていた。

　強引なことをしている自覚はあった。こんな気持ちは、私の勝手でしかない。そんなふうにも、もちろん思った。こんなのは、押し付けでしかない。寿さんが、どう思うかもわからない。

それでも思わずにいられなかった。言わずにも、いられなかった。大丈夫です。私が、寿さんの傍にいますから――。

遠い昔、母は幸せそうに言っていた。三葉にも、きっと現れるわ。ママにとっての、パパみたいな人が。その人が傍にいてくれるだけで、なんだか大丈夫な気持ちになっちゃうのよ。まるで魔法みたいに。

その言葉の意味が、やっとわかったような気がしていた。私はやっぱり、パパとママの娘なんだな。ストンと腑に落ちるようにそう思った。だって私、かけたいもの。そんな魔法があるんなら、寿さんにかけてあげたい。

どんな寿さんだって、大丈夫だって思って欲しい。驚いた顔や、こんなふうに声をあげて泣くところ、寿さんが隠してきたこと全部、全部――。私の前なら、晒したって平気だってわかって欲しい。泣きじゃくる寿さんを前に、三葉ははっきりとそう思っていた。あなたを守りたい。笑顔にしたい。

ママが言ってた魔法って、きっとそういう気持ちのことだ。

「――魔法がどうとか言ってたあたり、情感たっぷりでマジ怖かったっつーか……、あ、いや……、鬼気迫るものがあったっつーか？　いや、鬼気……ではないのかな？　完全な女子っぷりで、引いたっつーか……。あ、いや、あの……、いい意味でね？　いい意味で、なんか……、凄かったです……」

三葉のビーフストロガノフを食べ、ぐったりしていた神に対し、遥太はそんな感想を漏らしてみせた。人が疲れ果てているというのに、怖かっただの引いただの、失礼な奴だと思いはしたが、しかし腹を立てるのも億劫《おっくう》なほど疲れ果てていたので、反論はしないでおいた。

「……あ、そう」

何より自分でも、完全に三葉の感情に体を乗っ取られていた実感があったため、遥太の感想がわからないでもなかったというのもある。つーか俺、終始裏声だったもんな……。その声で、パパだのママだの魔法だの……、俺でも引くんだから、遥太もそらまあ普通に引くわ……。

しみじみそう感じ入りながら、ちゃぶ台に突っ伏した神に、しかし遥太は引いたと言う割りに目を輝かせ、興味津々といった様子で問うてくる。

「つーか、なんで宗吾には、そんなに三葉ちゃんの過去が見えたの？　あの子、久藤のオッサンが帰って来るかもって気にしながら、大急ぎで料理してただろ？　だいぶソワソワしてたっつーか……。昔のことなんかに、思いを馳せてる感じじゃなかったのに……」

それで神は、突っ伏したまま応えたのだった。

「……単にお前が、表面的な感情に引きずられたってだけの話だよ。確かに三葉嬢は、オッサンの帰りを気にはしてたが、家出直前なだけあって、相当あれこれ考え込んではいたんだよ。もうほとんど、無意識のうちに――」

受けて遥太は、「そう、なの……？」と釈然としない表情を浮かべたが、三葉の想いにいいだけ引きずられていたのは他でもない遥太本人なので、そのあたりも含め神はこんこんと言ってやった。「そうなんだよ。だからお前、気付かない間に、三葉嬢に気持ちを乗っ取られてたんじゃねぇか。言っとくが、上っ面にしか気付けねぇから、そういう目に遭うんだぞ？　ちゃんと奥まで見ようとしねぇから……」

そんな神の物言いに、しかし遥太は、納得のいかない表情を浮かべたままだった。「奥までって……。そんな技術的なこと言われても……」ただし神も、疲れていたので少々対応が荒くなった。「お前、バカみてぇに他人の手料理食ってんだったら、そのくらいの要領さっさと摑めや。それなりに意識すりゃあ、深いとこまで潜《もぐ》り込めんだから――」

ただし言いながら、深いところまで潜る……？　と自らの言葉に少々の引っ掛かりを覚えてもいた。なんだ？　その言い回し――。しかし言われた遥太のほうは、特に気にした様子もなく、むしろ嬉々として訊いてきた。

「ってことは、宗吾、わかったの？　深いとこまで……。俺が見落としてたこととか、やっぱなんか見えた感じ？」

だから神は、自らのなかの違和感を振り払い、遥太の問いに応えたのだった。

「――ああ、まあな……」

嘘ではなかった。神はおそらく遥太よりはるかに、つぶさに寿さんを観察したはずだった。何せ三葉は、出会ったその瞬間から、ずっと寿さんを目で追っていたのだ。

三葉自身、どの程度自覚していたのかわからない。ただ客観的に見てしまえば、あれはほとんどひと目惚れだった。どうせ無理だからと諦めて、自らの気持ちに蓋をするクセがある三葉には、さほど自覚出来ていなかったのかもしれないが、それでも彼女は何かにつけ、寿さんを意識してしまっていた。

彼女は本当によく寿さんを見ていた。たとえば、寿さんの手首にあったという傷にだって、三葉はちゃんと気付いていた。あるいは、寿さんがのんでいたという薬のことも、彼女が所持していたはずの、西崎ゆみかの生徒手帳の存在だって、三葉はちゃんと知り得ていた。

「…………」

その上で彼女は、寿さんと駆け落ちすることを選んだのだ。

「……とりあえず、久藤のオッサンに連絡入れといてくんねぇか？　明日三葉嬢のことで話したいことがあるって」

神が遥太にそう告げると、彼は、「おう！」と素直に頷いて、そのままパンツのポケットからスマホを取り出した。そうしてメッセージを打とうとしはじめたのである。「明日のいつにする？　朝？　それとも開店後に店に来てもらう？」

瞬間、遥太の手のなかのスマホが鳴りはじめた。おかげで遥太は、「うおっ！」と驚いたような声をあげる。無論、神も眉をひそめた。音が鳴り続けていることからして、メッセージではなく電話がかかってきているようだ。こんな夜中に、いったい誰が……？　神としては嫌な予感が当然のように過ぎってしまった。

遥太はスマホに目を落としたまま、「オッサンからだわ」と神に告げ、そのまま電話に出てしまう。「はいはい、俺だけど。ん？　何？　はっ？　ちょっと、何言ってんのかわかんないんだけど……」

スマホを耳に当てながら、怪訝そうに首を傾げる遥太を横目に、神はちゃぶ台に突っ伏した姿勢のまま、先ほどまで見ていた三葉の世界を思い出す。

「…………」

彼女の目から見えた世界は、ごく鮮やかで美しいものだった。遥太がまるで無自覚なま、彼女の想いに引きずられても、さして不思議ではないほどに、穏やかで温かで、濁りのない澄んだ世界だった。

美しさというのはそういうものだ。知らぬ間に人を魅了してしまう。あるいは分不相応だとわかっていても、無性に手を伸ばしてしまいたくなる。もしくは、泥のなかにいるからこそ、美しいものに焦がれるという側面だってあるのかもしれない。

だから、ニセブキのヤツも――。

遥太の叫び声が耳に届いたのは、そんなことをぼんやり考えていた最中のことだった。

「――はあっ？　事故って、三葉ちゃんがっ⁉」

そうして遥太は、しばらくスマホからの声に耳を傾け、すぐに神にも告げてきた。

「三葉ちゃんが事故に遭って、救急搬送されたって！　意識不明の重態だって……」

強い風が、体のなかを吹き抜けていくようだった。

「……もしかしたら、寿さんがやったのかもしれないって……」

四品目

チキンマカロニグラタン

遥太は嘘に対して寛容だ。大袈裟《おおげさ》に話を盛られても、へえ、と思う程度だし、事実を偽った形で伝えられても、自分にさして害がない場合は、へぇえ、と納得したていで受け流してしまう。隠し事も誤魔化しも同様だ。んだよ、イチイチめんどくせぇな、と思うことはあっても、本気で腹を立てるようなことは、まず、ない。

ただしそれは、彼の器が大きいから、というわけではない。懐が深い、あるいは慈愛の精神に満ちている、というのとも違う。ただ単に、人とはそういうものだと思っているだけの話だ。人は誰しも、大なり小なり嘘を口にしながら生きている。違いがあるとすれば、そのことに自覚があるかどうかで、人が主観で物事を語る以上、何かしら実際との差異は生じてしまうものだろう。他人の手料理をそれなりに食べ、人の思念をそれなりに盗み見てきた遥太の、それが心象であり定見だった。悪人だって善人だって嘘はつく。嘘の種類は様々だが、それでも嘘は嘘だろう。人がひとたび口を開けば、そこに多少なり嘘が含まれる。そして遥太には、そんな嘘に守られてきたという、実感にも似た思いもあったのだった。

自分の生い立ちが、他の子どもたちのそれと、どうも違っているようだと、遥太は割りに早い段階で察していた。確か、小学校に上がる前だったはずだと、彼自身自覚している。その頃にはもう、父や母がいない自分のうちは、普通の家とは違うとわかっていたし、自分を育ててくれているじいちゃんやばあちゃんが、おそらく本当の祖父母でないことにも、薄々ながら気付いていた。

もらわれっ子。里親。養子。そんな単語の数々が、頭の上を不躾《ぶしつけ》に過ぎっていたせいもある。ったく、どこの誰が父親かもわからんようなガキをよ……。ジイさんも変わり者で弱るわ。あのガキがなんかしでかしたら、誰が責任取るんよ？　言葉の意味はわからずとも、不穏な空気を感じるには、十分な環境だったとも言えよう。ジイさんたちが死んだらどうなるんや？　ひとり息子は、もうずっと東京やろ？

遥太が自らの正確な生い立ちを知ったのは、くだんの特殊能力を身に付けたのちのことだ。他人の、あるいはばあちゃんの手料理を食べるうち、否が応でも真相がわかってしまった。そうして幼い頃からの違和感に、次々と合点がいったのだ。ああ、そういうことか。なるほど……、だから……。だからうちは……。だから、俺は――。

しかし、じいちゃんとばあちゃんは、遥太に真実を語りはしなかった。彼らは遥太のことを、うちの子だと断言していたし、自分たちについては、遥太の祖父母だと言ってはばからなかった。狭い田舎町にあって、人の口に戸は立てられないと、ふたりとも諦めていた部分はあったようだが、それでも彼ら――特にじいちゃん――は、外野の意見は一切受け付けないという強引なスタイルでもって、堂々と嘘を貫《つらぬ》き続けた。ゴチャゴチャうるせぇわ！　遥太はうちの子や！　文句があるヤツはかかってこい！　四の五の言うのは、俺を倒してからぞ！

　優しさなのはわかっていた。それは確かに、自分を思っての嘘だった。ふたりの心の奥底に、迷いやわだかまりが皆無だったわけではない。それでも彼らが、どうにか自分を守ろうとしてくれていることは、遥太にもよくよく伝わっていた。だから彼はその嘘に、無邪気を装い乗り続けたのだ。

　狸寝入《たぬきねい》りや聞こえないふり、気付かないふりは、その頃に体得した彼の十八番《おはこ》とも言える。作り笑いだってそうだ。整った顔立ちが幸いしてか、ひとたび彼がニッコリと微笑めば、厄介ごとの二割程度はなし崩し的に解決すると理解もしていた。とどのつまり遥太だって、いい悪いは別として、それなりに嘘をつきながら生きてきたのである。白いものを黒だと言ったり、嫌いなものを無関心でやり過ごしたりもしてきた。

　だからメギツネとの邂逅でも、さして腹が立たなかったのかもしれない。騙されたとわかっても、ケガしてなかったんならまあいいか、とすんなり思ってしまったし、それが子どもを守るための行動だったのかもしれないと言われたあとなどは、むしろひそかに気を揉んだほどだった。大丈夫かな、アイツ……。もし子どもがおったんなら、無事に巣に帰れたやろか……？

　幼い頃から、遥太はじいちゃんに教えられていた。山のなかには、食物連鎖というものがある。捕食者は被食者を食べ、その捕食者も、場合によってはさらに強い者に捕食される。捕食者が悪で、被食者が善であるなどという図式はもちろんない。そこには単に、駆け引きがあって勝負があって、死があって、それによって生かされる命がある。ただそれだけの話で、だからあのメギツネが、誰かに殺されようが子どもを失おうが、それは仕方のない話なのだと、幼いなりに理解はしていた。

しかしそれでも、やはり気にはなったのだった。

気付けば遥太は、メギツネやその子どもらの身を案じてしまっていた。仮にメギツネやその子どもたちが命を落としていたとしても、そのおかげで生かされるまた別の命もある。それなのに、俺は――。だから少しモヤモヤして、じいちゃんに訊いてしまったのだった。あんな、じいちゃん。俺、ヘンなんかな？　なんでか俺、メギツネのことばっか、考えてしまうんやけど……。

するとじいちゃんは、目を丸くして眉毛をあげた。ははあ、あのメギツネをなぁ……。それはそうして何か考え込むように、ぎゅーっと首を傾げてみせたのだ。うむ……。

……、どうなんやろなぁ……？

ただし、答えに窮しているというふうではなかった。むしろ少し楽しそうに、遥太の顔をのぞき込んでいたような記憶すらある。袖触れ合うも他生の縁っちゅう言葉もあるくらいやでなぁ。縁があったもんを思うのは、自然なことなんかもしれん。けど、正しいかどうかは……。うーん……、見当がつかんところやなぁ……。

言い淀《よど》みながらもじいちゃんは、やはり面白そうに口の端を持ち上げていた。――けど、そうやって悩むことは、あながち間違ってはおらんはずやで？

もしかしたらあれは、わざと言葉を濁していただけなのかもしれない。何せ彼の灰色がかった目は、ちゃんと真っ直ぐに遥太を見詰めていたのだ。そやで、それでええんやわ、遥太。お前は、ようけ考えれ。そう語る彼の目に、迷いの色は少しもなかった。

悩めばええ。それはあんまり、無駄にはならんはずやで。

＊　＊　＊

三葉が搬送されたのは、小田原《おだわら》の救急病院だとのことだった。久藤氏の話によれば、彼女は小田原に程近い箱根《はこね》の山中で自動車事故を起こし、一命は取り止めたものの、いまだ絶対安静の状態が続いているとのこと。そんな娘の一大事について、久藤氏はひどく憔《しょう》悴《すい》しきった様子でもって、電話口の遥太に告げてきた。

「命に別状はないって話なんだけど……。それでも、ひどい怪我で……。しかもその事故……。もしかしたら、寿くんの仕業かもしれなくて――」

久藤氏がそう思い至ったのは、警察の説明があったからのようだ。

「三葉が運転してた車、ブレーキホースが切られてたそうなんだよ……。切り口からして、おそらく故意にやったものだろうって、警察の人から言われた。それで、三葉に恨みを持ってる人間はいないかって、訊かれてしまって……」

ただし警察の質問に対し、久藤氏は、いない、と答えたとのこと。事実、彼には、娘に恨みを抱いている人間になど、心当たりがなかったからだ。

「だから、いないって言ったんだけど――」

しかし、三葉の命を、もとい、三葉の名前を奪おうとしているかもしれない人物については、遺憾ながら覚えがあった。それで遥太に打ち明けてきたのである。警察には伝えられずとも、遥太には言わずにいられなかったのだろう。「やっぱり、事故の状況からして、寿くんがやったのかもしれないって気が……」、さすがにしてきてしまったというか……」

久藤氏が言うことには、事故は三葉が借りていた貸別荘のすぐそばで起きたらしい。

「山のなかに、ポツンとある別荘だそうでね……。目の前が駐車場になってて、そこを出たら、すぐ山道なんだそうだ。三葉は、その駐車場を車で飛び出して――。山道を横切るような形で、向こう側のガードレールに突っ込んでしまったらしい。ブレーキが利かなくて、そうなったんだろうって……」

そうして彼女は、車もろともガードレールを突き破り、暗い山肌を転がり落ちていくこととなったのだ。

ただし、運がよかったというべきか、山中であったことが幸いし、自動車は山肌に生えていた木々に食い止められる形で、谷底までの転落はまぬがれた。しかも駐車場を出てすぐの転落だったため、スピードもそれほどは出ておらず、そのことが三葉の命を救った理由だろうと、警察は久藤氏に説明してきたそうだ。

「三葉、運転にはまったく不慣れでね。ブレーキが利かないことに気付いても、なんの対応も出来なかったんだと思う。それで、目の前のガードレールに、真っ直ぐ突っ込んでいったんじゃないかと……」

しかし、もしそこで上手くハンドル操作を行えていたら、事態は大きく変わったかもしれない。それが地元警察の見立てだった。

「それ聞いて、なんか……。俺、もう……」

別荘前の山道には、割りに急な傾斜があり、ブレーキが故障した状態で走りだせば、スピードはおのずと加速してしまう。しかも道の先にはいくつも崖があって、猛スピードでそちらに突っ込めば、まず間違いなく命は失われていただろうと、やや言葉を濁しながらも、警察は久藤氏に伝えてきたそうだ。だから久藤氏としても、言葉を失くすよりなかったのだという。

「だって、それが本当ならさ……。ブレーキホースを切った人間には、明白な殺意があったってことだろう?」

そこまで言って久藤氏は、しばし黙り込んでしまった。おそらく彼自身も、相当なダメージを受けているのだろう。その後に続いた言葉も、明らかに弱々しく、少し震えて聞こえてくるほどだった。

「俺には、よくわからなくなってきた……。やったのは、やっぱり寿くんなのかな……? 彼女だったとしたら、どうして……? あんなに一緒にいたのに……。それこそ、家族みたいに……。三葉にしたって、本当に、寿くんのこと――」

だから遥太は、ひとまず久藤氏を励ますような言葉を掛けねばと口を開いた。「あのさ……」先に続く言葉はまだ思い付いていなかったが、それでも何か言うべきだろうと思ったのだ。「なんつーか、その……」しかし、遥太が励ましを思い付くより先に、神が動いた。彼は遥太の手元から、サッとスマホを奪い取ったのである。

それで遥太は、「へっ?」と間の抜けたような声をあげてしまったのだが、しかし神は遥太のことなどまるで気にする様子もなく、奪い取ったスマホをスピーカー通話にして、さっさと話しはじめてしまった。

「――おお、オッサン。俺だ、神宗吾。落ち込んでるトコ悪いが、いくつか質問させてもらっていいか? こっちも急いでてな。オッサンの感傷に、付き合ってる暇がねぇんだわ」

そんな神のぞんざいな物言いに、電話の向こうの久藤氏もやや虚を突かれた様子で応えてくる。「え? あ、ああ……。別に、いいけど……」すると神は小さく息をつき、まくしたてるように訊きだした。

「三葉嬢は、その貸別荘とやらで誰と暮らしてたかわかるか? ひとりでいたのか? それとも、やっぱニセブキと一緒だった? あるいは、また別の誰かがいたとか?」

受けて久藤氏は、やや神妙に答えていく。

「いや……。寿くんと、ふたりで生活していたようだよ。別荘を借りたのも、ちょうど駆け落ちした時期と一致するし……」

するとと神は、少々気をよくした様子で眉をあげた。「ほお。そりゃまた詳細な情報だな。誰の証言だよ?」いっぽうの久藤氏は、どちらかと言えば少々強張った声のままだった。「警察の人から聞いた……。別荘のオーナーさんが、建物の近くに住んでるらしくてね。警察に色々と情報提供してくれたそうだよ。事故の通報をしてくれたのも、その人なんだって。だから俺にも、すぐに連絡がついたらしい」

そんな久藤氏の返答を前に、神は「ふうん……」と何やら思案するような表情を浮かべつつ、さらに質問を重ねていく。「——で、ニセブキは、今どこにいる?」受けて久藤氏も、ごく真面目に答え続ける。「それが、わからないんだ。とりあえず、別荘にはいない。警察がもう調べたみたいだから間違いない」「へえ、そう。んじゃ、ニセブキが最後に目撃されたのは、いつかわかる?」「ハッキリとは言えないけど……。オーナーの人が、昨日スーパーで、買い物してるふたりと挨拶したって言ってたらしいから……。今のところ、それが最後の目撃証言になるんじゃないかな?」「なるほど。じゃあ、少なくとも昨日の段階では、ニセブキも三葉嬢と一緒だったってことか」「ああ、多分……。そういうことになるね」

その段で神は、「フン……」とひとつ鼻を鳴らした。そうして思案顔のまま、にわかに後ろを振り返ったのだ。おそらく時計の針を確認したのだろう。彼は顔を正面に戻すと、遥太にスマホを投げ返し、どこか腹を決めたように言いだした。

「じゃあ、これから俺たち、その別荘に向かうから。オッサンは、そっちの手はずを整えといてくれ」

迷いのない神の口ぶりに、しかし久藤氏は戸惑った様子で応える。「――えっ？　向かうって、これからこっちにかい？」無理もない。何せ時計の針は、午前二時を回ったところだったのだ。しかし神は松葉杖を手に取り立ち上がると、首を鳴らしながら言ってのけた。

「そうだよ。これから行くんだよ。だから手はずを整えといてくれっつってんじゃねぇか。たとえば別荘の鍵を開けとくとか、俺らが侵入しても通報しないようにオーナーに連絡入れとくとか――」

そうして神は、ポカンとしていた遥太にも、松葉杖で小突くようにしてせっついてきたのだった。

「ほら、お前も。ぼさーっとしてねぇで、さっさと出掛ける準備しろや」言いながら彼は松葉杖を脇に挟み、そのまま玄関へと向かいはじめる。「今の時間帯なら、小田原くらい一時間で着く。そこから箱根なら、多く見積もっても、明け方前にはその別荘とやらに着くはずだ。夜が明けたら、警察も本格的に動き出すだろうから、暗いうちにちゃっちゃとやっちまうぞ」

先を進む神の背中に、遥太は戸惑いつつで訊いてしまう。「へっ？　ちゃっちゃとって、何を……？」何せ遥太には、神の真意がいまひとつ摑めないままだったのだ。「箱根まで行って、何する気だよ？」

すると神は足を止め、ふっと遥太を振り返った。そうして、なぜわからんのだ？　と呆れかえったような表情でもって告げてきたのである。

「——決まってんだろ？」

その口ぶりには、覚えがあった。

「食うべきもんを、食いに行くんだよ」

まるでいつもの遥太のように、神はキッパリ言い切ったのだった。


神が三葉のビーフストロガノフについて語りはじめたのは、環七を走り出してすぐのことだった。

真夜中だというのに明るい大通りを、なかなかに荒っぽく運転していく神に対し、「もう少しスピード落としてもよくね？」と遥太が内心ひやひやしつつ声をかけると、神は前を向いたまま、吐き捨てるように応えてみせた。「うっせぇよ。一応緊急事態なんだから、四《し》の五《ご》の真っ当なこと言ってくんなっつーの」

それで遥太が、「へ？　今って緊急なの？」と身を乗り出すと、神はハンドルを指でイライラと叩きながら返してきた。「どう見ても緊急だろうがよ。んなこともわかんねぇのか、お前は——」だから遥太は、「もしかして、三葉ちゃんのビーフストロガノフ食ってそうなってんの？」と水を向けたのである。「まさか、さっきイタコで話した以上のことがわかったってこと?」

するとあっさり神は認めた。「そうだよ」そうして黄色信号を前に、さらにアクセルを踏み言ってのけたのだ。「言っとくが、イタコが俺の食視のすべてじゃねぇからな。それ以外にも見えたことくらい、まだまだいくらもあるっつーの」

おかげで遥太は、は? ショクシって何……? とひそかに首をひねってしまったのだが、しかし今は、神が見たというもののほうを優先すべきだろうと、敢えてそこは受け流した。その上でさらに訊いたのだ。「なんだよ? 他に何が見えたの? つーか宗吾、イタコ状態でも、だいぶ細かいとこまで喋ってた気がするけど……」

すると神はフッと小バカにしたように鼻で笑い、「まあ、お前の基準だったらな?」と上から目線で言ってきたのだった。「お前は、表面的な感情に引きずられちまうから、本質が見えてこないんだよ。一応、感じてはいるんだろうが……。しかし、具体的なもんがまるで見えてない。ああいう場合は、奥に潜り込むんだよ。意識的に、表層的な感情の壁の奥に滑り込むようにして──」

ただし、すぐに自分でも余計なことを口にしていると気付いたのか、咳払いをして話をもとに戻した。「──と、まあ、それは別にいいとして……。俺が、何を見たかっつーとだな……」

神の話によると、彼は三葉の過去を追体験していくなかで、いくつかの短い印象的なシーンを、断片的に見たのだという。

「つっても、ほとんどは他愛もないもんだったけどな。ガキの頃、久藤のオッサンの実家の犬に飛びかかられたこととか、小学校のリレーですっころんだ瞬間とか……」

なんでも神には、イタコになっているその最中にも、時おり作り手の記憶の断片が交ざり込むらしい。

「記憶なんてもんは、経験の断片の集合体だからな。思い出すにしても、その断片を引きずりだして、都合よく繋ぎ合わせてるだけだから、余計なもんは切り捨てられんだよ。イタコの最中に見えてくんのは、多分その捨てられたほうの断片なんだろ」

そんなふうに神は説明して、目にした断片についてさらに言及してみせた。

「バレンタインの思い出もあったぜ？　はしゃぐ女子たちを遠巻きに見てたり――。好きな女の子が、男にチョコ渡すの見て、グッて奥歯嚙みしめたりもしてたわ」

もちろん、大人になってからのものも多かったようだ。「見たくはなかったけど、風呂上りにパンイチでうろつく久藤のオッサンとかな。バレエ教室のガキに、ラブレターもらったりもしてた。教室のそばの花屋の男にも声掛けられてたり――」

そしてもちろん、寿さんに関する断片も多く見えたという。

「ニセブキのヤツ、なんでも出来そうな顔してるクセに、実は口笛が吹けないんだわ。どう頑張っても、フーッてただ息吐き出すだけになっちまうの。スキップも苦手だった。やろうとすると、ただのジャンプになっちまって、ほとんど前に進めねぇんだわ。

あと、松平健《まつだいらけん》のファンなのな。ガキの頃、時代劇の再放送でドハマりしたんだってよ。身分を偽った偉い人が、無辜《むこ》の民を助けるところがたまんねぇとかで。若い頃のマツケンは、うっとりするほど美形だったとも力説してたわ。それで三葉嬢、内心ガッカリしてた。なーんだ、寿さん、普通に男の人が好きなんだぁって——」

そこまで話して、神はまた自分がイタコ状態になりつつあることに気付いたのか、ハッと口をつぐみ肩をすくめた。「と、まあ……。ニセブキのことは、特にたくさん見えたよ。つまり三葉嬢が、よくよくニセブキを見てたってことなんだろうけど——」

そんな神の語りを前に、しかし遥太はひそかに肝を冷やしていた。宗吾のヤツ……。そんな細かいことまで見えちまうのかよ……。そう思わずにいられなかったからだ。たかがビーフストロガノフを二、三口食っただけで……。ちょっと……、いや、だいぶかなり、見え過ぎじゃね？

それで戦々恐々としていると、神も神で妙にしかつめらしい表情を浮かべ、やっと本題に言及しはじめた。

「……で、そのなかで、どうも引っかかったことがあってな」

受けて遥太が、「——ん？　何だよ？」とやおら前のめりになって訊くと、神は少々もったいぶった様子で遥太を一瞥し、また前を向き直した。そうしてやっと明かしてみせたのだ。

「……例の、生徒手帳だよ」

ただし遥太には、なんのことか判然とせず、「は？」と首を傾げてしまったのだが

――。「例のって……？　なんの例……？」

　すると神は顔をしかめ、「ったく、これだからバカは……」とひどく呆れたように言ってみせた。「久藤のオッサンが、福岡でニセブキの元同僚に会ってきただろうが？　ニセブキを嫌ってたっつー女に――」

　遥太が、パン！　と手を叩いたのはその段だ。「ああ！　思いだした！　中洲のホステス時代の！　医者の嫁だろ？　確か、寿さんのバッグのなかを、見たとかなんとかって言ってた……」記憶の糸を手繰《たぐ》るように言う遥太に、神もパチンと指を鳴らす。「ああ、それ。その女が言ってたんだよ。バッグのなかに、西崎ゆみかの生徒手帳が入ってたって」受けて遥太もさらに頷く。「そうだった、そうだった！　それで、高校がある地域がわかって、本当のゆみかさんにたどり着いたんだもんな？」

　そんな遥太の発言に、しかし神はスンとした表情を浮かべ、「ああ」と素っ気なく頷く。そうして前を向いたまま、淡々と言い継いでいったのだった。「その生徒手帳を、ニセブキはまだ所持してたんだ。自分の部屋の引き出しのなかに、後生大事に仕舞ってた。そんで三葉嬢は、偶然にもそれを見つけちまった」

　だから遥太も、思わず声を落として訊いたのだ。「え……？　じゃあ、もしかして三葉ちゃんにも、寿さんが偽名だってバレてたってこと？」しかし神は首を振り、「まさか」とその可能性については言下に否定した。「他人の生徒手帳を持ってたところで、そこまで思い至るわけねぇだろうよ」

どうやらそれは、三葉の心のうちをたっぷり見てきた彼の実感でもあるようだった。

「三葉嬢としては、単にちょっと不思議に思った程度だった。なんで寿さん、他人の生徒手帳なんて持ってるのかしらー？　って……。けど、私物を見ちまったバツの悪さも手伝って、深く考えることもなく、そのまま引き出しのなかに戻しちまったんだわ。多少の違和感はあったが、そこには蓋をしちまった。だから、余計印象に残ってて、俺にもその断片が見えてきたんだろうけど……」

そんな神の説明に、遥太は、「ああ、なるほど……」と納得しつつ、またも首を傾げてしまう。「つーか、なんで寿さん、生徒手帳持ったままだったんだろ？　もう寿理衣砂になったんだから、ゆみかさんの身分証なんて、必要なくね？」

受けて神は大きく息をつき、力ない声で返してきた。「必要ないどころじゃねぇよ。西崎ゆみか名義の生徒手帳は、下手したら自分が偽名を騙ってる証拠にもなり得るからな。そんな危険なものを、わざわざ手元に残しとくなんて――」だから遥太も、深く頷き言ってしまった。「――確かに。捨て忘れたのかな？　寿さんにしては、ずいぶんなうっかりミスみたいな気もするけど……」

そんな遥太の反応を前に、神はさらに息をつき、盛大に舌打ちをしてみせる。「ったく、お前は……。うっかりミスなわけねぇだろ。あの抜け目のない女が、そんな下手打つわけがねぇっつーの」そうして彼は、いやに断定的に言い足したのだ。「あの手帳を手元に置いといたのには、何かしらの理由があったと考えるのが妥当だ。ニセブキは、あれを捨てられなかった。危険を承知で、それでも手元に残しておきたい理由が、おそらくアイツにはあったんだよ」

どこか張り詰めたような神の声に、だから遥太も少々困惑気味に訊いてしまう。「え……？　何だよ？　もしかして、宗吾には思い当たるふしでもあんの？」しかし神は、そんな遥太の問いかけを、サラッと無視して話題を変えてみせた。

「――もうひとつの引っ掛かりは、ニセブキの手首のためらい傷だな。そっちのことは覚えてるか？」

質問に答えず、堂々と次の話に入ろうとする神を前に、もちろん遥太は虚を突かれ、「は？」と顔をしかめてしまう。しかも質問に対し、質問返しときた。

だが神のほうは、まったく悪びれた様子もなく、遥太の記憶力を試すような視線を送ってくる。「は？　じゃねぇよ。手首にあった傷痕《きずあと》だよ。そっちも覚えてねぇのかよ？」それで遥太は仕方なく、神に話を合わせたのだった。

「そっちのことは、覚えてるよ」何せ三葉のビーフストロガノフで、多くを見たのは神のほうなのだ。彼のほうにより多くの情報がある以上、会話の主導権は譲らざるを得ない。「銀座のホステスさんたちが言ってたヤツだろ？　寿さんの手首に、リストカットの痕があったとかなんとかって……」

すると神は、はじめて満足そうに頷いてみせた。「正解」そうして彼は、左手をハンドルから放し、助手席の遥太へと向けてきたのである。

「傷痕は、三葉嬢にもちゃんと見えてた。ただし、薄《う》っすらとしか見えなかったから、傷自体はもうずいぶん昔のもんなんだろうなって感じではあったわ。薄く太めの擦過傷痕《さっかしょうこん》が、ぐるっと線を引いたように両手首に残ってた」

遥太が引っ掛かりを覚えたのはその段だ。「ん？　サッカショウって……？」つまり彼は、言葉の意味がわからず呟いてしまったのだ。「何かの、症状的なこと……？」あとは、両手首という表現にも違和感を覚えた。「つーか、両方の手首にリスカの痕って、ちょっとヘンじゃね？　普通、リスカって……」

受けて神は左手をハンドルに戻し、小さく息をつき首を振った。

「ああ、確かにヘンな話だ。リストカットの痕なら、片方の手首で充分だからな。それに、傷痕が擦過傷じみてるのもおかしい。擦過傷っつーのは擦り傷のことで、刃物で手首を切り付けて出来るような傷痕じゃねぇからよ」

そんな神の説明に、遥太はひとり納得する。ああ、サッカショウって、そういう傷のことか……。そんな遥太を前に、神もやや得々と説明を続ける。

「俺が見たとこ、あれは結束バンドかなんかで縛られて出来た感じの傷痕だったわ。外《はず》そうとして食い込んで傷になったか、縛られたまま相当動いて、バンドが手首に食い込んじまったのか——。なんにせよ、長期間にわたって拘束されてた可能性がある。一日二日の拘束じゃ、あそこまでの傷痕は残らんだろうから……」

神は淡々と語ってみせていたが、しかしその内容は、率直に言って物騒この上ないものだった。それで遥太は、「ん、んん？　えーっと……？」と困惑し目をしばたたいてしまったのだ。「拘束って……？　それって、どういう……？」しかし神のほうは、冷静なまま言ってのけた。

「多分だけどニセブキのヤツ、監禁されてたことがあるんじゃねぇかな」

ただし、遥太のほうは冷静でなどいられず、思わず身を乗り出し叫んでしまった。「なっ？　何それっ？　監禁って……っ⁉」すると神は、肩をすくめて応えてみせた。「な？　車のスピードも出ちまうってもんだろ？」

そんな神の言い分に、遥太は理解が追い付かず、にわかに茫然《ぼうぜん》としてしまう。「は、はあ……」しかしいっぽうの神は、畳みかけるように続けたのだった。

「――もしかしたら、ブレーキホースを切った犯人の狙いは、ニセブキの方だったのかもしれん。人の恨みを買ってない三葉嬢が狙われるより、監禁されていた過去があるニセブキが狙われたってほうが、色々と合点もいくだろ？」

神の推理に、遥太は思わず息をのむ。神も神で、淡々と話してはいるものの、車のスピードは相当なままだ。

「……だから早く、ニセブキを見つけねぇとなんだよ」

気付くと高速は、もう目の前だった。

久藤氏から教えられた別荘の住所を車のナビに入れ、言われるがままに道を進んで行くと、小田原のインターチェンジには思っていたよりも早く到着した。ただし問題はそこからで、ナビに従いインターを降りて少し進むと、すぐに鬱蒼《うっそう》とした山のなかへ入っていくこととなった。

街灯はほとんどなく、当然ながら道はひどく暗い。ヘッドライトをハイビームに切り替えても、ほんの少し先の道の様子しか判然としない程度。まるで真っ暗な洞穴のなかを進んでいるような悪路で、神も思うようにスピードが出せないらしく、ずいぶんとイライラを募らせているようだった。「ったく、なんなんだよ、このクソ道は……」

カーナビがごく平坦な声で、「目的地周辺です」と言いだしたのは、高速を降り一時間ほどした頃のことだ。車の時計はすでに三時四十分を示していて、見越していた時間より相当時間がかかったことが、険しい神の横顔からもよく伝わってきた。

「周囲の状況を確認してから、車を停止させてください」ナビの声に従うように、神はワゴンを減速させ徐行で前へと進みはじめる。「久藤のオッサンの言ってた住所が間違ってなきゃ、多分このはずなんだが……」すると道の少し先に、いくつかの赤いカラーコーンが見えてきた。

「あ、宗吾、あれ……！」

カラーコーンは、車道の左側に続いているガードレールの一部を囲むようにして、整然と並べられていた。よくよく目を凝らして見てみると、コーンが囲んだガードレールの一帯は、何かに突き破られたように分断してしまっている。それで遥太にも、すぐに察することが出来たのだった。おそらくこの場所が、三葉が車で突っ込んだという事故現場なのだろう。

「……って、ことは？」

言いながら遥太は、右側の暗闇に目を凝らす。久藤氏の説明が確かなら、向こうが駐車場になっているはずだったからだ。そう理解しているのは神も同じようで、彼もゆっくりと車を徐行させせながら、チラチラ窓の外に目を向けていた。

カラーコーンの前に差し掛かると、神は慎重に車を右折させる。するとすぐそこに、駐車場のような広い空間と、その先の一軒家がヘッドライトに映しだされた。建物は洋風の洒落た平屋で、ウッドデッキに続く窓がごく大きい。古民家といった類いのものではなく、別荘として近年建てられたもののようだ。これが、三葉と寿さんが暮らしていた別荘で、おそらく間違いない。

神が車を停止させ、そのままライトの明かりを消すと、ギョッとするほど目の前が真っ暗になった。それで遥太がスマホのライトで神の足元を照らし、別荘へと急ぎ進んだのだ。松葉杖の神は、だいぶ暗い道に難儀していた。「おい、ちゃんと照らせって！」「うっせぇな！　いいから俺の背中摑めよ！」ちなみに玄関の鍵は開いていなかったが、神の特技によりあっさり開錠された。芸は身を助けるというべきか――。

「ごめんくださーい。失礼しまーす」

玄関に足を踏み入れてすぐ、遥太は一応そう声をかけたが、しかし神は無言のまま、片方だけ靴を脱ぎ捨てると、松葉杖も玄関脇に投げ置いて、そのまま片足で別荘のなかへと向かってしまった。彼の行動はごく素早く、遥太が靴を脱ごうとしている段階で、玄関に明かりが灯されたほどだ。室内へと続く廊下のほうも、同じくすぐにパッと明るくなる。

「ちょ、待てよ！　宗吾……」遥太がそう声をかけるも、神は猛然と部屋のなかへと入っていってしまう。そうして遥太があとを追い、急ぎリビングに足を踏み入れた頃には、すでに彼の姿はなくなっていた。どうも神は、扉のない開口部に続くダイニングのほうに、真っ先に向かってしまったようだ。それで遥太は、ひとり室内を見渡したのだった。

「………」

リビングはごく広く、ウッドデッキに続く大きな窓と、それを縁取ったような白い壁が印象的な作りとなっていた。天井は高く、フローリングの床も、上等な木を使っているように見受けられる。

大きな窓に臨むように、やはり大きな三人掛けのソファと、一人掛けのソファが二脚、ローテーブルをコの字型で囲むよう置かれている。左手の壁際には薪《まき》ストーブが設置されていて、近づくとまだぼんやりと温かかった。

窓の脇にテレビもあったが、リモコンはテレビ台のガラス棚のなかに仕舞われていたから、おそらく彼女らが主に見ていたのは、窓からの景色や、あるいはストーブの炎だったのだろうと遥太は当たりをつけた。特にあの大きな窓は、外の景色を見るために、設計されているように感じられる。ウッドデッキで育てた草花や、その向こうに見える山や空を眺めるには、きっとうってつけの場所のはずだ。

ストーブの脇には黒い鉄製のスタンドが置かれていて、その先には四角い網の箱のようなものが吊《つ》るされていた。顔を近づけてよく見ると、網箱のなかには干からびたような野菜や野草が入っていて、だから遥太は、ああ……、とすぐに理解した。干し野菜か……。うまいんだよな、これ――。

遥太にとって、それはごく馴染み深いものだった。子どもの頃、ばあちゃんがよく作ってくれていたからだ。今となっては、ずいぶん手間暇のかかることしてたんだな、と思わずにいられないが、しかし当時のばあちゃんは、ごく当たり前のように、畑で採れ過ぎた野菜や果物やらを、よく縁側《えんがわ》に干していた。

そのことを思い出し、遥太はなんとはなしに、三葉と寿さんの暮らしぶりを、垣間見たような気分になってしまう。

広い窓。掃除の行き届いたテーブルや床。薪ストーブの周辺も、ごく綺麗に片付いている。その傍にスタンドが置かれているのは、干し野菜の仕上げを行うためだろう。暮らしに丹精を込めたような、静かで穏やかな満ち足りた時間――。そんな日々を、ふたりは過ごしていたのではないかと、自然と察せられてしまったとも言える。

ダイニングのほうから、ガシャンッ！　とうるさい音が聞こえてきたのはそのタイミングだった。だから遥太はハッとして、急ぎリビングをあとにしたのだ。ああ、いかんいかん……、ついぼんやりしちまったぜ……。そんなことを思いながら、急ぎダイニングに繋がる開口部をくぐると、遥太の目に荒々しい熊《くま》の後ろ姿が飛び込んできた。

「あ――？」

もとい、神の後ろ姿が見えてきた。神はひとり、キッチンに置かれた冷蔵庫を開けっぱなしにし、半ば頭を突っ込むようにして、その中身を漁《あさ》っていたのである。

「そ、宗吾……？」

近づいて見てみると、神は冷蔵庫に仕舞われている保存容器を次々取り出し、蓋を開けてはなかのものをつまみ、口のなかへと放り込んでいた。そうして咀嚼もそこそこに、保存容器をシンク脇の作業台にどんどん置いていく。先ほど大きな音がしたのは、鍋をシンクに落としたからのようだ。しかし神はおかまいなしで、もしゃもしゃと保存容器の中身を食べ続ける。もしゃ、もしゃもしゃもしゃもしゃ――。

そのスピード感溢れる食べっぷりに、遥太としては思わずにいられなかった。この速さで……、ちゃんと思念とか、読み取れてんのか……？　これじゃあ、思いも過去も、全部、ごちゃ混ぜになっちまうんじゃ……？

しかしそれは杞憂のようだった。神はやって来た遥太に気付くと、もぐもぐ口を動かしながら、問答無用でボヤキはじめたのである。

「ったく！　最悪だぜ！　料理、全部三葉嬢が作ってやがる！」その口ぶりから察するに、彼はちゃんと料理の内容を把握しながら、冷蔵庫の中身を食い散らかしているものと思われた。「クッソッ！　ニセブキのヤツ、全然料理しやがらねぇんだから……！」

どうやら神は、三葉ではなく、寿さんが作った料理を探しているようだった。

「今まで食った感じだと、三葉嬢が知ってることは、ビーフストロガノフ作ってた時と、概ね同じまんまなんだよ。あれからの進展は、さしてないつーか……。だからなんでもいいから、ニセブキが作ったもんを探してんだけど――。アイツ、昭和の亭主関白かっつーほど、家事全般三葉嬢に丸投げしやがってて……」

ダイニングテーブルには、ふたりぶんのそれと思しき食事が並んでいた。チーズがたっぷりといった感じのふた皿のグラタンと、中央にはたっぷりの葉野菜が入ったサラダボウル。

ただしよくよく見てみると、片方のグラタンには、ポツンとつまみ食いをしたような穴が開いていて、遥太がそれを不審に思い見ていると、そのことに気付いた神が声をかけてきた。

「――あ、それは、昨日のふたりの夕飯だよ。特製チキンマカロニグラタン。つまりもちろん、三葉嬢の手作りな」

そんな神の発言に、遥太はつまみ食いの主が神であったことを察する。だから急ぎ訊いたのだった。「ってことは、ゆうべの状況も、多少はわかったってこと？」受けて神は軽く頷き、冷蔵庫の中身を食べ続けながら説明してみせる。

「昨日、一緒に買い物に行ったスーパーで、ニセブキが言いだしたんだ。今夜は、三葉ちゃんのチキンマカロニグラタンが食べたいなーって。それで三葉嬢は、張り切ってグラタン作りに取りかかった。ニセブキのヤツ、ここんとこ食欲がなかったからよ。三葉嬢としては、ホッとするやら嬉しいやらで、まあ腕によりをかけたって感じだったわ」

言いながら神は、冷蔵庫の奥に仕舞われていた瓶を次々取り出し、カウンターのうえに並べていく。そうして冷蔵庫内のすべての瓶を取り出すと、端から蓋を開けはじめた。どうやらひとまとめで、一気に食べてしまうつもりのようだ。

「そんでもってニセブキは、三葉嬢がグラタンに取りかかってる間に、ちょっと散歩してくるって外に出て行った。ニセブキのヤツ、もともと時々フラッとひとりで出かけることがあったからさ。三葉嬢としても、まあいつものことだろうと思って、そのままニセブキを見送っちまった」

神が並べていった瓶は、どれも保存食のようだった。赤いジャムやマーマレード、レモンのシロップ漬けに、トマトソース、ピクルスやオリーブ、キャベツの酢漬け、等々、遥太にわかるだけでも、相当な種類の瓶詰が並んでいた。

いっぽうの神は、そのひとつひとつを器用に箸でつまみあげ、手の平にのせ口のなかに投げ込むようにして食べていく。

「けど、グラタンをオーブンから出す頃になっても、ニセブキは帰って来なかった。窓の外も暗くなってて、三葉嬢もそのあたりで違和感を覚えたってとこだったな。ただし、そこで調理は終わっちまったから、それ以降のことは、はっきりとはわからんが――」

咀嚼しながら話し続ける神に対し、遥太は遥太なりの推理を述べる。

「――つまり、三葉ちゃんは、ひとりで夕ご飯作って、寿さんの帰りを待ったけど、待てど暮らせど寿さんは帰って来なかった。だからこのグラタンは、手を付けられることなく、ここに残されてしまった、ってとこ？」

受けて神は、もぐもぐと口を動かしながら頷く。「ま、十中八九そうだろうな」そうして口のなかのものをのみ込んで、息をつくように言い足した。

「ニセブキが帰らないことを心配して、おそらく三葉嬢は夕食を残したままここを出たんだろう。それで、ブレーキホースが切られているとも知らず、車に乗り込んじまって――。ガードレールに突っ込んで、病院に運ばれ現在に至ってる、と……」

そうして、カウンターに並んだ瓶を前に、いら立ったように顔をしかめてみせた。

「――つーか、これも全部、三葉嬢の手作りだったわ……」

それでも、ここで諦めるわけにはいかなかったのだろう。彼は冷蔵庫がダメならとばかりに、今度は次々と戸棚を開けはじめた。そうして彼は、ほとんど怒鳴りつけてくるように、遥太にも言ってきたのだ。「ボサッとしてねぇで、お前も探せ！　早くニセブキ見つけねぇと、ヤベェことになるかもしんねぇんだから！」受けて遥太も、急ぎダイニングの棚の物色をはじめたのだった。

夢中で探し続けて、いったいどれほど時間が経過したのか――。そのあたりは判然としなかったが、しかし目についた棚という棚を開け放った遥太は、焦りのあまり作業の手を止めてしまう。ヤベェ……。全然見つからねぇ……。そうして神のほうに目を向けると、彼は床に這いつくばって、黙々とフローリングを撫で続けていた。おそらく、床下収納がないか探っているのだろう。

その様子に、遥太は思わずため息をついてしまう。あっちもあっちで手詰まりか……。そう思わずにはいられなかった。ここまで来て、なんも見つかんねぇなんて――。

そんな焦りを抱きつつ、遥太はふと、リビングのほうへと目を向ける。わずかに見える向こうの窓の色が、変わりはじめていることに気が付いたからだ。

「あ……」

先ほどまで真っ暗だった窓は、わずかばかり白みはじめていた。耳を澄ますと、どこからともなく山鳩《やまばと》の声も聞こえてくる。ボー、ボーボーボー。部屋を無心で物色しているうちに、いつの間にか夜が明けようとしていたようだ。ボー、ボー、ボーボー。

その時、遥太はハッと気が付いた。

「――もしかしたら……」

それでほとんど反射的に、リビングの方へと駆け出したのだ。

「…………」

彼が向かったのは、薪ストーブの前だった。確信はないままだったが、それでも多少の可能性は感じていた。だから急ぎ、スタンドに吊るされている網箱のなかに手を伸ばした。

「んん……？」

網箱のなかに並べられているのは、もちろん色んな種類の干し野菜だった。レンコン、ニンジン、プチトマト、あとはよくわからない野草や、やはりよくわからない緑の野菜たち。それらが種類ごとに、まとめて綺麗に並べられている。

遥太が手にしたのは、一番手前に置いてあったプチトマトだった。半分に切られたそれは、水分を失いほとんど干からびたような状態になっている。いわゆる普通のプチトマトのような、瑞々しさはまるでない。色味も少し黒ずんだような、くすんだ濃い赤色だ。

しかし遥太は、そんなプチトマトを躊躇いなく口のなかに放り込んだ。干からびてしまったところで、しっかり天日干しされたプチトマトは、甘みがグッと強くなって、うまみも増すことを知っていたからだ。

咀嚼すると、少し懐《なつ》かしいような気分にもなった。ばあちゃんが作っていたのと、よく似た味だったせいだろう。それで咄嗟に思ってしまった。うん……、やっぱうまい……。そして同時に、三葉が見ていたのであろう景色が、まぶたの裏にぼんやりと広がりはじめた。

「んー……」

——ホントですってば。本当においしくなるんです。晴れ渡った空の下、三葉はウッドデッキに出て、網箱のなかに切った野菜を並べていた。なんていうか……、味が、凝縮される感じなんですよねぇ。それに、栄養価もあがるんです。プチトマトは、わりと早く出来るはずですから、明日にはもう食べられると思います。

そんなことを言いながら、彼女はデッキチェアのほうを振り返る。するとそこには、毛布にくるまったままの寿さんが、デッキチェアにもたれかかるようにして座っていた。ふうん、プチトマトの干物、ねぇ……。どうやら寿さんは、日向《ひなた》ぼっこをしがてら、働く三葉を見ていたようだ。私……、食べたことないかも――。

しみじみと言う寿さんに、三葉は笑顔で応える。そうだ。明日の朝のオムレツに入れてみましょうか？　きっと、寿さんが好きな味なはずですから。

すると寿さんは、少し眠そうに、けれど穏やかに微笑んだ。いいわね。三葉ちゃんが言うなら、間違いないもの……。言いながら寿さんは、眩しそうに目を細くする。うん……、なんだか明日の朝が、とっても楽しみになってきた……。

空気はまだ少し冷たかったが、陽射しはとても暖かだった。網のなかに並んだ野菜は、整然と美しく並んでいて、三葉は満ち足りたような気持ちになっていた。何より、寿さんの体調が、今日はずいぶんと良さそうだ。それで少しホッとして、はしゃいでしまっていたというのもある。

毛布にくるまったままの寿さんが、ふと立ち上がったのは、三葉がプチトマトを並べ終えようとしていた頃のことだった。彼女はゆっくり三葉のもとへとやって来て、弱く微笑み肩をすくめた。私にも、やらせてちょうだい……？　そうして三葉が抱えていたボウルに、そっと手を伸ばしてきたのだ。なんだか、色々と……、三葉ちゃんにやらせてばかりで、ごめんね……？

だから三葉は、そんなことないですよ！　私、楽しくてやってるんですから！　と言おうとしたのだが、しかしそれより早く、寿さんがポツリと言いだしたため、その言葉は三葉のなかにのみ込まれた。

あら、これ……。寿さんがボウルのなかから取り出したのは、鮮やかな黄緑色のフキノトウだった。もしかして、摘《つ》んだばかりのもの……？

興味深そうにフキノトウを見詰める寿さんに、だから三葉は頷き応える。はい。今朝、オーナーさんがくださったんです。なんでもおうちの庭に、たくさん生えてたそうで……。

すると寿さんは、フキノトウに目を落としたまま、そう……、と嘆息するように呟いた。もう、春なのねぇ……。だから三葉も頷いた。はい、もうだいぶ春です。多分もうじき、山の麓の桜も咲きますよ。昨日、蕾《つぼみ》が膨らんでるの見たから――。

「あ……」

そこで遥太はハッと我に返って、急ぎ網のなかの野菜を物色した。フキノトウ――、フキノトウは……？　そんな風に頭のなかで思いながら、網箱の奥にちょこんと並んだ、黄緑色の一群を目に留める。

「――宗吾！　あった！　寿さんの……」

手料理、と言ってしまっていいものかはわからなかったが、しかしフキノトウのいずれかに、寿さんの思念なり過去なりが、微量ながら混ざっているものと思われた。だから、神を呼んだのだ。

「……多分、作ったもの的な……？」

遥太の声に、神もダイニングから片足歩行で飛び出してくる。「マジかっ⁉　どこだ……っ⁉」少々殺気立ったようなその様子は、やはり冬眠明けの飢えた熊を彷彿《ほうふつ》とさせた。そんな熊に、遥太が「これこれ！　この干し野菜の、フキノ……！」とまで告げると、神は片足で盛大にケンケンと跳んで見せながら、素早く遥太のもとまでやって来て、遥太が指差していた網箱のなかに、乱暴に手を突っ込んだ。

「あ……」

その荒々しさに、遥太は思わず目を見張ってしまったのだが、しかし当の神のほうは、遥太の様子などお構いなしで、網箱のなかにならべられた干し野菜を、ざざざっと一気にかき集めてしまう。そしてそのまま、大量の干し野菜をひと摑みし、勢いよく口のなかへと詰め込んだ。

もちろん遥太としては、だから……、そんなまとめて食っちまって……、三葉ちゃんと寿さんの思いが、混ざっちゃったりしねぇわけ……？　とひそかに気を揉んだのだが、しかし神は特に動じた様子もなく、もしゃもしゃもしゃと頰を膨らませ野菜を咀嚼し続けた。もしゃ、もしゃ、もしゃ――。

咀嚼時間は、せいぜい二、三十秒程度のことだったと思われる。その間に遥太は、一応俺も食っとこうかな……？　と考え、神が摑み損ねたおこぼれのなかから、フキノトウと思われる塊《かたまり》を探しだし、そのひとつを手に取った。そうしてとりあえず、口に運んだのだ。

するとと瞬間、神が息を詰まらせたような声で告げてきた。

「——東京、戻るぞ」

同時に、遥太の口のなかでは、フキノトウの苦みばしった味が広がった。

「ニセブキのヤツ、田村嗣忠の家に向かっちまった。急がねぇと、ニセブキが危ない」

長く短い白昼夢のようだった。

口のなかに苦みが広がった瞬間、頭のなかが揺さぶられたような眩暈を覚えた。そのあとはいつものように、まぶたの裏にぼんやりとした光景が映しだされる。見えてきたのは別荘のキッチンで、三葉がシンクの前に立っているところだった。ああ、三葉ちゃん……。フキノトウの、下ごしらえしてんのか……。遥太がそう理解すると、霞がかったように見えていた景色が、すうっと霧が晴れるように鮮明になっていく。

かすかな鼻歌が聞こえてくる。くるみ割り人形の、花のワルツ。歌っているのはもちろん三葉だ。彼女は大量のフキノトウを、水がはられたボウルのなかに入れ、鼻歌に合わせながら、くるくる水をかき回すようにして洗っている。

フキノトウなら、天ぷらが一番だけど……。鮮やかな黄緑色をかき回しながら、三葉はそんなことを考える。でも寿さん、揚げ物苦手だしなぁ——。

最近の三葉は、ずっとこんな感じだ。何をするにも、基準はいつも寿さん。味噌和《みそあ》えとか、バター炒めとか……？　佃煮《つくだに》もいいかも。それだったら日持ちがするし――。それとも、天日干しにして冷凍保存にしたほうがいい？　そうすれば、パスタやスープやグラタンにも使えるし……。どうしたら寿さんが喜んでくれるか。今の三葉にとっては、それが何よりの優先事項なのだ。

あー……、また、眩暈……。まるで水のなかにいるような、少々身動きしづらい浮遊感を遥太は覚える。フキノトウになって、水のなかでくるくるかき回されているようだ。うー……、くらくらする……。するとにわかに、目の前が白い光に包まれはじめる。それが眩しくて、遥太は思わず目をつむってしまう。

白い光のなかにいると、くぐもったような三葉の声が聞こえてきた。――ホント……ってば……。本当……しく……で……。それでわずかに目を開くと、向こうに三葉の姿が薄っすら見えてきた。彼女の向こうには、晴れ渡った青空。遥太はぼんやりとした頭で、その光景を見詰める。これ……、さっき見たのと思じ……？　三葉ちゃんが、野菜を干していた時の光景じゃ……？

そうしてしばらく見ているうちに、なんとなく状況が摑めてきた。いや……、こっちは……、多分……、寿さんが……、見てたほうの、記憶――。

自覚したとたん、ズンと体にのしかかってくるような、ひどい眠気に襲われた。眩暈の原因は、この眠さのせいだったのか――。遥太は頭を軽く振りながら、その眠気をどうにか振り払おうとする。なんだ……？　これ……。マジでめっちゃ、眠いんだけど……。それは本当に、いっそ意識を失いそうなほどの眠気だった。

そうして遥太は、フキノトウを手にしていた時の寿さんの様子も、併せて思い出したのだ。そういえば……、確か寿さん……、あの時、眠そうにしてたっけ……？　喋りかたも、気怠《けだる》そうだったし……、動きも……、緩慢、だった……、ような——。

それで、はたと思い至った。あ、れ……？　もしかして……、俺……。寿さんの眠さに引きずられて……、このザマ、だったり……？　同時に、神のいら立ったような声が、頭のなかでハッキリと蘇る。——お前は、表面的な感情に引きずられちまうから、本質が見えないんだよ。

言われた時は、はあ？　なんだよ？　それ、と少々ムッとしてしまったが、しかしこの現状では、納得せざるを得なかった。確かに……、俺……、引きずられやすい、体質なのかも……。

だから神が言っていたように、意識を変えてみることを試みたのだった。ああいう場合は、奥に潜り込むんだよ。意識的に、表層的な感情の壁の奥に滑り込むようにして——。そんな神の言葉を思い出しながら、奥に潜り込むイメージをする。奥に、潜り込む……。って、よくわかんねぇけど……。とにかく、やるしかねぇ……。奥に……。奥に、潜り込む……。潜り込む。その言葉に、とにかく意識を集中させる。

潜り込む。潜り込む。

潜り込む。潜り込む——。

ただし、状況はうってつけだったのかもしれない。水のなかにいるような感覚に浸っていた遥太は、その奥底へと泳いでいく自分の姿を、頭のなかで容易に思い描くことが出来た。あ、なんか、いい感じかも……。

そのイメージのまま、遥太は息を止め、両手で水をかきわけはじめる。足は、しならせるようなバタ足だ。浮力で簡単には先に進めないが、それでも少しずつ、確実に潜っていけているのがわかる。潜り込む。潜り込む。

潜り込む——。

水底は真っ暗で、どこまで進めばいいのかはよくわからない。それでも水をかき分けて、下へ下へと向かっていく。泳ぎは元々得意だったから、イメージはあんがいしやすかった。子どもの頃は近所の川で、素潜りをしてよく魚を捕まえてもいた。大きな魚は得てして水底にいることが多く、深く潜るのは遥太の得意技だった。だからその要領で、ぐんぐん深く潜っていったのだ。潜り込む。潜り込む。潜り込む——。

彼に盲点があったとしたら、思っていたより底が見えず、息が続かなくなってしまったことだろう。あ……、息が……。

そのまま如実に動きが鈍《にぶ》くなる。目の前は真っ暗で、それなのにまだ底にはたどり着けない。息が……、息が——。続か……。

先ほどとはまた違った意味合いで、再び意識が遠のきそうになる。ヤ……、ベ……。マジで……、溺《おぼ》れ、る……。その瞬間、遥太の動揺を見透かしたように、静まり返っていたはずの水底が獰猛《どうもう》にうねりはじめた。は？　何？　あれ……。地響きのような音をたてながら、目の前の暗闇は、みるみる黒々とした渦を作りだす。え？　な、なんだよ？　これ……。そして竜巻のように、一気に遥太のほうへと立ちのぼってきたのだった。う……そ……、だろ……？

死ぬって……、これ――。

そう思った瞬間、パッと視界が明るくなった。

「――は？」

どういうわけか、遥太は赤い橋のうえに立っていた。

「へ……？」

目の前に広がっているのは、緑の山々とその向こうの青空。橋は谷間に架けられたもののようで、足元に目を落とすと流れのごく速い渓流が見えた。聞こえてくるのはその水の音と、ひどくのどかなトンビの鳴き声。ピー……、ヒョロロロー……。

なんだ……？　ここ……？　戸惑いながら、遥太はあたりを見渡す。空気は澄んでいて、都会のそれとあきらかに一線を画していた。何気なく吸い込んだ空気にも、山のにおいを感じる。清らかな水のにおいも――。それで遥太は理解したのだった。ここが、深い山間《やまあい》であることを。

「ん……？」

けれど、自分の田舎とは違う。そのこともハッキリとわかった。うちのほうは、もうちょっとひなびてるっつーか……。もうちょっと、荒ぶった感じっていうか……？　こんなふうに、清廉な感じとは、なんか、少し違うっつーか……。すると傍らに、少女が佇んでいるのに気が付いた。

「──うおっ！」

驚きのけぞる遥太に対し、しかし少女はまるで動じなかった。彼女は橋の欄干《らんかん》に手をかけたまま、じっと谷底に目を落としている。

「……………？」

その横顔には、見覚えがあった。

「あ、れ……？」

混乱する遥太をよそに、少女は欄干に足もかけ、谷底のほうへと体を乗り出す。その行動は、まるで橋から飛び降りようとしているかのようだった。

「──ちょ、待って……！」

それで遥太が声をかけると、少女はピタッと動きを止めた。そうしてゆっくりと、遥太のほうに顔を向けたのだ。

「あ……」

遥太が確信を持ったのは、その段だった。

「……寿、さん──」

そこにいたのは、まだ少女だった寿さんに違いなかった。彼女は欄干から降りて、遥太に臨む。その真っ直ぐな眼差しに、遥太は思わず息をのんでしまう。寿さんの目は、光を含んだ黒いガラス玉のような、ひどく美しい輝きをはらんでいた。

その目から、ボロッと涙がこぼれる。同時に凛としていた表情が、悲しみに歪む。あ、ああ——……。叫ぶようにしながら彼女は、膝をつき地面に泣き崩れる。あ、あ、ああ、あ、あ——————……。

その姿に、遥太の胸はひどく締め付けられる。どうしてこんなふうに、人が泣かなければいけないのか。わからなくて遥太はどうしようもないような息苦しさを覚える。どうして？　どうして——？

現実に引き戻されたのは、その瞬間だった。

「——名前を奪われたのは、ニセブキのほうだったんだよ」

神の声に、遥太はハッと我に返る。目の前のフロントガラスから見える空は薄い藍色で、その先には鮮やかな朝焼けの茜色《あかねいろ》が広がっている。おかげで遥太は、もうすっかり夜が明けていることに気付く。神が運転している車も、すでに高速に入っているようで、ほとんど車が走っていない真っ直ぐな広い道を、猛スピードで走行中だ。

「あ……」

それで遥太は、ぼんやり理解したのだった。ああ、そうか……。俺、あのフキノトウを、食って——。頭に残った気怠さを、振り払うようにして遥太は頭を振りつつ納得する。食って……、だいぶ、のみ込まれてたんだな……。あんな、ヘンな……、夢みたいなの、見ちまうなんて……。いや……、あれも一応、寿さんの過去……、だったのか――？

いっぽうの神は、そんな遥太の状態を知ってか知らずか、ハンドルを握ったまま、ごく淡々と語りはじめた。

「ニセブキが干した、フキノトウを食ってみてわかったんだよ。嘘をついていたのは、田村夫妻のほうだったんだってな」

ただし遥太としては、なんの話をされているのか判然とせず、目をぱちぱちやりながら首をひねってしまったのだが――。「は……？　嘘って……？　タムラフサイって――？」何せ頭が、まだ朦朧《もうろう》としたままだったのだ。「タムラって……、田村……？」

しかし瞬間、神が助手席の窓を全開にしたおかげで、遥太は吹きつけてくる風に勢いよく頬を張られ、否応なしにハッキリと意識を取り戻した。「おわああっ！　わ、わかった！　わかりました！　田村夫妻な⁉　田村嗣忠と、田村ゆみかさん！　寿さんに、名前を奪われそうになった――」

そんな遥太の返答に、神はひとまず満足したのか、助手席の窓をすぐに閉めた。受けて遥太はホッと息をつきつつ、改めて神に確認したのだった。「……で、何？　田村夫妻が、どんな嘘をついてたっていうんだよ？」

するとと神は、眉をあげて言った。

「――ほとんど全部だよ」

おかげで遥太はまた首を傾げてしまったのだが、しかし今度は神も特に何かを仕掛けてくることはなく、ごく淡々としたまま、半ば事務的に説明をはじめた。

「あの奥さんは、ニセブキに殺されそうになったことなんてないし、名前も奪われちゃいない。名前を偽ってんのはあの奥さんのほうで、ニセブキこそが、本物の西崎ゆみかだったってことだ」

それでも遥太としては、神が語る話の内容がまだ今ひとつ理解出来ず、みたび首を傾げてしまった。「えーっと……？　だから、それは、どういう……？」

すると神は、なぜわからんのだ、といった面持ちで遥太を一瞥したのち、すぐに前を向き直し、改めて語りだしたのだった。

「だから、もともとはニセブキが、田村嗣忠の妻だったたってことだよ。けど、結婚数年目でニセブキが田村の元から逃げ出しちまって――。以降、田村に見つからないよう、姿を隠し続けてきたってことさ」

そんな神の説明に、遥太はもちろん戸惑い、目を見張る。「は……？　え……？　何それ？　寿さんが、あの男の、妻……？」しかし神は、遥太の驚きなど心底どうでもよさそうに話を続けた。

「田村って男は、けっこうなクセ者でな。最初こそ逃げたニセブキを追ってたが、そのうち見つけるのは困難だと判断して、ニセブキの代わりに今の嫁を据え置いちまったんだよ。ニセブキの替え玉として――」

おかげで遥太は、さらに目を見開くよりなかった。「はあ……？　替え玉……？　って、何それ？　日本の嫁って、そういうのＯＫなシステムだったっけ？」

混乱する遥太を横目に、しかし神は飄々としたままだった。「んなわけねぇだろ。新しい嫁を迎える時は、前の嫁とあらかじめ離婚してんのが常道だ。つーか、それ以外の選択肢なんて、普通は思い付かねぇよ。嫁が逃げたら、結婚生活はほぼほぼ破綻《はたん》で、たいてい離婚だ」

しかし神も神で、多少はイラ立っていたのだろう。ハンドルを握る左手の人差し指が、カチカチ規則的にそのカーブを叩いていた。

「……けど田村は、普通じゃなかった。アイツは異常なまでの完璧《かんぺき》主義者で、嫁に逃げられたなんて、周囲には口が裂けても言えなかったし、ヤツ自身、自分の選んだ妻が、どこぞに逃げるなんて絶対に受け入れられなかったんだ。それで、ニセブキと歳格好の似た女を見つけ出して、田村ゆみかを名乗らせるようになった。まあ田村のことだから、十中八九えげつない方法で、自分の元に女を縛り付けてんだろうけど……」

淡々と神は語っていたが、しかしその内容はなかなかに物騒なもので、だから遥太は息をのみつつ、その内容を改めて確認するよりなかった。「えーっと……？　その、えげつない方法って、どんな方法、なんでしょうか……？」すると神は、考えるまでもないといった様子で、ごくさらりと答えてみせた。

「そりゃまあ、家族を借金で沈めて人質《ひとじち》にしてるとか、本人を監禁して暴行して洗脳してたとか？　やり方はいくらでもあるだろうが……。けどまあ、田村の場合、監禁の線が濃厚かな。お前も覚えてんだろ？　ニセブキの手首に、監禁されてた傷痕が残ってたこと。人間ってのは、成功体験を繰り返しちまうきらいがあるからよ。同じやり方で、女を縛り付けてる可能性が高いだろうな」

ただし遥太としては、さらに息をのむよりなかった。「え……？　な、何……？」それほどまでに神の言葉は、現実離れしたもののように感じられたのだ。「宗吾、それ……、マジで言ってんの？」

だが神は、特に動じた様子もなく、前を向いたまままあっさり頷いてみせた。「ああ」まるでその現実を、肌身で感じていたかのように彼は言った。「フキノトウ食って、ニセブキの過去はあらかた見たからな。田村嗣忠ならやりかねんよ。それだけのことを、あの男はニセブキにもやってきた」

おかげで遥太は、しばし言葉を失くしてしまう。しかし神はお構いなしで、さらに話を振ってきたのだった。「そもそもお前だって、直接田村の偽嫁に会ってんだろ？　だったら何かしら思うところの、ひとつやふたつあっただろうがよ？」

だから遥太はしばし考え、ぎこちなく応えるしかなかった。「ああ、まあ……」何せ思い出せば思い出すほど、あの日の田村の妻の言動は、確かに不自然なものだったのだ。「確かに……、妙にオドオドしてたっつーか……。怯えてる感も、そこそこあったような気もするし……」そうして応えるうちに、さらなる違和感についても思い出してしまっら「そういや、なんかやたら、旦那が奥さんに密着してたわ……。あれ、もしかしたら……、奥さんの腕なり背中なりを、摑んでたのかも……」

すると神は大きく息をつき、「だな」と吐き捨てるように言った。「そういった直接的な接触は、支配者による典型的な被支配者のコントロール手法だよ」

言いながら神は、片手で胸ポケットから煙草の箱を取り出し、そのなかの一本を器用に口にくわえる。そうしてやはり片方の手で、同じくポケットからライターを取り出すと、サッと煙草に火をつけたのだった。

そんな彼の行動から、神も相当に心穏やかではないのだろうと思い至る。ハンドルを握った彼の指先も、せわしなくそのカーブを叩き続けたままだ。

「田村と出会わなけりゃ、ニセブキもうちょっとマシな人生だったのかもしれんが――」

白い煙を吐きながら神は言う。

「しかしそれも、けっきょくはニセブキの、運命の一部だったのかもしれんしな」

そこから続いた神の話は、おおよそ幸せとは言い難《がた》い、寿さん――西崎ゆみかの半生だった。

父を亡くした時、ゆみかは教会の牧師に言われた。

神は、人に困難をお与えになる。けれどそれは、無意味なことではないんだよ。かの方のご意思に、無駄はない。困難はいずれ、人生の糧《かて》になる。だから君は、与えられたすべてから、何が学び取れるかを考えていかなくちゃいけないんだ。

その時は、まるでピンとこなかった。父を亡くした幼い少女に、励ましの言葉をくれているんだろうと思った程度で、言われたこともしばらく忘れていたほどだ。

何より当時のゆみかの記憶は曖昧で、父が入院していたことや、母がよく電話口で誰かと言い争っていたこと、そんな母のやり取りを、妹の莉音《りおん》に聞かせないよう、彼女をおぶってひたすら夜の道を散歩し続けたこと等々、それらについてはぼんやり覚えているものの、しかしあくまでおぼろげで、ひどく不明瞭《ふめいりょう》な記憶でしかない。

その時、自分が何をどう感じていたのかも、よくわからないほどだ。もちろん、楽しいなどとは思っていなかったが、かといって、苦しんだり悲しんだりということも、特になかったような気がしている。ただ、背中の莉音が、時々笑ってくれること、あるいは安心したような寝息をたてて、フッと体を重くする瞬間——、そんなものたちが、強張っていた自分の心を、束《つか》の間《ま》ほぐしてくれたのは覚えている。そのおかげで、あの日々を、どうにか繋げられていたことも。

父が亡くなってからも、しばらくは似たような感じだった。母は相変わらず誰かとよく言い合いをして、あるいは娘たちを怒鳴りつけて、それを怖がって莉音が泣く。すると母は余計に声を荒《あら》らげて、だからゆみかは莉音の手を引き、急いで外へと出て行くのが常だった。戻るのは母の姿が消えたのを確認してからで、そのためそれからしばらくして、母が恋人の家に入り浸り、ほとんど家に帰らなくなったことは、不幸中の幸いとなった。少なくとも、ゆみかのほうはそう認識している。母の不在は不幸ではなかった。彼女が家にいることのほうが、姉妹にとっては不幸であり災厄だった。

莉音は、おっとりした子どもだった。目の前を過ぎっていく蝶々《ちょうちょう》に道を譲ったり、雨に打たれたてるてる坊主《ぼうず》に傘を傾けたり、泣いている子がいれば、そっと背中を撫であげたり、意地悪な子に押しのけられたら、気付かないふりでその場を去ったり——。本当におっとりとした、優しいいい子だった。

半面、少し頑《かたく》ななところもあった。一度こうと思ってしまうと、そこからの切り替えがなかなか出来ない。だからゆみかは、カレーやシチューに、すりおろした野菜を混ぜることになったのだ。一度嫌いだと思ったものは、簡単には口にしてくれなくて、そこには何かと苦労させられた。

頑固な部分は、他にもあった。ケガをした野良の子猫を拾ってきて、飼いたいと泣きついてきた際のことだ。うちでは無理だと言い聞かせ、元いた場所に戻させたら、一週間ほど口をきいてくれなかった。

それで仕方なくしばらく放っておいたら、莉音のほうから態度を軟化させてきて、けっきょく何事もなかったかのような形に納まったのだが、しかし彼女のわだかまりは、それで溶けたわけではないようだった。

時おり莉音は、思い出したようにその時のことを口にし続けた。ねえ……、お姉ちゃん……。あの時の、ことなんだけど――。猫を拾ってきたのは、小学校の低学年の頃だったはずなのに、中学年になっても、高学年になっても、中学生になってからだって、莉音はまだその話を持ちだした。覚えてる……？　お姉ちゃん……。あの小さな、子猫のこと――。

おずおずと、切りだしてくるのが常だった。あの子、大丈夫だったかな……？　誰か、拾ってくれたと思う……？　心配そうにそんなことを言って、いつも申し訳なさそうな顔をする。人間に触られた子猫は、母猫に食べられることがあるんだって……。あの子、食べられてないかな……？　私が、余計なことしちゃったから――。繊細で心配性で、こうと思ってしまうと、なかなかその考えから抜け出せない。どうして私、あんなことしちゃったんだろう……？　何も出来ないクセに、なんで……。

今思えば、思い詰めていたこともあったような気がする。やっぱり、うちでは飼ってあげられなかったのかな……？　うん……、無理だよね……。うち、お金ないし……。病院にも、連れていけないもんね……。あの子、死んでたら、私のこと、恨んでるよね……。生きてても、恨んでるかな……。私、あの子を、捨てたんだから――。

しかしゆみかは、莉音の話をほとんど真剣に取り合わなかった。彼女が不安そうな表情を浮かべていても、ばっさり切り捨てた覚えもある。平気だよ。多分誰かに拾われてるって。莉音、いちいち気にし過ぎ。

あるいは、冷たく言ってしまったこともあった。そもそも野良猫なんて、生きられない子もけっこう多いんだから、気にすることないって。弱い子はどの道死んじゃうの。

そんなゆみかの物言いに、莉音は少し何か言いたそうにすることもあったが、しかしゆみかが話を終わらせたそうな素振りを見せれば、話はそこで終わってしまうのだった。うん……。そうだね……。もともと莉音は、主張の強い子ではなかったのだ。確かに……、お姉ちゃんの、言う通りかも……。

そのことは後悔として、ゆみかの心にずっと刺さり続けている。あの時、もっとちゃんと話していたら――。あの子の話を、もっと真剣に聞いていたら――。命を、軽んじるようなことを言わなかったら――。あの子の気持ちに、寄り添っていたら――。あの子の悲しみを、汲《く》み取れていたら――。

そう思うと、頭が、変になりそうになる。ううん……。あの時だけじゃないのかもしれない……。私は、あの子に、大切な何かを教えてあげられなかった。大切な何かを、与えてあげられなかった。

大切な……、何か――。それがなんなのか、私にだってわからないんだから、話にもならないけど……。でも……、きっと、あったはずなの……。あの子が……、生き抜けるための、何かが――。

それとも……、どんなふうに接していても、同じことになってしまった……？　けっきょくあの子に、同じ道を選ばせたかな……？

莉音が亡くなったのは、中学一年生の初冬のことだった。特に何もない平日の、冷たい雨が降りしきっていた放課後、莉音はひとり部活をサボって、家からも学校からも離れた山へと向かった。

のちの警察の調べによると、莉音は見知らぬ人の車に乗せてもらい、わざわざそこまで送ってもらったそうだ。車を運転していた人の話では、用事があるから乗せていって欲しいと、莉音自らヒッチハイクのような形でもって、運転手に頼み込んできたらしい。そうしてたどり着いた雨の山のなか、一番高くにある橋まで自ら歩いて登っていった莉音は、ちょうど橋の真ん中あたりで、ぬかるみに足を滑らせて、橋から転落し亡くなってしまった。

警察は事件性はないとして、事故として莉音の死を処理した。普通に考えれば、その段階で警察の報告に意見すべきだったのだろうが、しかし当時のゆみかは、突然の出来事にひどく混乱してしまって、その報告をただ受け入れるよりなかった。

何も考えたくなかったし、それ以上に、何も考えられなかった。莉音が死んだ。その事実は、しばらくの間ゆみかから、思考そのものを奪っていたような気すらする。

そんななか、時おりかつての牧師の言葉が、頭のなかを過ぎりもした。神は、人に困難をお与えになる。けれどそれは、無意味なことではないんだよ。なぜ、そんな言葉が頭を過ぎるのか、意味がわからなかったが、それでも言葉は頭のなかを巡り続けた。かの方のご意志に、無駄はない。困難はいずれ、人生の糧に——。

ゆみかが莉音の日記を見つけたのは、初七日が過ぎた頃のことだった。莉音の部屋でぼんやりしていた彼女は、本棚に一冊だけ、本ではない分厚いノートが混ざっていることに気付いたのだ。

日記なのはすぐにわかった。表紙にdiaryと記されていたからだ。それでなんとはなしにページを開いて、なかの文字を目で追った。そこには見慣れた生真面目な文字があって、あの子、こんなもの書いてたんだ……、と内容については深く考えず、ゆみかはしばし文字を目で追っていった。

しかし、そのうちに違和感を覚えた。え？　何……？　これ……。そこからは、猛然とページをめくってしまった。何……？　何……？　頭をバットで殴られたような、痛みに近いほどの衝撃だった。どういうことなの……？　これは――。

そこには、ひとりの気弱な少女が、まずは友だちにいじられ、次はからかわれ、そのうちなじられるようになり、気付けばグループからはじき出され、時には教師にまで無視をされて、友だちだったはずのグループから、次第に嫌がらせまで受けていく様子が、ひたすら淡々と、しかし克明に書き記されていた。

最後のページには、明日で終わりにする、と記されていた。ごめんなさい。お姉ちゃん。ありがとう。本当にごめん。

そこでやっとゆみかは、事の次第に気付いたのだった。事故じゃない。莉音は――。莉音は、自分から、飛び降りたんだ――。

裁判を起こそうと思ったのは、大人たちにまるで相手にされなかったからだ。莉音の日記を証拠として、いじめの事実を学校側に訴えても、事実確認をすると言ったきり連絡は途絶えてしまったし、日記に名前が挙がっていたクラスメイトの家を訪ねても、厄介そうに追い返されるばかりだった。

それで、町で一番の弁護士事務所を訪ねたのだ。藁にもすがる思いだったのに、しかしそこでも、けっきょく相手にはしてもらえなかった。この日記だけじゃあ、いじめの証拠には出来ないなぁ……。事務所の副所長だと名乗った男は、腕時計ばかり気にしながらそう言った。本人の思い込みや、空想で書かれてる可能性もあるからねぇ。これじゃあどこに行っても、訴えを起こすのはまず無理だよ。

今思えば、あれは弁護士の嘘だったのだろう。いや、弁護士だけではない。あの町の大人たち、みんなの嘘とでも言うべきか――。

莉音の日記のなかには、地元の名士と呼ばれる係累の子どもたちの名前も書き連ねられていて、その内容が明かされることは、多くの大人たちにとって不利益が生じる可能性をはらんでいた。だからこそ彼らは徹底して、ゆみかの訴えを黙殺し続けたのだ。自分と、自分の守るべきものを守るため、人というのはいくらでも、卑怯《ひきょう》にも残酷にもなれてしまう――。

そうして彼らは最終的に、ゆみかの主張を妄言だと決めつけた。学校は、いじめの事実はなかったと、ゆみかに回答を寄せてきたし、日記に名前があった子どもたちの親も、これ以上勝手なことを言って回ったら、名誉棄損で訴えると連絡してきた。

子ども同士のことですもの。仲違《なかたが》いして口をきかなくなったり、多少の悪口を言ったりすることもあるでしょう——。家を訪ねてきた相談員の女に、そう言い含められたこともある。

社会も同じよ？　楽しいことばっかりじゃない。学校生活って、そういう社会に出るための、練習の場なんだと思うの。だから、みんな努力をするの。周りと上手くやれるよう、我慢もする。それで家族は、その子を支える役割を果たすんだわ。学校での話を、しっかり聞いてあげたりして——。

言われながら、ゆみかは真綿で首をしめられているような感覚に襲われた。しかし女は構わず言葉を続けた。

こんな言い方は、私だってしたくないけど……。一番の問題は、ご家庭にあったんじゃないのかしら？　悠然と微笑みながら、彼女は言った。子どもの心の拠《よ》り所《どころ》になるのは、けっきょくのところ家族だもの。それでお子さんを守れなかったからって、周りのせいにするのはどうかしら？　まずは、ご自分のご家庭のことを、省《かえり》みるべきなんじゃない？　妹さんが亡くなられたのは、本当に周りのせいだけだった？

その通りだと、ゆみかも思った。莉音が死んだのは私のせいだ。守れなかった私のせい。あの子は、私に、本音が……、言えなくて——。

目の前の女は、得々と口を動かし続けていた。子どもを育てるのは、けっきょく家庭なのよ。守るのも、支えるのも、どうしたって家族。だから、家庭が上手くいっていないと……、どうも、ねぇ……？　あなたには、まだわからないかもしれないけど、いつだって世間は厳しいものなのよ。だからその世間に、ちゃんと立ち向かっていける子を、私たちは育てていかないと――。ねえ？　あなたも、そう思わない？

そうかもしれないと、ゆみかは思った。莉音は、優しくて繊細で、気が弱いところがあって、そこはずっとそのままだった。人に強く出られなくて、意地悪をされても立ち向かわず、ただその場を離れることくらいしか出来ない。反論も反発も、きっとしなかっただろう。黙ることと逃げることが、おそらくあの子の手立てだった。だって私は、それしか莉音に教えていない。それしか、私は――。

それでも、思わずにいられなかった。

責任転嫁だと言われても構わない。こちらの非も認める。家庭はあの子を、守りも支えもしなかった。母親は、あの子を傷つけて、損なうだけの存在だったようにも思う。私だって、似たようなものかもしれない。あの子の苦しみに、ちっとも気付いてやれなかった。無神経で無関心で、役に立たない親代わりだったかもしれない。

それでも、だとしても、だとしてもだ。

あの子が不遇で恵まれていなくて、心に弱いところがあったとしても――。だとしても、あの子を傷つけて、追い込んでいい理由には、絶対にならない。

それで隣町の弁護士事務所まで行って、訴えを起こす準備をはじめた。そこでは、日記は証拠になると言ってもらえた。うん、大丈夫ですよ。この内容なら、何もなかったとは先方も言えないはずですから——。言ってきたのは田村という弁護士で、彼はずいぶんと親身になって、ゆみかの話を聞いてくれた。

慰謝料はいらないから、刑事罰を——。そう求めたゆみかに対し、彼は神妙な面持ちで、わかりました、と応えてくれた。色々とハードルは高いですが、そういうことなら一緒に頑張りましょう。妹さんのためにも、闘って、必ず勝ちましょう——。

その言葉には、正直なところだいぶ救われた。莉音を損なった人たちには、等しく罰が下されればいい。そう思うこと、願うことは、別に間違いではなかったのだと、初めて心から思うことも出来た。

田村は、ゆみかの力になると約束してくれた。初めて、話が通じる人に出会えた気分だった。それがまた別の地獄のはじまりになるなどとは、その時はまだ気付く余地もなかった。実際、田村との地獄がはじまるのは、もっと後年のことになるので、その時はただひたすらに、田村に感謝していた。これで、闘える。そう、信じ切っていた。

しかし、けっきょく裁判は起こせないまま終わってしまった。その顚末《てんまつ》は、いやになるくらい呆気《あっけ》ないものだった。母がいじめの首謀者の親と、勝手に示談を成立させてしまったのだ。彼女は莉音が書き綴《かつづ》った日記を、丸ごと相手の親に渡してしまい、その代わりに三百万円という示談金を手に入れた。

その金を前に、母はほとんど恍惚《こうこつ》の笑みを浮かべていた記憶がある。ねぇねぇ！　見てよ！　ゆみか！　ちょっと、このお金——。そんなことを言いながら、彼女は興奮気味に、ゆみかを札束《さつたば》の前に座らせた。なんていうか、あるとこにはあるのねぇ……。右から左なんだもの。もう、びっくりしちゃったわよ……。こんなことなら、もっと吹っかければよかったかしら？

そうして目を輝かせ、何度も嘆息してみせたのだ。ああ、でも……。欲をかくのは、あんまりよくないわね……。うん……。これで、借金を返しても、おつりがくるくらいだし――。ああ……、それもこれも、莉音のおかげねぇ……。

信じがたい事態だった。しかし、母という人の人となりを思えば、さほど突飛な帰結ではなかったような気もしていた。何せ彼女は、災厄なのだ。姉妹にとって、ずっと変わらず、彼女は災厄のままだった。

母は札束を前にして、嬉々としてゆみかに告げてきた。アンタには苦労もかけたけど、もう好きにしていいわよ。自由の身なんだから、高校でも大学でも、適当に行けばいいんだし。

それでゆみかが黙っていると、母はフッと鼻で笑って言ってきた。何よ？　その顔……。なんか文句でもあるの？　それは昔と変わらない、高みにたったままの口ぶりだった。

アンタって、やっぱりわかってないのね。アンタ、自分のこと、あたしや莉音より、上等な人間だと思ってるでしょ？　でも、違うからね？　アンタもけっきょく、こっち側の人間だから。どうせこういうふうにしか、生きていけないんだからねぇ……。

そうして札束を撫でながら、うわ言のように言ったのだった。莉音はそれがわかったから、イチ抜けしたってことでしょ。自分で選べたんだから、終わり方としては、まあ、だいぶいいほうよ。そうしたくても、出来ない人間はいっぱいいるんだし……。

濁った目で、笑いながら彼女は言った。あたしやアンタみたいなのは、生きていくしかないのよ。なまじっか、生きることが出来ちゃうから……。死ねるまでは、生きていくしかないの……。

その言葉通りに母は生きた。彼女は示談金を受け取って半月もしない間に、脳溢血《のういっけつ》で倒れ病院に担ぎ込まれたのだ。そうしてひどい後遺症が残ったものの、一命はとりとめて、寝たきりの状態で生き長らえることとなった。

それからゆみかは、莉音が飛び降りた山間の橋の上に、何度も何度も足を運んだ。晴れた日も、雨の日も、風が強い日も、雪の日だって構わず向かった。どうしてそこに足が向いてしまうのか、わからないままそれでも繰り返し山道を登り続けた。

与えられたすべてから、何が学び取れるか考えろ。牧師のそんな言葉を思い出すこともあったが、しかしゆみかは莉音の死から、何かを学び取れるとは思っていなかった。死は死で、生は生だ。私は生きていて、ただ、死ねないから、生きているだけ。気付けばそれが、ほとんど彼女の人生訓になっていた。

ここから、あの子は、飛び降りたんだな……。赤い橋の上に佇みながら、よくそんなことを考えた。自分が落ちていくイメージをして、いつまでも川面《かわも》を見詰めた日もあった。

あそこに、のみ込まれれば……。私も――。

晴れ渡った青空に、吸い込まれそうになったこともあったはずだ。それは本当に良く晴れた日で、吹いてくる風がとても心地よくて、今ならあんがい気軽に行けるかもしれないと、ふとそんなことも思ってしまったほどだった。

空気はいつもより澄んでいて、向こうから聞こえてくるトンビの鳴き声も、普段より遠くまで響いているようだった。川のせせらぎの音も、いやに清潔に聞こえた。太陽の光は眩しく、それなのに柔らかく、温かく体を包み込んでくれているようでもあった。時おりまつげが含む七色も、妙に、鮮やかで――。

終わらせるには、本当にうってつけの日のように思われた。それなのに、どうしてあの時、私はあの橋の上から飛び降りられなかったんだろう？　赤い欄干に、足も手もかけていたはずなのに。吹いてくる風が、背中を押してくれているようでもあったのに。その気にだって、少し、なっていたはずだ。

それなのに、どうして私は――？

「――生徒手帳を、落としちまったからだよ」

神の語りを遮って、思わず遥太は言ってしまった。

「あの時、寿さんのスカートのポケットから、生徒手帳が落ちたんだ。それでそれを拾うために、寿さんは橋の欄干から降りて……。手帳を、拾おうと……」

遥太の頭のなかには、先ほどフキノトウを食べて見た、鮮やかな光景が広がっていた。

緑の山々の向こうに広がる青空。谷間に架かった赤い橋。その上にひとり佇んでいる、まだ少女の面影《おもかげ》を残したままの寿さん。彼女は欄干から手を放し、ふと遥太のほうに顔を向けた——。

あの時、寿さんは遥太の声に動きを止めたのではなく、単にポケットから手帳が落ちたのに気が付いて、動きを止めて欄干から降りたのだった。そうして、地面に落ちた手帳に目を落とし、そのまま堰を切ったように泣きだした。

「……手帳の裏表紙には、莉音ちゃんと撮ったプリクラが貼《は》ってあったんだよ。流行《はや》りはじめてすぐの頃に、莉音ちゃんにせがまれて、ふたりで隣町まで撮りにいった……。それを莉音ちゃんが、いたずら半分で生徒手帳に貼って……」

だから彼女は、手帳を捨てることが出来なかったのだ。流転の日々のなかにあっても、それだけは捨てずに持ち続けた。

写真はすっかり色褪《いろあ》せて、そこに写っていたはずのふたりの姿も、途中からもう跡形もなく見えなくなっていたが、それでも彼女にしてみれば、それは唯一の、莉音の形見なのだった。たとえその存在が、逃亡生活を脅かすものとなってしまっても、手放すことなど、出来るはずもなかった。

「あの時、あのタイミングで、手帳がポケットから落ちてしまったことが、寿さんには、ただの偶然とは思えなかったんだ。あれは、莉音が——。莉音ちゃんが、自分を止めようとして、そうした気がして……」

言いながら、フキノトウの苦みが、口のなかに蘇ってくるようだった。

「……だから、生きなきゃって、思い続けたんだよ。たとえ、どんな目に遭ったとしても、死ぬまでは、生きなきゃって、寿さんは——」

どこかうわ言のように言ってしまった遥太に、運転中の神は前を見据えたまま、少し驚いた口調で訊いてくる。

「それ……、お前にも見えたのか？」

だから遥太は、頭を軽く振りながら応えたのだった。フキノトウの苦みとともに、くだんのひどい眠気にも、また襲われはじめたからだ。

「うん……。潜った、時に……？　あの場面だけ、ピンポイントで……。まあ、そうは言っても……、もっと中途半端に見えただけだったんだけど……。宗吾の話聞いて、色々繋がったっつーか……？」

そうして、さらに頭を振りながら言ってしまった。「つーか……、すげぇ眠いんだけど……。何……？　これ……？　口に……、まだ苦いのが残ってる、から……？」

すると神は、少し呆れたような表情を浮かべ、「多分、薬が効いてんだよ」と告げてきた。「ニセブキのヤツ、ここんとこずっと強めの薬を服用してっから——。つーかお前、ホントに身体的な影響を受けやすいタイプなのな？　前は確か、酒でやられてたろ？　酔っぱらったみたくなって、ロクに食視も出来なくて……」

受けて遥太が、自らの頬を軽く叩きながら、「は……？　薬って……？」と首を傾げると、神はさらに呆れた様子で応えてみせた。「ったく。薬は効いてんのに、理由は見えてねぇのかよ？　マジでピンポイントでしか見えてねぇんだな……」そうして、息をつきつつ言い足した。「まあ……、別に隠しても仕方ねぇから言っちまうけど。ニセブキのヤツ、ちょっとヤバめな病気なんだよ」

そこで遥太が、「……はあっ⁉　えっ⁉　なっ⁉　び……っ⁉」と驚きの声をあげてみせても、神は特に動じないままだった。彼はごく淡々と話を続けた。

「それでアイツ、久藤のオッサンの会社も辞めることにしたんだ。辞めて、身の振り方を考えるつもりだった。ただし、まともな病院で治療しようと思ったら、そこで足がついちまうかもしれねぇからな……。どっちかっつーと、どう生きるかより、どう死ぬかを考えてた感じだったわ……」

フロントガラスの向こうに、用賀《ようが》ＩＣの標識が見えてくる。神はワゴンをわずかばかり減速させ言い継ぐ。

「けど運命ってヤツは、わけがわからん回り方をしてみせるもんでな。ここに来てニセブキは、テメェの困難にやっと意味を見出しちまったんだ」

遥太の眠気も、おかげで吹っ飛んでしまっていた。

「……投げ捨てるには、ちょうどいい命だと思っちまった。ニセブキは、田村嗣忠と刺し違えるつもりなんだよ」

田村嗣忠にとって、西崎ゆみかは理想の女性だった。

若く美しく、まだ狭い世間しか知らず、守ってくれる肉親もおらず、親しくしている友人や親類縁者の類いも皆無。そのうえ学も金もなく、本人が思っているほど精神的にも強くはなく、あんがい情緒も不安定で、自罰的で自尊心もごく低い。だから、たった一度手を差し伸べてやっただけの自分のことを、世界でただひとりの恩人のように思い込んでしまった。なんとも御しやすく、愚かでかわいい愛おしい女――。

「まあ、それを理想とするあたり、すでになかなかのドクズ感は出ちまってるけどな。とりあえず、それが田村の言い分だったようだよ」

軽蔑《けいべつ》するものを語るかのように神は言って、くわえた煙草に火をつけた。

「……しかもニセブキが、そんなドクズの表面的な優しさに、一時頼ってしまったってのも、また事実ってとこだったのかな。それであれこれ優しくされて、学費や母親の施設費の援助も受けちまって、交際の申し込みも引くに引けずに受けちまって――。そのまま押し切られるみてぇに、結婚までいっちまった。それで、地獄がはじまったってわけだ」

言いながら神は煙草の煙を吸い込んで、車の窓をわずかに開ける。そしてその隙間から、器用に煙を吐き出してみせた。

「ニセブキも、最初はわけがわからずヤツに従っていたようだ。そもそもニセブキは、普通の家庭ってもんを知らんからな。その負い目もあって、田村にこうだと言われてしまえば、自分に非があったんだと思い込んじまう。殴られるようになってからも、しばらくは納得してたほどだったよ。自分が悪いから殴られたんだろうってな」

つまり寿さんという人は、田村嗣忠が理想としていた通りの妻でもあったというわけだ。彼女は外に働きに出ることもなく、ただ田村のためだけに時間を費やす日々を過ごしていた。その暮らしにもさほど疑問は抱かなかったようだ。それが正しい夫婦の形だと、田村が言えばそうなのだろうと信じていた。

「けど、三度目の骨折で、いい加減気付いちまったんだわ。これはさすがに、おかしいんじゃねぇかって。田村のほうも、夫婦生活が長くなってきて、油断が出たってところだったんだろ。それで手加減をし損ねて、ケガの度合いがいつもよりひどくなっちまった。おかげでニセブキは、しばらく病院に入院することになってて――。少しの期間、田村と距離を置けることになって、やっとまともに、物事が考えられるようになったんだわ」

そうして彼女は、退院してすぐ家を飛び出し、田村の前から姿を消した。準備をしている暇はなかった。とにかく、とにかく知り合いのいない街に――。それで当てのないままに、福岡の地へとたどり着いたのだ。

「そっからはお前も知っての通りだ。スナックKOTOBUKIに潜り込んで、しばらく働いてみたものの、けっきょく田村に居場所を突きとめられてまた逃げた。で、本名や旧姓を名乗り続けるのは危険だと察して、偽名を騙ることを思いついた。以来ニセブキは、寿理衣砂と名乗り続け、何年もの間、田村から身を隠し続けた」

ワゴンはすでに、田村のマンションの前に到着していた。通りは朝の静けさに包まれていて、人通りはほとんどない。時おり犬を連れ散歩する人がいる程度で、静けさゆえに犬の爪の音がかすかに聞こえてくるほど。車の時計は、六時二十八分を示していて、勤め人たちが出勤するにも、まだ少し早い時間であることを伝えていた。アスファルトに伸びた朝陽《あさひ》も、どこか青さを含んでいる。

「……それなのに、今は自ら、田村のマンションに押しかけようとしてるってか……?」

遥太の問いに、神はそっけなく応える。

「――ああ。ここだったら、確実に田村を仕留められるし。田村には早朝に出勤する習慣があるからな。朝の早い時間帯は、ニセブキにとって絶好のアタックチャンスなんだよ。目撃者も少なけりゃ、邪魔もおそらく入りにくい。やる気満々のニセブキからしたら、願ってもない状況だ」

それが神の見立てだった。ニセブキは、まず間違いなく田村のマンションか職場に向かうはず――。それでふたりは、ひとまずマンションのほうに車を着けて、寿さんの出現を待ち構えていたのである。

「ちなみに……、なんだけど。寿さんのやる気って――。やっぱ、殺す気満々、みたいな感じなわけ?」

ひと気のないマンションの玄関を見詰めながら、それとなく遥太が問う。すると神はまた煙を吸って、窓の外に吐き出した。「もちろんだよ。この期に及んで、別のやる気って他にあるか?」

だから遥太も、うっと言葉を詰まらせてしまったのだが、いっぽうの神は煙草をくわえたまま、さも当然のように言い継いでみせたのだった。「言っとくが、田村のほうだって、相当やる気満々なんだぜ？　車のブレーキホースに細工したのは、おそらく田村の手のもんだし」それで遥太が、「は……？　マジかよ……」と目をむくと、「マジマジ。まあ田村って男は、根本的に人の命をどう思ってんのか、測りかねるタイプでもあるしな」と平然と言ってのけた。「だからニセブキも、マジになってんだよ。あの男がどれだけヤベェ奴か、身をもって知っちまってるから——」

そうして神は、煙草の灰を灰皿に落とし、やや声を落として言い足した。

「……あの女を助けるには、田村を殺すしかないと思ってんだろうさ」

あの女、というのは、自分の身代わりとして、田村の妻を演じている女のことだった。神が見た寿さんの記憶によると、彼女は今から半年ほど前、街で偶然、田村とその女の姿を目撃してしまったらしい。それで慌ててふたりを尾行し、彼らの暮らしぶりを確認した。そうしてすぐに理解したのだ。田村が自分の代わりに、自分に似た女を妻に仕立て上げていることを——。

「ニセブキは、彼女を助けようとしたことがあったんだ。三葉嬢との駆け落ち話が決まった頃かな。田村の動向を監視させてた調査会社から、ヤツが出張中だっていう連絡が入って……。それで偽嫁のことが気になって、田村の家の近くまで行っちまった」

当初は、助けようと思っていたわけではなかった。田村に対する恐怖心は、今なお寿さんを支配していて、田村の関係者と関わり合いになることは、絶対に避けなくてはならないと、むしろ警戒していたほどだった。

「けど、偶然家から出てきた偽嫁を見て……。ニセブキのヤツ、たまらず声をかけちまったんだわ。逃げよう。今なら逃げられる。一緒に行こうって——。ほとんど無意識のうちだったな。気付いたら、偽嫁の腕を掴んじまってて……」

そうして寿さんは、彼女の手首に、自分のそれと同じ傷痕を見つけたのだった。それで、ほとんどわかってしまった。ああ、この傷痕は——。そうして、おおよそを理解した。きっと、体のほうも同じだろう。暮らしぶりも、扱われ方も、損なわれ方も、たぶん、全部——。

「なのに、偽嫁は言ったんだよ。やめてくれって。逃げることなんて出来ない。自分は、田村に従うしかないんだって——。怯えて、泣きそうになりながら、クソみたいな家に戻ろうとしたんだよ。逃げ切ることなんて、絶対に出来ない。私はここで、死ぬことが出来るまで、生きるしかないんだって——」

そんな彼女に寿さんは、かつての自分を見たのだという。あるいはもしかすると、その女のなかに、妹の幻影や、母の断片のようなものも、同時に見てしまったのかもしれない——。

「だから、思っちまったんだな。絶対に彼女を、救い出さなきゃって。出来ない話じゃない。この命を投げ打てば、きっとやれるはずだって……」

言いながら神は、また深く煙草の煙を吸い込んだ。

「……どうせ長くもない命だ。どんな罪に問われたところで、さして痛くもかゆくもない。田村にやり返されたって同じだ。終わりが見えてる命なら、そこで消えても構やしねぇ。やっと自分の命に、意味が出来たような気もしてたよ。私は、死ねないから生きてたんじゃない。この選択をするために、生きて、生かされてきたんだって――。なんか、晴れがましいような心持ちにすらなってたわ」

神の言葉に、遥太は妙に納得していた。寿さんらしいなと、なぜか思っていた部分もある。

寿さんという人は、素っ気ない素振りをしながら、それでも周りの人のために、さらっと動いてみせる人だった。誰かのために生きることに、どこか馴染んでいるようでもあった。

だから本当に、彼女らしい帰結ではあると思ったのだ。自分の代わりに、苦境に置かれている誰かを、彼女が放っておけるわけがない。

そんなふうに、ちゃんと納得出来ているのに、それでも心のある一部は、非常に腹を立てていた。

「……なんだよ、それ……」

それで思わず、言って返してしまったのだ。「痛くもかゆくもないとか、消えても構わないとか……。それ、本気で思ってんのかよ？」

なぜこんなにカチンとくるのか、いまいちピンとこないまま、それでも遥太は憮然と神に言い募ってしまう。「だったら、ちょっとそれは身勝手過ぎねぇかな？　大体、こっちの気持ちはどうなんだよ？　寿さんに何かあったら、こっちは——」

言いながら、俺はいったい……、何を怒っているんだろうか……？　という気持ちにもなった。そもそも、こっちの気持ちって、どこの誰の気持ちだよ……？　と自らの発言に、内心ツッコミを入れてしまったほどだ。

それなのに、言葉は勝手に口をついて出てくるのだった。

「……妹さんが亡くなったのは、そりゃつらいことだっただろうし。それまでの人生だって、大変な事ばっかりだったのはわかったけど……。けど、寿さんになってからは、ちょっとは違ってきてたんじゃねぇの？　今の暮らしなら、多少は、大切に思えてたんじゃないの……？」

すると神も、特に否定はせず言って返してきた。

「ああ。そういう思いも、あるっちゃあったぜ？　寿って苗字はさ、めでたい名前だって寿ママも言ってて……。だからニセブキも、寿って名乗るようになって、なんかちょっと運が向いてきたかもって、思ったりはしてたよ。銀座の店でもけっこうよくしてもらえたし、久藤のオッサンっていう上客もついたしな。オッサンに誘われて、会社勤めしてみたら、それがまあ楽しかったみたいなんだわ。ニセブキのヤツ、会社勤めに向いた性質だったんだろうな。ハードワークだったのは、無理してたんじゃなくて、単に本人が好きでやってただけっつーか……」

ただしそれでも、遥太の腹のムカつきは収まらず、顔をしかめて言って返してしまった。

「……はーあ？　何それ？　なんかちょっと、運が向いてきた？　なんか、ちょっと？　ちょっとぉ？　しかも何？　仕事がどうとかばっか……」

言いながら、やはり再び思いはした。いやいやいやいや、だから俺は、いったい何を……？　しかし、口は動くのだから仕方がなかった。遥太はほとんど神にまくしたてるように、運転席に身を乗り出しながら言ってしまう。

「三葉ちゃんのことは、どうだったんだよ？　寿さんは、なんていうか、その……。その程度の感覚で、三葉ちゃんと……、付き合ってたの……？　かよ……？」

そのあたりで、やっぱ、これって……？　と思ってはいた。運転席の神も、冷ややかな目で遥太を見詰めている。彼のそんな反応に、遥太も深く納得してしまう。まあ、そらそうなるわな……。素直にそう思っていた。だって、俺もヤベェと思うもん。もう、半分くらい、俺じゃないっていうか……。

ただし神は、遥太の異変について言及まではしなかった。ただ彼は、ゆっくりと紫煙をくゆらせたのち、思い切り煙を吸い込んだかと思うと、勢いよくそれを遥太の顔めがけて吹き付けてきたのである。

それで遥太が、むせて乗り出していた体を席に戻すと、神はまたスパスパ煙草を吸い続け、舌打ち交じりで言葉を継いでいった。

「ったく、ピーピーうるせぇな。それの何が不満なんだよ？」その口ぶりには、逆ギレした恋人感すらあった。「腹の底の気持ちはどうあれ、こっちはちゃんと誠実に付き合ってただろうが？　けっこう大事にしてたはずだぞ？　努力だってしてた。女同士の付き合いがわからんなりに、三葉ちゃんになるべく合わせて……」

そんな神の物言いに対し、もちろん遥太も引っ掛かりは覚えたが、しかしそちらの感覚より、イラ立ちのほうが勝ってしまって、言い訳がましく言葉を連ねる神の横顔を、黙ったままじっと睨んでしまう。

「へーえ……。努力して、付き合ってくれてたんだ？」

するとも神も、めずらしく困った様子で返してきた。

「……ひたむきないい子だと思ったから、その気持ちに応えようと努めてたんだよ。こんな自分を想ってくれるなんて、申し訳ないような気持ちもあったし……。それで、もっと一緒にいたいってお願いにも応えたんじゃねぇか。大体、こっちは会社辞めたら、しばらくひとりで先々について考えるつもりだったのに……。そもそも駆け落ちだって、社長の気持ちを考えたらちょっとどうかと思ったけど。でも、三葉ちゃんが一緒にいたいって言うから――」

おかげで遥太は、思わず声をあげて言ってしまったのだった。「えーっ⁉　寿さん、そんな気持ちで駆け落ちしたのっ⁉」

その時にはもう、自分が自分でなくなっている感覚だった。言葉や感情が、まったく制御出来ない。おいおい俺、ちょっと裏声じゃねぇか……、と頭の片隅で思う程度のことは出来るが、放たれる言葉は、もう完全に三葉のそれだった。

「えー、もー、ちょっとショックなんですけどー……」

つまり遥太は、完全に三葉になっていた。

「そりゃ、気持ちの大きさに、けっこうな温度差があるのはわかってたよ？　わかってたけど……。でも……、もうちょっとちゃんと……、ちゃんと好きでいてくれてる気がしてたのに――」

わめく遥太を横目に、神は大きなため息をついて、煙草を灰皿に押し付ける。そうして彼は、ひどく疲れた様子で、顔をしかめたまま遥太を見詰めてきた。だから遥太も内心で、お察しします、と思ったのだ。なんかこんな時に、俺がこんなことになっちゃって、本当にごめんなさい……。心のなかで、素直にそう詫びてもいた。

だが神は、そんな遥太の思いを知ってか知らずか、顔をしかめたまま視線をフッとフロントガラスのほうに向けたのだった。そうして、どこか遠い目をしながら、普段よりだいぶ柔らかな声で告げてきたのだ。

「……好きだったよ」

その横顔が、寿さんのそれに重なって見えた。

「だから、残された時間のいくらかは、三葉ちゃんのために使いたいと思った。自分のためにも、そうするべきだって――。それは、ホントに……」

フロントガラスを照らす朝陽が、少しだけその光を強くする。

「――長い、幸せな夢を見てるみたいだった。三葉ちゃんと出会ってから、ずっとそんな感じだった……」

遥太の視界の端に人影が映ったのは、その瞬間だった。それでハッと前方に顔を戻すと、通りの先の十字路の角から、マンションに向かい、ゆっくりと歩いてくる女の姿が見えた。

「あ、れ……？」

思わず遥太が声をあげると、神もすかさず告げてきた。

「――ああ。ニセブキだ」

先ほどとは、打って変わった鋭い声で神は言い、そのまま車のドアを開けようとする。それとほぼ同時に、遥太はマンションの玄関のガラス扉の向こうで、人影がチラと動いたのに気付いた。それで慌てて神に知らせたのだ。

「ちょ、宗吾……！　玄関！　田村が……！」

そうして遥太も、急ぎドアを開けそのまま外へと飛び出した。ただし神のほうは、松葉杖を車から出すのに、やや手こずってしまっているようだったが――。

マンションの玄関の扉が開いて、なかからスーツ姿の田村が出てくる。アタッシュケースを手にしていたから、おそらくこのまま出勤するということなのだろう。

そんな田村の姿を、前方の寿さんもおそらくちゃんと捉えている。何せ彼女は、真っ直ぐ田村を見据えていた。同時に歩みも、少しばかり速くなる。そして右手で、上着のポケットをまさぐりはじめる。

「…………！」

ポケットに何が忍ばされているのか、遥太には何となく察しがついてしまった。おかげで心臓が、縮んだかのようにギュッと痛んでしまう。やめてくれ——。やめて、寿さん——。咄嗟にそう思ったのが、自分なのか、それとも自分のなかに残っている三葉の思念の断片なのか、判然としないまま、遥太は寿さんに向かい駆け出す。

田村は寿さんに気付かないまま、マンションの長いスロープを、スマホを見つつ降りてくる。寿さんは、真っ黒な目で田村を見詰めたまま、ゆっくり彼のほうへと進んでいく。その右手が、ポケットのなかで何かを摑んだのがわかって、遥太は思わず息をのむ。

「——」

遥太は走りながらグッと奥歯を嚙みしめる。すると寿さんは、やはりナイフをポケットから取り出した。刃渡りが十センチ以上はある、しっかりとしたナイフだ。それを腰のあたりに当てるようにして持ち直すと、左手も柄《え》にしっかりと添えた。もしかするとあの姿勢のまま、体当たりで田村を刺すつもりなのかもしれない——。

いっぽうの田村は、手にしていたスマホで誰かと話しはじめ、寿さんの姿には、まるで気付いていない様子だ。無表情なまま、相手と何やら親しげに話し続ける。そんな田村に、寿さんはナイフを手にしたまま直進していく。黒々とした、水の底のような淀んだ目で――。

ああ、どうして……？　そう思う気持ちが、自分のものなのか、あるいは三葉のものなのか、やはりよくわからないまま息をつく。寿さん、本気で、田村を――？　自分が地面を蹴る足の感覚も、どこか曖昧だ。曖昧なまま、それでも必死に蹴りつける。

彼女の手を、血で汚すわけにはいかなかった。だから、俺は――。そんなことは、絶対にさせたくなかった。だから、私は――。

まぶたの裏に、寿さんの笑顔が浮かぶ。チョコレートを渡されて、驚いたような笑顔を見せた。松平健の話をする時も、決まって笑顔だった。それで三葉が少しヤキモチを焼いて拗《す》ねても、やっぱり楽しそうに笑っていた。何かをごまかす時、寿さんは笑うのだ。待ち合わせの場所で、三葉に気付いた瞬間も、いつも笑ってくれた。嬉しい時は嬉しい時で、ちゃんと笑う人でもあった。

だから私、多分あなたが思うより、たくさんあなたの笑顔を見てきたんですよ？　そんな三葉の思いが、遥太の頭のなかを駆け巡る。

あなたは、ちゃんと楽しそうでした。冗談も言っていたし、ふざけていることもよくあった。確かに、心を閉ざして見えるところもあったけど――。でも、楽しそうにしてる時も、たくさんありました。パパとだって、いつも楽しそうに話してたじゃないですか。ふたりで呑み明かしたり、私を置いてゴルフに行ったり。パパをからかうのだって、けっこう本気で楽しんでたでしょ？　私、気付いてましたよ？

仕事だって、本当に楽しそうにしてた。決算報告書だとか事業計画書とか、面倒くさそうな書類なのに、すっごく嬉しそうに作ってましたよね？　私、知ってたんですよ？　寿さんが、数字を合わせるの大好きなこと。ああいうのやってる時、私がいくら声をかけても、寿さん、ちっとも返事してくれないんですよね。本当に寿さん、仕事の虫で――。

私はね、寿さん。あなたが笑っているところを、たくさん、たくさん見てたんです。あなたが気付かなかった笑顔だって、私はちゃんと見てました。だから私、あなたが不幸だったなんて、ちっとも思わない。投げ捨てるのにちょうどいい命なんて、そんなのもう、笑っちゃうくらい。あんなに充実した毎日を送ってて、どの口が言ってるんですかって感じです。寿さん、仕事は出来るのに、もしかして少しバカですか？

あなたは、幸せでした。ちゃんと幸せだったんです。どんな過去があったんだとしても、あなたはちゃんと乗り越えて、幸せに生きていました。夢なんかじゃない。本当の世界で、あなたはちゃんと――。ちゃんと、笑っていたんです。

「――――」

三葉が寿さんと過ごした日々が、走馬灯のように、遥太の頭のなかを巡っていく。その光景に、不覚にも遥太は、少し微笑ましいような気持ちになってしまう。そのせいか、三葉の思いはさらに高まり、遥太の感覚が三葉のそれにのみ込まれていく。まるで三葉自身のように、遥太は寿さんを思ってしまう。

わかりませんか？　寿さん。あなたは、もう、不幸じゃないんです。もし、それを信じられないって言うんだったら、私は何度でも、あなたに言おうと思います。あなたの傍にずっといて、あなたにずっと言いきかせます。それか、あなたを不幸だと思わせてるものを、全部ぶっ飛ばしてやります。あなたを悲しませるもの、あなたを苦しめるものから、私が必ず守りますから――。

私はパパの娘だから、そのあたりは本当にしつこいんです。寿さんも、知ってるでしょ？　酔った時に出てくる、パパの口癖《くちぐせ》。私も時々、同じようなことを思うんです。酔ってないのに思ってしまう。私と出会ったあなたの人生を、不遇なものには絶対にしない。もうあなたを、ひとりになんてしない。もう、不幸だなんて思わせない。だから寿さんは、絶対に、幸せになるんです。

「――あ」

田村が、スロープから降りてきて、通りの歩道にたどり着く。寿さんは、それを見詰めながら歩くスピードをまたあげる。ふたりの距離は、数メートルというところまできていた。寿さんが駆け出したらもう終わりだ。だから遥太は、さらに地面を蹴りあげる。こちらと寿さんの距離は、まだ十数メートル以上。

転げる一歩手前のような体勢でもって、遥太は寿さんへと飛び込んでいく。ホンの一瞬の出来事なのに、見えている世界はスローモーションのようだった。

「――ん……っ」

歩道に出た田村は、やって来る寿さんに背を向けるようにして左手に曲がり、そのまま歩道を歩きだす。田村の背後に立った形になった寿さんは、そのままわずかに右肩をあげる。ナイフを握った手に、おそらく力を込めたのだろう。遥太は寿さんに手を伸ばし、そのまま突き進んでいく。あと、一メートル――。あなたを、守る。その思いに、突き動かされるように――。あなたに、人を殺させたりはしない――。

ほとんどタックルをするように、遥太は寿さんを抱きしめて、先にある生け垣へと突っ込む。その音に、田村は驚いた様子で振り返ったが、遥太たちが生け垣の後ろに倒れ込んでしまっていたことと、後方で大きな犬を連れた老夫婦が散歩をしていたこと、そして何より田村自身が電話中だったことが幸いしてか、彼は少し首を傾げただけで、また前を向き直しそのまま歩きだした。

いっぽう、生け垣に倒れ込んだままの遥太は、寿さんを半分抱きかかえたような体勢でもって、彼女の無事を確認する。

「――ご、ごめんなさい……、寿さん……。大丈夫でしたか……?」

受けて寿さんは、突然のことに混乱しているのと、多少体を地面に打ち付けたのか、顔をしかめながら遥太の顔に目を向けてくる。「え……? 何……? あなた――」しかしその表情と口ぶりから、特にケガはなさそうだと遥太は察する。それで安堵すると、もうひとつの感情のほうも、にわかに首をもたげてきた。

「あ……」

溢れ出したその感情は、当たり前のように寿さんの手を握りしめる。おかげで寿さんは、しかめていた顔をさらに険しくし、はっきりと恐ろしいものを見るような目で遥太を見てくる。受けて遥太も、まあ当然だわな、と素直に思う。しかし、溢れ出す三葉の思いは、遥太の冷静な指摘などものともせずに、遥太の口を動かしたのだった。

「……よかった、寿さん――」

それは自分の声のはずなのに、まるで他人のもののように聞こえる、不思議な声だった。

「もう……。心配したんだから……」

受けて寿さんも、なんらかの違和感を覚えたようで、それまでの険しい表情をわずかに解き、まじまじと遥太の顔を見詰めてきた。だから遥太は、いや、三葉は小さく笑って告げたのだ。

「……帰りましょう？　寿さん」

寿さんの目が、大きく見開かれる。けれど三葉は、笑顔のままで言い継いだのだった。

「せっかく私、グラタン作ったんですから――。寿さんが食べたいって言った、チキンマカロニグラタン」

瞬間、真っ黒だった寿さんの目に、光が差し込む。遥太はそれを見て、嬉しくてつい笑ってしまう。すると寿さんは、遥太が握っていた手を握り返し、見開いた目からボロボロ涙をこぼしはじめたのだった。

「……そうね……」

おそらくその目には、ちゃんと三葉が映っているのだろうと遥太は思った。

「帰るわ……、三葉ちゃん……。あなたの……、ところに――」

神がやって来たのは、そのすぐのちのことだ。松葉杖をつきながら、明らかに出遅れてやって来た彼は、生け垣の脇で倒れたまま、手を取り合っている遥太と寿さんを見おろして、しかし特に驚いた様子もなく告げてきた。

「――あとは俺に任せろ」

そうして彼は、すぐに踵《きびす》を返し、背中を向けたまま言い継いだ。

「……田村嗣忠は、俺が完全に罰してやる」

神は先を行く田村を追って、朝陽のなかを松葉杖で歩き出す。

しかし、すぐにそれが面倒になったのか、あるいは先を行っていた田村が、追ってくる神に気付いて逃げようとしたのか――。おそらく後者だろうと思われるが、とにかく神は歩き出して二、三歩のところで、突如松葉杖を地面に投げ出して、そのまま猛然と駆けだした。

「マジか……」

ギプスをしたまま走る人間を、遥太は初めて見た気がした。

オーブンがない状態で、いかにグラタンを調理するか――。神にとっては、どうもそこが一番の懸案だったようだ。

「鉄板でホイル焼きにすりゃあ、味のほうはまず問題ないんだがな。けどそれだと表面がカリッといかねぇだろ？　やっぱグラタンっつーのは、焦《こ》げ目《め》が命ってとこあるし……」

かくして彼は、ガスバーナーを持ち出して、仕上げのチーズをたっぷりまぶし、炎で焼き上げることを思い付いたのである。

　青い炎に焼かれていくチーズは、ガスバーナーのゴォォォッ！　という唸り声とともに、その表面にオレンジ色の炎を立ちのぼらせ、ジッ、ジジジ……、と焼き音をたてながら一瞬でくたっととろけだす。そうしてすぐに、キツネ色の焦げ目をつけはじめるのだ。するとと同時に、あたりにチーズが焼ける香ばしい匂いが立ち込めていって、息をするだけで食欲をそそられるという状況になってしまう。

　しかし神はお構いなしで、バーナーの炎を操り続ける。「この、焦げ目が……」などと言いながらバーナーを上下に移動させ焼き目を調節していく彼は、手元の青い炎も相まって、さながら怪しげな魔術師のようだ。「焼き過ぎず、だがしっかり焼くのがポイントでよ……」

　ただしカウンター席に着いていた、久藤氏、真白、えーちゃんには、そんな神の珍妙な動きなど、まったく気にならないようで、炎とともに仕上がっていくチキンマカロニグラタンを、「おー……」とただ感嘆の声をあげ見詰めていた。「しかし、とろけるねぇ……」「これ……、インスタ映え……？」「神ちゃん、炎の料理人みたい……！」

受けて神も、若干興が乗っていたらしく、炎でサッと空を切るようにして腕を上げ、そこでバーナーの炎を消してみせた。

「――はいよ、お待ち」

言いながら神は、空いたほうの手で、次々ホイルグラタンをカウンターに並べ置いていく。トン、トン、トン。出来上がったばかりのグラタンは、とろけたてのチーズがキラキラと輝いていて、目にもなかなか鮮やかだ。渾身の焦げ目とやらも、ちょうどいい塩梅《あんばい》でグラタンの表面を覆《おお》っている。ところによってカリカリで、ところによってトロトロなのが、一見しただけでわかる仕上がりだ。

そんなグラタンを前に、久藤氏らはそれぞれ、「いただきまーす!」と手を合わせ、各自フォークを素早く手に取る。「おー……、おいしそう!」

出来立てのグラタンはもちろん熱々で、彼らが表面にフォークを入れると、すぐに白い湯気が立ちのぼる。その湯気に、みなは笑みをこぼしながら、フウフウとフォークに取ったグラタンに息を吹きかける。そうして、まだそう冷ましてもいないまま、すぐ各々頬張ってしまう。「うあっつ……!」「は、あ……、っふ……」「ほっ……、ほっほほほ……」

そんな面々を横目に、遥太は布巾《ふきん》でグラスを拭きつつ、我慢のきかねぇ奴らだな、としみじみ思う。口んなか、火傷《やけど》しても知らねぇぞ?

しかし彼らは熱さなどものともしなかった様子で、「んー……!」「んっ! んんっ!」「んーんん」と顔を見合わせ、謎の意思疎通を図りはじめた。「んーん……」「んん……」「んー。うん、うまい！」どうも、そういうことのようだ。

時間は、午前一時を回ったところだった。店はほとんど閉店間際で、テーブル席に残っている客たちも、すでにグラタンは食べ終えて、一様に酒をのみに入っている。本日の屋台の設置場所である路地裏も、もうすっかり人通りがなく静かなものだ。声をあげているのは、向こうのビルの谷間の夜空を横切っていく、流れ星のようなカラスの群れだけ。

だからか神も、鉄板の火をすぐに落としにかかって、その上を布巾で拭きはじめた。やはり今日は、これで店じまいするつもりなのだろう。

そんな折、真白がポツリと呟いた。

「——あ、春の味……」

瞬間、神はふと手を止めて、「お、さすが食いしん坊」とニンマリ微笑んだ。「ちゃんと、その味に気付いたか」そうして嬉しそうに語りだしたのだ。「味の正体はフキノトウだよ。昨日売るほどもらっちまったから、ちょっと入れてみたんだわ。まあ、最初はどんなもんかと思ったが……。これが意外とイケるだろ？」

するとえーちゃんも、もぐもぐ口を動かしながら頷きだした。「ああ！　フキノトウね！　さっきから、この緑なんだろうと思ってたんだわ。なるほど、フキノトウ……。うん、確かにうまい。心持ち、ちょっとホロ苦で……」受けて真白もしみじみ頷く。「うん。苦いのにおいしいって、不思議ですよねぇ……」そうして、グラタンを舌で転がすようにしながら言い継いだ。「ほろ苦くて……、ちょっと青くさくて……、春を思わせて……、まあチーズと合うったら……！　私思うんですけど、チーズってすべての食べ物に寄り添える万能食材じゃないですか？　もう、なんにでも合うっていうか――」途中からは、独特の持論展開になっていったが、しかし神のグラタンには、相当満足している様子ではあった。

もちろん、久藤氏もチキンマカロニフキノトウグラタンを堪能《たんのう》していた。「いやいや、真白ちゃん。これはやっぱり、フキノトウがミソなんじゃないかな？」などと意見して、口をホフホフやりながら味の感想を述べていく。「オジサンくらいになると、大量のチーズはちょっと胸やけしちゃうんだけど、このフキノトウのほのかな苦みが、すうっとチーズの重さを軽くしてくれるっていうか……。やっぱりこの苦みがいいんだな。ホワイトソースの甘みも引き立つし、若い苦みだから爽《さわ》やかさもあって――」そうして、肩をすくめて言い足したのだった。

「――春の苦さは、不思議とうまいよ」

昨日、ほたる食堂に売るほどのフキノトウを持ってきてくれたのは、他でもない久藤氏だった。彼の話によると、三葉の入院先にくだんの別荘オーナーが見舞いにやって来てくれて、庭で採れたからどうぞと、大量のフキノトウを渡してくれたらしい。三葉さんが、好きだっておっしゃってたんで、よかったら――。

しかし、生憎《あいにく》三葉はまだしばらく入院生活が続き、その三葉が家にいないことにはフキノトウも調理のしようがなく、困った久藤氏は神の元にフキノトウを運んできたのだった。だって、俺、調理の仕方全然わかんないしさ。その点、宗吾くんなら、上手に料理出来ちゃうでしょ？　だから、ちょうどいいと思って……。

あとは、捜査の謝礼金を渡すことと、三葉と寿さんの様子を報告したいという思いもあったようだ。フキノトウとともに、久藤氏は封筒をふたりに差し出して、改めて礼を言ってきた。まあ、色々あったけど……。とにかく君たちのおかげで、最悪の事態は免れる形で、三葉も寿くんも戻って来てくれたわけだから――。どうぞ、遠慮なくお納めください。

久藤氏の話によると、三葉はすで意識を回復させていて、ベッドに起き上がったり、多少なり喋ったりもしているそうだ。病院に担ぎ込まれた際は、意識不明だった三葉だが、しかし検査結果では、脳にも特に異常はないとのことで、打撲と捻挫《ねんざ》の全治二ヵ月の診断を受けるにとどまった。

そのことについて、久藤氏は苦く笑って言っていた。まあ、不幸中の幸いだったってところかな。ケガが治れば、バレエも普通に出来るって話だったし……。三葉も、そんなにショックは受けてないみたいでね。もうなんていうか……、うん……、むしろ、けっこう楽しそうに、入院生活を送ってるかなぁ、うん……。

さらに言ってしまえば、久藤氏がほたる食堂にわざわざやって来たのには、三葉の病室にいるのがなんだかつらいという側面もあったようだ。そのことについて久藤氏は、はっきりとした作り笑顔のまま、奥歯を嚙みしめるようにして説明してみせた。

いやー、何せ付き添いは、基本的に寿くんがやってくれてるからねぇ？　三葉も、そのほうがいいみたいだし？　そうなると必然的に……、まあ……、俺の居場所はなくなっちゃうよね？　しかも寿くんも病人なわけだから、三葉も看病されながら付き添ってる的な気分になってるみたいで……。なんか、お互いにお互いを看病してるみたいな、不思議な病室になってんだよね……。いや、もちろん、とっても素敵な病室なんだよ？　なんだけど……。俺の居場所は、完全になくなってるっていうか——？

あの時、田村嗣忠を殺そうとしていた寿さんは、しかし三葉が事故に遭ったと知るや、田村のことなど完全に失念した様子で、遥太に言われるがまま、三葉が担ぎ込まれていた病院へと直行した。三葉が意識を取り戻したのはその段で、だから久藤氏としても、もうふたりの関係を認めざるを得ない心境に至ってしまっているようだ。

まあ、あんな姿見ちゃったらねぇ……。大量のフキノトウに目を落としながら、久藤氏は眩しそうに目を細くして言っていた。三葉のヤツ、寿くんの呼びかけには、反応しちゃうんだもん……。寿くんもさぁ、いつもは鉄仮面みたいなのに、ベッドの上の三葉を見て、ぐっちゃぐちゃに泣いちゃって——。そんなの見たらさぁ。認めるしかなくなっちゃうじゃない？　もう、相思相愛って感じなんだもん。そうなっちゃってんなら、もう仕方ないじゃない？　外野があれこれ言ってもさぁ——。

そう腹を括《くく》ってみせた久藤氏を前に、神は少し意地悪く、ふうん……。ヴァージンロードは諦めたのかよ？　などと言ってみせたのだが、しかし久藤氏は、一旦《いったん》うっと息をのんだものの、すぐに気持ちを立て直したらしく、い、い……、いいんだよ！　と唸るように応えてみせた。そりゃまあ……、俺としても、色々思うところはあるけれども……。けれども！　いいんだよ！　三葉が、幸せなら——。

言い切った久藤氏は拳を握りしめていて、鼻の穴もだいぶ膨らんでしまっていた。だから遥太は心のなかで、嘘つけ、無理しちゃって……、と思わず苦笑いしてしまったのだが、しかしまあそういう嘘なら、別についてもいいんだよな、とすぐに思い直し、ひとり静かに頷いた。そりゃそうだ。別に誰を傷つけてるわけでもなし……。

そもそも人は嘘をつく。自分を守るため、あるいは誰かを守るため——。そしてその弱さや強さを、やはり遥太は、少し愛おしく思ってしまったのだった。

だから久藤氏の膨らんだ鼻の穴も、見て見ぬふりで頷いてやったという側面もある。へえ、そう……。そりゃよかった……。そうして、一応励ましてもやった。まあ、アレだよ。ヴァージンロードなら、やっぱ普通に歩けばいいんだってふたりともに、ウェディングドレス着てもらってさ。

神も、きっと同じだったのだろう。彼は、ああ、それもそうだな、と頷いて、久藤氏の腕をポンポンと叩いてみせたのだ。いいじゃん、両手に花嫁。うん、むしろ楽しそう。そして、笑って言い継いだ。アンタが父親なら、あのふたりは大丈夫だよ。三葉嬢もニセブキも、きっと幸せに生きていけるってもんよ。

人は、嘘をつく。

そこに、願いや祈りの類いを込めながら。

「──あ、そういやニュースで見たんだけどさ。寿さんの旦那だったたって男、精神鑑定に回されるらしいじゃん。なんかワケわかんねぇことばっかり言ってるとかで……」

そんなえーちゃんの言葉に、真白も呼応する。

「それ、私も見た！　ていうか、ひっどい男だったよね。女の人を何年も軟禁してたんでしょ？　あんなの異常だよ。頭おかしくなきゃあんなこと出来ないって──」

瞬間、遥太はチラリと神を見やる。しかし神は、ふたりの会話を気にする様子もなく、改めて鉄板を拭きはじめる。だから遥太も特に口は挟まず、グラスを拭き続けたのだった。

「…………」

田村嗣忠への罰なるものについて、神は遥太にも多くを語っていない。ただ、あの男は叱って出頭させといた、という報告と、女のほうは保護施設にやった。まあ回復に時間はかかるだろうが、田村がいなけりゃなんとかなるだろ、という見解を述べたのみ。

だからもちろん遥太としても、へ……？　それだけ……？　と肩透かしを食らった気分だったのだが、しかし直後に流れたニュース速報で、田村の様子がうかがい知れたため、深く追及することはやめておいた。何せ遥太という男は、人の嘘も隠しごとも、のみ込むのが得意な性質なのだ。

ただし久藤氏は、事件の関係者だけあって、ふたりの会話を呼び水にして、やや恐々と言いだした。「――ああ、それね。俺もビックリしてるんだよ。実は俺、あの田村って男に、二、三度会っててさ……」その情報に、えーちゃんも真白も興味津々の反応を見せる。「ええ！　マジで！」「どうでした？　やっぱ、ヤバそうな人でした？」受けて久藤氏は、釈然としない様子で感想を述べてみせる。「いや……。会った時は、割りと普通の紳士って感じだったんだよね……。だから、人って見た目じゃわかんないなぁって、つくづく驚いたっていうか……」そうして、腕組みをして首をひねってみせたのだ。「でも……、ニュースで見たら、別人みたいな顔つきになっててさ……。俺と会ったのなんて、つい何日か前のことなのに、逮捕であんなに雰囲気変わるなんて……。それが、すごく不思議でさ――」

そうして久藤氏は、ふと思い出した様子で遥太に話を振ってきた。

「――そうだ、遥ちゃんも一緒に会ったじゃん？　田村嗣忠。会った時は、もっと普通な感じじゃなかった？　ニュースで流れた顔とは、全然違って……」

だが遥太は、キョトンと目を丸くして応えてみせたのだった。

「え？　そうだったっけ？」

人は、嘘をつく。

「アイツ、最初からあんな感じだったと思うけど……」

遥太の返答に、傍らの神がこっそり鼻で笑ったのがわかる。だから遥太は、ん？　もしかして俺、嘘下手か？　とひそかに案じつつ、しかしそのまま景気よく嘘を飛ばし続けておいた。

「俺の印象としては、最初っからもうなんかヤベェ奴っぽかったけどな。なんか隠してる感じもあったし……。目つきもおかしかったよ？　ここだけの話――」

嘘で守れるものがあるなら、やはりそれは守りたかった。

彼女が現れたのは、久藤氏がえーちゃんと真白を連れて、大通りのタクシー乗り場に向かった直後のことだった。テーブル席にいた客たちもすでにはけ、店はいよいよ閉店となった。神もロウソクの灯りを消していたし、遥太も店の暖簾を外そうとしていた。そこに彼女は、暗闇からすうっと抜け出してきたかのように突然姿を現したのだ。

「じーんちゃん。お店、もう終わり？」

音もなく背後を取られていた遥太は、その声にギョッとし思わず声をあげてしまう。

「うおっ！」そうして暖簾の竿《さお》で身を守るようにして後ろを振り返ると、そこには若干肉感的な、髪の長い若い女が笑顔を浮かべ佇んでいた。それで遥太は身構えたまま、「え……？」と眉をひそめてしまったのだ。だ、誰……？

神の名前を知っているということは、おそらく馴染みの客なのだろう。呼びかけの馴れなれしさからも、常連客っぷりがにじんで見えた。しかし、遥太は見かけたことがない。女のほうも、やはり遥太のことは初見だったようで、「君が噂のバイトくん？」などと声をかけてきた。そうして笑顔のまま、まじまじと遥太を見詰めてきた。「ヤダ……、ホント綺麗な顔……。そんなんじゃ、男女問わずでモテちゃうでしょう？」

受けて遥太が、いや、それが意外とそうでもなくてですね、と応えようとすると、それよりも早く神が屋台から姿を現し、彼女に向かって声をかけてきた。

「――来たか、ミルキー……」

女はミルキーと言うらしい。神は笑顔のミルキーとは対照的に、ひどく憮然とした表情を浮かべている。そして彼は、顎でしゃくるようにして遥太に命じたのだった。「暖簾、さっさとワゴンに積んでこい。終わったらガスボンベと発電機もな」それで遥太が、「あ……」と応えると、ミルキーが口を尖らせ言ってきた。

「えー。まだガスボンベがあるんなら、何か作ってよー。今日のメニューはなんだったの？　アタシ、久々に神ちゃんの手料理が食べたいんだけどぉ」

どうもミルキー、しなを作りながら喋るタイプのようだ。水商売のお姉さんだろうか？そんなことを思いながら、遥太は暖簾を手にワゴンへと向かおうとする。しかしそれをミルキーが制した。「いいってば、遥ちゃん。お店、まだ終わりじゃないから。お客のアタシがまだいるんだし？」

遥太が違和感を覚えたのはその段だ。へ？　遥ちゃんって……？　それで彼女に腕を組まれたまま、遥太は思わず眉根を寄せてしまった。「なんで……、俺の名前……？」

するとミルキーはいたずらっぽく笑い、「アタシ、こう見えて占い師なのぉ」とウィンクしてみせた。「だからー、けっこう色んなことが見通せちゃうのよ」そうして遥太の腕に絡みついたまま、つらつら言いだしたのだ。「君は、もうじき大学生になる十八歳で、神ちゃんのアパートで居候してる。お金がないからって神ちゃんには頭を下げてそうしてるけど、でも本当は、おじいさんの虎の子と、おじさんの援助もあるから、ギリギリひとり暮らしは出来そうだった。だけどお金がないことにして、神ちゃんのところに転がり込んだのよね？　神ちゃんの傍にいれば、おいしいご飯が食べられるし、やってみたい仕事だって怖いものなしで出来るから——」

おかげで遥太は、あわあわ焦って言ってしまった。「へっ？　なんでっ？　なんで知ってんのっ？　それ、誰にも言ってないヤツだよっ？　えっ？　占い師だから……？　いやいやいやいや、ないないないっ？　ちょ、怖い怖い怖い……」

そう慌てふためく遥太を前に、神は深いため息をついてみせる。そうして相当に呆れたような表情を浮かべ、遥太に目を向け言ってきたのだった。

「あのなぁ、遥太。よく当たる占いの大前提を知ってっか？」

それで遥太は息をのみ、ぎゅーっと首を傾げ応えたのだった。「……えーっと？　信心深さ、とか？」すると神は盛大に鼻で笑って返してきた。「んなわけねぇだろ。リサーチ力だよ。相談者の身辺を徹底的に調査して、本人が欲しがってる答えをくれてやることだ。だから占いってのは当たるんだよ。つーか信心深さってなんだよ、バカかよ……」

ただし遥太としては納得のいく答えだったので、「ああ」と思わず頷いてしまう。「なるほど、そういうことね……」ただし、なぜミルキーが自分の身辺を徹底的に調べたのか、そのあたりはまったくもって見当がつかなかったのだが――。

いっぽう、神に微妙な指摘をされたミルキーは、少女のように頰を膨らませ、「ひっどーい。神ちゃん、アタシの占いのこと、そんなふうに思ってたわけー？」とずいぶん不服そうに言いだした。「もう、しんがーい。アタシ、ホントにけっこう霊感はあるのにぃ」

おどけたふうにミルキーは言っていたが、しかしいっぽうの神のほうは、ごく冷ややかにミルキーを見るばかりだった。どうやら彼女のペースに合わせる気はさらさらないようで、彼女との距離も空けたままだ。屋台の脇に立ったまま、いつでも逃げられる程度の距離を保っている。

おかげで遥太は、ひそかに焦りはじめたほどだった。何せ神という男は、屈強な強面たちを前にしても、まず怯まないタイプなのだ。それなのになぜ、彼はこんな普通のかわいい子ちゃんに対し、こうも警戒心をむき出しにしているのか――。

えーっと……？　もしかして、そんなヤバい相手なわけ……？　それでさりげなくミルキーの腕から逃れようとしてみたのだが、彼女は柔らかな笑顔を浮かべたまま、ぎゅーっと遥太を摑んだ腕に力を込めてきた。ぎゅーっ。どうやら、逃がしてくれる気はないようだ。

遥太が水面下で焦るなか、口火を切ったのは神のほうだった。彼はミルキーを見据えたまま、腕組みをして言いだした。

「……いいか、ミルキー。確かに俺は、アンタを腕のいい占い師なんだと思ってきた。リサーチなんかしなくても、話を誘導していくのが上手いタイプや、それを天然でやれちまって、自分を本物の霊能力者だと思い込む輩もいるからな。だからアンタも、そのどっちかなんだと思ってたんだよ」

神のそんな説明に、ミルキーは興味深そうに頷く。「へーえ。神ちゃんって、あんがい占い師に対して造詣が深いのね？　もしかして神ちゃんも、昔、似たようなことやってたのかしら？」

しかし神は、「うっせぇ、知るか」と一蹴して話を続ける。

「キッカケは嵐の鳥だ。アンタに運命だなんだって言われて、その言葉に誘導されるように、俺はずいぶんと面倒な厄介ごとに巻き込まれた。ま、主に巻き込んだのはそこのバカだが、そもそもそのバカに会うよう俺を仕向けたのもアンタだしな。その頃からもう、俺の行動をコントロールしてたってことだろ？　占いにかこつけて、自分が動かしたいように、俺に言葉を吹き込んで――」

滔々と喋る神を前に、しかし遥太は意味がわからず、ひたすらに目をしばたたいてしまう。は……？　嵐の鳥？　運命？　誘導……？　何？　それ……。そこのバカ、というのが自分であることはなんとなくわかったが、しかし全体像はまったくもって意味不明だ。何？　これ……。冗談じゃなくて？　ドッキリでもなくて？　本気でコイツら、こんな謎会話してんのか……？　だが神は、そんな遥太の怪訝な様子など、まったく意に介する様子もなく言い継いでいった。

「けど、アンタももう、バレていいいと思いはじめてた。だから嵐の鳥だったんだろ？　そんなもんは、タロットカードのなかにはないからな。それがキッカケで、俺がアンタを疑いはじめてもいいいと思ってた。違うか？」

するとミルキーは、楽しそうに小首を傾げた。

「うーん……。まあ、遠からずかなぁ？　それで神ちゃんは、アタシの誘導とやらで、何か思い出すことは出来た？　確か、久藤三葉ちゃんの手料理を、たくさん食べたはずだけど――」

受けて神は、鼻を鳴らして言い捨てる。

「残念ながら、なんも思い出してねぇわ。あの子の手料理のなかに、過去の俺との接点はなかったからな。あるとしたら、久藤三葉の母親のほうなんだろ。あの子の料理のレシピは、ほとんど母親由来のものみてぇだったから……」

ミルキーが表情を曇らせたのはその段だ。彼女は少し当てが外れたように、顔をしかめて神に言ったのだ。

「ちょっと待ってよ。神ちゃん、三葉嬢の料理の食視のなかで、久藤和佳の顔は見なかったの？　三葉ちゃんの、母親の――」

その問いかけに、神は面倒くさそうに応える。「ああ、見たよ。あの美人だろ？　けど覚えはねぇよ。ただの初見の美人だったさ」するとミルキーは、呆れた様子で大仰にため息をついてみせた。「はあ……。何よ、それ……。和佳さんのことも思い出さないなんて、神ちゃんの物忘れ、ちょっとひど過ぎない？」

そんなミルキーの言葉に、神はピクリと眉毛を動かす。どうやら彼女のその言葉が、彼の琴線に触れたらしい。神は手負いの熊のように、ミルキーを睨みつけ問いただす。

「……つまりアンタ、俺の過去を知ってるってことか？」

受けてミルキーは、真っ直ぐに神を見詰め返し応える。

「ねえ、神ちゃん、楽しかったでしょ？　今回の人捜し……」

ただし、質問に質問返しをしたに過ぎなかったのだが――。それでも遥太はその瞬間、神の目が不安げに揺れたのを見逃さなかった。

「――人を助けて、救って、罰して……。神ちゃんはそういうのが、とーっても大好きだったものね」

本書は書き下ろしです。

〈著者紹介〉
大沼紀子（おおぬま・のりこ）
1975年、岐阜県生まれ。2005年に「ゆくとし　くるとし」で第９回坊っちゃん文学賞大賞を受賞しデビュー。ドラマ化もされた「真夜中のパン屋さん」シリーズで注目を集める。他の著作に『ばら色タイムカプセル』『てのひらの父』『空ちゃんの幸せな食卓』（すべてポプラ社）がある。

路地裏《ろじうら》のほたる食堂《しょくどう》　3つの嘘《うそ》

2019年6月19日　第1刷発行　　定価はカバーに表示してあります

著者……………………大沼紀子《おおぬまのりこ》

発行者……………………渡瀬昌彦
発行所……………………株式会社 講談社
〒112-8001 東京都文京区音羽2-12-21
編集03-5395-3506
販売03-5395-5817
業務03-5395-3615
本文データ制作…………講談社デジタル製作
印刷……………………豊国印刷株式会社
製本……………………株式会社国宝社
カバー印刷………………株式会社新藤慶昌堂
装丁フォーマット………ムシカゴグラフィクス
本文フォーマット………next door design

ISBN978-4-06-515603-2　N.D.C.913　330p　15cm

講談社
タイガ

大沼紀子

路地裏のほたる食堂

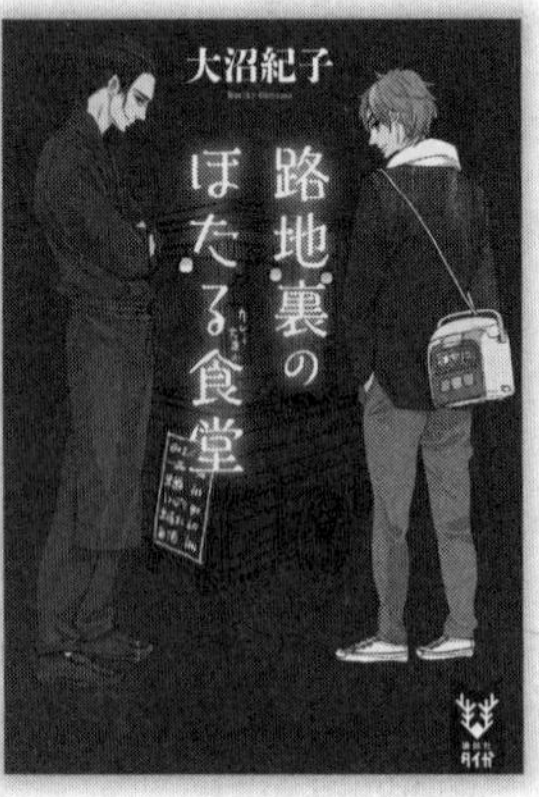

イラスト
山中ヒコ

お腹を空《す》かせた高校生が甘酸っぱい匂いに誘われて暖簾《のれん》をくぐったのは、屋台の料理店「ほたる食堂」。風の吹くまま気の向くまま、居場所を持たずに営業するこの店では、子供は原則無料。ただし条件がひとつ。それは誰も知らないあなたの秘密を教えること……。彼が語り始めた〝秘密〟とは？　真っ暗闇にあたたかな明かりをともす路地裏の食堂を舞台に、足りない何かを満たしてくれる優しい物語。

講談社タイガ

大沼紀子

路地裏のほたる食堂

2人の秘密

イラスト
山中ヒコ

神出鬼没の屋台「ほたる食堂」店主の神宗吾《じんそうご》と、冬休み限定の高校生バイト鈴井遥太《すずいはるた》には、秘密がある。それは「料理を食べると作り手の思念や過去が見える」というもの。奇妙な力を隠したい神と力が役に立つことを信じる遥太の前に、思い詰めた一人の客が。彼の悩み——姿を消した少女の行方《ゆくえ》捜しを手伝ううちに、屋台の元常連客・倉持翔平《くらもちしょうへい》のきな臭い失踪事件に巻きこまれ……。

講談社タイガ

繕い屋シリーズ

矢崎存美

繕い屋
月のチーズとお菓子の家

イラスト
ゆうこ

夢を行き交い「心の傷」を美味しい食事にかえて癒やしてくれる不思議な料理人・平峰花《ひらみねはな》。リストラを宣告されたサラリーマンがうなされる「月」に追いかけられる夢も、家族を失った孤独な女性が毎夜見る吹雪の中で立ち尽くす悪夢も、花の手によって月のチーズやキノコのステーキにみるみるかわっていく。消えない過去は食べて「消化」することで救われる。心温まる連作短編集。